Sanft sollst du brennen

Die Autorin

Julie Garwood belegt regelmäßig die Spitzenplätze auf der New-York-Times-Bestsellerliste. Die Gesamtauflage ihrer Bücher beträgt mehr als 30 Millionen Exemplare. Mehr über die Autorin erfahren Sie unter www.juliegarwood.com.

Julie Garwood

Sanft sollst du brennen

Aus dem Amerikanischen
von Margarethe van Pée

Weltbild

Die amerikanische Originalausgabe erschien 2005 unter dem Titel
Slow Burn bei Ballantine Books, New York

Besuchen Sie uns im Internet:
www.weltbild.de

Dieses Werk wurde vermittelt durch die
Literarische Agentur Thomas Schlück GmbH, 30827 Garbsen
Übersetzung: Margarethe van Pée
Projektleitung: Librisco Consult
Redaktion: Claudia Krader
Umschlaggestaltung: zeichenpool
Umschlagmotiv: Shutterstock (© Konrad Bak; © Gregory Gerber;
© Gordon Logue; © Andrejs Pidjass; © Potapov Alexander)
Satz: Dirk Risch
Druck und Bindung: CPI Moravia Books s.r.o., Pohorelice
Printed in the EU
ISBN 978-3-86800-434-2

2014 2013 2012 2011
Die letzte Jahreszahl gibt die aktuelle Ausgabe an.

1

Es würde einen Aufruhr geben, und der alte Mann bedauerte nur, dass er nicht dabei sein konnte, um ihn mitzuerleben.

Seinen nutzlosen Verwandten sollte es ruhig den Boden unter den Füßen wegziehen. Na, die würden vielleicht übereinander herfallen. Aber es war höchste Zeit, dass in dieser elenden Familie endlich einmal Ordnung einkehrte, wirklich, höchste Zeit.

Während er darauf wartete, dass die Ausrüstung aufgebaut wurde, räumte er seinen Schreibtisch auf. Seine gichtigen Finger strichen so zärtlich und liebevoll über das glatte Holz wie früher über die Haut seiner Geliebten. Der Schreibtisch war alt, verschrammt und abgenutzt wie er. Hier in diesem Zimmer hatte er sein Vermögen gemacht. Mit dem Telefonhörer am Ohr hatte er einen lukrativen Deal nach dem anderen ausgearbeitet. Wie viele Unternehmen hatte er in den vergangenen dreißig Jahren gekauft? Wie viele hatte er zerstört?

Entschlossen riss er sich aus den Tagträumen über seine zahlreichen Siege. Dazu war jetzt keine Zeit. Er trat an seine Bar und schenkte sich ein Glas Wasser aus der Kristallkaraffe ein, die einer seiner Geschäftspartner ihm vor Jahren geschenkt hatte. Noch im Stehen trank er einen Schluck, dann trug er das Glas zum Schreibtisch und stellte es auf einen Untersetzer an der Ecke. Er blickte sich in der holzvertäfelten Bibliothek um und stellte fest, dass es viel zu dunkel für die Kameras war. Rasch schaltete er sämtliche Tischlampen ein.

»Bist du bereit?«, fragte er ungeduldig. Er setzte sich hinter den Schreibtisch, fuhr sich glättend über die Haare und zupfte an den Aufschlägen seines Jacketts. Nervös zerrte er am Knoten seiner Krawatte, damit sie ihm die Kehle nicht so abschnürte. »Ich sammle meine Gedanken«, sagte er mit einer Stimme, die rau war von einem Leben, in dem er Befehle gebrüllt und seine geliebten kubanischen Zigarren geraucht hatte.

Jetzt hätte er auch gerne eine Zigarre gehabt. Aber er hatte keine im Haus. Er hatte das Rauchen vor zehn Jahren aufgegeben, aber wenn ihn etwas nervös machte, verspürte er immer noch den plötzlichen Drang nach einer Zigarre.

Im Moment war er nicht nur nervös, sondern hatte auch ein bisschen Angst, ein Gefühl, das er normalerweise nicht kannte. Bevor er starb – und das würde bald sein, sehr bald –, wollte er unbedingt das Richtige tun. Das war er dem Namen MacKenna schuldig.

Die altmodische Videokamera mit VHS-Kassette stand auf einem Stativ gegenüber dem alten Mann. Die Digitalkamera wurde direkt hinter der Videokamera hochgehalten, und auch ihr Objektiv war auf ihn gerichtet.

Er blickte über die Kameras hinweg. »Ich weiß, du findest, digital reicht, und wahrscheinlich hast du sogar recht, aber mir gefällt es auf die alte Art mit der Videokassette. Ich vertraue diesen flachen DVD-Scheiben nicht und will die Videokassette als Sicherung. Nick einfach mit dem Kopf, wenn alles bereit ist, und dann fange ich an.«

Er ergriff sein Glas, trank einen Schluck und stellte es wieder hin. Die Tabletten, die diese lästigen Ärzte ihm verschrieben, machten seinen Mund trocken.

Ein paar Sekunden später war alles bereit, und er begann.

»Mein Name ist Compton Thomas MacKenna. Dies ist nicht mein Letzter Wille und Testament, weil ich das bereits verfügt habe. Ich habe mein Testament vor einiger Zeit geändert. Das Original liegt in meinem Bankschließfach; eine Kopie befindet sich bei meinen Unterlagen in der Anwaltskanzlei, die mich vertritt, und es gibt noch eine weitere Kopie, die mit absoluter Sicherheit ihr hässliches Haupt erheben wird, wenn das Original und die Kopie des Anwalts aus irgendeinem Grund verloren gehen sollten.

Ich habe niemandem von euch von dem neuen Testament

und den Änderungen erzählt, weil ich in meinen letzten Lebensmonaten nicht bedrängt werden wollte. Aber da die Ärzte mir versichert haben, mein Ende sei nahe und sie könnten nichts mehr für mich tun, möchte ich, nein, muss ich«, korrigierte er sich, »erklären, warum ich das so gemacht habe. Auch wenn ich sicher bin, dass ihr es weder verstehen noch gutheißen werdet.

Ich will meine Erklärung mit einer kurzen Geschichte der Familie MacKenna beginnen. Meine Eltern sind in den schottischen Highlands geboren, aufgewachsen und beerdigt worden. Mein Vater besaß ziemlich viel Land, ziemlich viel«, wiederholte er. Er räusperte sich und trank wieder einen Schluck Wasser, bevor er fortfuhr. »Als er starb, ging das Land zu gleichen Teilen an meinen älteren Bruder, Robert Duncan den Zweiten, und an mich. Robert und ich gingen in die Vereinigten Staaten, um unsere Ausbildung zu beenden, und beide entschlossen wir uns zu bleiben. Jahre später verkaufte mir Robert seinen Anteil an dem Land. Das Geld machte ihn zu einem sehr reichen Mann, und ich wurde der einzige Erbe von Glen MacKenna.

Ich habe nie geheiratet. Dazu hatte ich weder die Zeit noch die Neigung. Robert heiratete eine Frau, die ich nicht mochte, aber im Gegensatz zu meinem Bruder stieß ich keine Drohungen aus, nur weil er jemanden wählte, der mir nicht gefiel. Ihr Name war Caroline. Sie kam aus kleinen Verhältnissen und heiratete Robert offensichtlich wegen seines Vermögens. Geliebt hat sie ihn nie. Aber sie tat ihre Pflicht und schenkte ihm zwei Söhne, Robert Duncan den Dritten und Conal Thomas.

Damit kommen wir zum Kern dieser Geschichtslektion. Als mein Neffe Conal eine Frau ohne gesellschaftlichen Status heiratete, enterbte ihn sein Vater. Robert hatte für ihn eine andere Frau – aus einer einflussreichen Familie – ausgesucht, und er war außer sich vor Wut, dass sein Sohn seine Wünsche ignorierte. Conals Frau, Leah, war nicht besser als eine Bettlerin auf der Straße, aber Conal schien egal zu sein, dass er ihretwegen sein gesamtes Vermögen verlor.« Er schnaufte verächtlich und fügte hinzu: »Robert blieb nur noch sein Erstgeborener, ein richtiger Jasager, der alles tat, was man ihm auftrug.

Mit den Jahren verlor ich Conal aus den Augen«, fuhr er fort. »Ich hatte einfach zu viel zu tun. Ich wusste nur, dass er nach Silver Springs in der Nähe von Charleston umzog. Aber dann erfuhr ich, dass er bei einem Autounfall ums Leben gekommen war. Ich wusste, dass mein Bruder nicht zur Beerdigung fahren würde ... Also fuhr ich hin. Allerdings wohl nicht so sehr aus einem Gefühl der Verpflichtung heraus, sondern eher, weil ich neugierig war und sehen wollte, was Conal zustande gebracht hatte. Ich sagte keinem, wer ich war, auch Leah nicht, und hielt mich im Hintergrund. Die Kirche war voll mit Trauergästen. Und auf dem Friedhof sah ich Leah mit ihren drei kleinen Mädchen, das kleinste noch ein Baby.« Er schwieg, als ob er die Szene noch einmal vor sich sähe. Da er sich jedoch nichts anmerken lassen wollte, wandte er einen Moment lang den Blick ab. Dann richtete er sich auf und fuhr fort: »Ich sah, was ich sehen wollte. Die MacKennas würden in Conals Kindern weiterleben – wenn es auch schade war, dass kein einziger Junge dabei war.

Was den anderen Sohn meines Bruders angeht, Robert den Dritten – er hat ihn verwöhnt, und er ist ein Nichtsnutz. Er durfte keinen Ehrgeiz zeigen, und mein Bruder musste miterleben, wie sich sein Erstgeborener in ein frühes Grab trank.

Die Sünde der Maßlosigkeit ist auf die nächste Generation übergegangen. Ich habe gesehen, wie Roberts Enkel ihr Erbe verprassten und, was noch schlimmer ist, den Namen MacKenna in den Schmutz gezogen haben. Bryce, der Älteste, ist in die Fußstapfen seines Vaters getreten. Er hat eine anständige Frau geheiratet, Vanessa, aber sie konnte ihn nicht von seinen Lastern heilen. Wie sein Vater ist auch er ein Trinker. Er hat all seine Aktien und Anlagen zu Geld gemacht und den größten Teil für Alkohol und Frauen ausgegeben. Gott alleine weiß, was mit dem Rest geschehen ist.

Und dann ist da noch Roger. Er verschwindet manchmal

wochenlang, aber meine Leute sind ihm auf die Spur gekommen und haben herausgefunden, was er so treibt. Offenbar spielt er für sein Leben gerne. Den Berichten zufolge hat er alleine letztes Jahr über vierhunderttausend verloren. Vierhunderttausend.« Der alte Mann schüttelte den Kopf. »Und er umgibt sich mit Gesindel wie Johnny Jackman. Wenn ich nur daran denke, dass der Name MacKenna mit einem Schurken wie Jackman in Verbindung gebracht wird, dreht sich mir der Magen um.

Ewan, der Jüngste, kann oder will seine aggressiven Neigungen nicht beherrschen. Wenn er nicht so teure und gerissene Anwälte hätte, säße er mittlerweile sicher im Gefängnis. Vor zwei Jahren hat er einen Mann beinahe zu Tode geprügelt.

Ich verabscheue sie alle zutiefst. Es sind nutzlose Männer, die nichts zum Fortbestand dieser Welt beigetragen haben.« Der alte Mann zog ein Taschentuch aus der Tasche und tupfte sich die Stirn ab.

»Als diese wertlosen Ärzte mir erklärten, ich würde nur noch ein paar Monate leben, habe ich beschlossen, eine Bestandsaufnahme zu machen.« Er drehte sich um, öffnete eine Schublade und holte einen dicken schwarzen Aktenordner heraus. Er schlug ihn auf und legte die Hände darauf. »Ich habe einen Detektiv engagiert, damit er für mich herausfindet, wie sich Conals Kinder gemacht haben. Ich muss zugeben, dass ich keine hohen Erwartungen hatte, weil Leah und die Mädchen nach Conals Tod sicher von der Hand in den Mund leben mussten. Außerdem nahm ich an, dass keine von ihnen über die Highschool hinausgekommen sei. Ich habe mich geirrt. Nach Conals Unfall hat Leah so viel Geld von der Versicherung bekommen, dass sie das Haus behalten konnten. Sie nahm eine Stelle als Sekretärin in einer privaten Mädchenschule an. Zwar verdiente sie nicht viel, aber sie konnte ihre drei Töchter kostenlos dort zur Schule gehen lassen.« Er nickte zustimmend und fügte hinzu: »Offensichtlich hat Conal ihr beigebracht, was eine anständige Erziehung wert ist.«

Er blickte auf den Bericht im Aktenordner. »Anscheinend sind alle drei Mädchen sehr tüchtig. Die Älteste, Kiera, hat ein Stipendium an einer guten Universität erhalten und ihr Examen mit Auszeichnung gemacht. Mit einem weiteren Stipendium hat sie ein Medizinstudium begonnen, das sie außergewöhnlich gut meistert. Das mittlere Mädchen, Kate, ist die Unternehmerin in der Familie. Auch sie hat ein Stipendium für eine der besten Universitäten im Osten erhalten und ihr Examen mit Auszeichnung bestanden. Schon während des Studiums baute sie ein Unternehmen auf, das sich äußerst erfolgreich entwickelt.« Er blickte direkt in die Kamera. »Es scheint, sie kommt am meisten nach mir.

Isabel, die Jüngste, ist sicher ebenso intelligent wie ihre Schwestern, aber ihre wahre Begabung ist ihre Stimme.« Er tippte mit dem Zeigefinger auf den Bericht. »Isabel möchte Musik und Geschichte studieren, und ihr größter Wunsch ist, eines Tages nach Schottland zu fahren, um ihre entfernten Verwandten kennenzulernen.« Er nickte. »Das freut mich sehr. Und nun zu den Änderungen in meinem Testament.«

Seine Mundwinkel hoben sich ganz leicht zu einem fast unmerklichen Lächeln, bevor er fortfuhr: »Bryce, Roger und Ewan erhalten jeder hunderttausend Dollar in bar. Ich hoffe zwar, dass sie dieses Geld für Rehabilitationsmaßnahmen verwenden, bezweifle aber, dass dies jemals geschehen wird. Auch Vanessa erhält hunderttausend, und sie bekommt außerdem dieses Haus. Das hat sie verdient, weil sie es all die Jahre mit Bryce ausgehalten hat. Durch ihre Arbeit in der Gemeinde und verschiedenen Wohltätigkeitsorganisationen hat sie dem Namen MacKenna Ehre erwiesen, und ich sehe keinen Sinn darin, sie für die Wahl ihres Ehemanns zu bestrafen.

Jetzt zu den anderen MacKennas. Ich habe meine gesamten Staatsanleihen Kiera überschrieben. Im Testament steht, wann sie fällig werden. Isabel, die genauso wie ich an Geschichte interessiert ist, wird Glen MacKenna erhalten. Natürlich sind Bedingungen damit verknüpft, von denen sie zu gegebener

Zeit erfahren wird. Das ist alles, was sie von mir zu erwarten haben, aber ich glaube, ich bin mehr als großzügig.«

Er atmete schwer und hielt inne, um noch einen Schluck Wasser zu trinken. Nachdem er das Glas geleert hatte, redete er weiter.

»Mein Vermögen wird auf etwa achtzig Millionen Dollar geschätzt. Das habe ich mir im Laufe meines Lebens erarbeitet, und meine Erben sind meine Blutsverwandten. Aber ich werde den Teufel tun und es meinen lasterhaften Neffen überlassen. Und deshalb vererbe ich es Kate MacKenna. Sie ist die ehrgeizigste und geschäftstüchtigste von allen und kennt, wie ich, den Wert des Geldes. Wenn sie das Erbe annimmt, gehört es ihr.

Ich vertraue darauf, dass sie es nicht verschleudern wird.«

2

Dieses Formwunder von einem Büstenhalter rettete Kate MacKenna das Leben.

Fünf Minuten nachdem sie das Ding angezogen hatte, wollte sie es am liebsten wieder loswerden. Sie hätte sich nie von ihrer Schwester Kiera überreden lassen sollen, so etwas zu tragen. Ja, sie sah damit üppiger und supersexy aus, aber war das wirklich die Botschaft, die sie heute Abend aussenden wollte? Sie war schließlich eine Geschäftsfrau, kein Pornostar. Außerdem war sie ohnedies schon üppig genug ausgestattet.

Und warum war Kiera so wild entschlossen, aus ihr eine »sexy Hexy« zu machen – wie sie es nannte? War es um Kates Beziehungsleben so schlimm bestellt? Das fanden ihre Schwestern anscheinend.

Von den drei Schwestern war Kiera die älteste und sehr bestimmend. Sie hatte sich geschworen, Kate in das kleine schwarze, viel zu enge Cocktailkleid zu zwängen. Isabel, die jüngste, unterstützte sie bei diesem Vorhaben, aber das tat sie immer. Schließlich hatte Kate um des lieben Friedens willen nachgegeben und das Seidenkleid angezogen. Wenn die zwei nämlich richtig in Fahrt gerieten, legte man sich besser nicht mit ihnen an.

Kate stand vor dem Spiegel in der Diele und zupfte am Büstenhalter, damit er ihr nicht so auf die Rippen drückte, aber ihre Mühen waren vergebens. Sie warf einen Blick auf die Uhr und beschloss, dass sie noch Zeit hatte, sich umzuziehen, aber gerade, als sie wieder in ihr Zimmer gehen wollte, kam Kiera die Treppe herunter.

»Du siehst großartig aus«, sagte ihre Schwester und musterte sie anerkennend von Kopf bis Fuß.

»Und du siehst müde aus«, stellte Kate fest. Kiera hatte dunkle Ringe unter den Augen. Sie hatte gerade geduscht, und ihre blonden Haare waren tropfnass. Sie hat sie wahrscheinlich noch nicht einmal abgetrocknet, dachte Kate. Selbst ungeschminkt war Kiera wunderschön. Sie war eine natürliche Schönheit, wie einst ihre Mutter.

»Ich studiere Medizin und muss so aussehen, als ob ich nicht genug Schlaf bekäme. Wenn mir das nicht gelingt, werfen Sie mich hinaus.«

Trotz der Neckereien war Kate froh, wieder mit ihren beiden Schwestern zusammen zu sein, auch wenn es nur für zwei Wochen war. Sie hatten sich nach dem Tod ihrer Mutter nicht oft gesehen. Kate war nach Boston zurückgekehrt, um zu promovieren, und Kiera hatte ihr Medizinstudium in Duke wieder aufgenommen, während Isabel bei ihrer Tante Nora geblieben war.

Mittlerweile lebte Kate wieder permanent zu Hause, aber Kiera würde in zwei Wochen nach Duke zurückkehren, und Isabel würde aufs College gehen. Aber Veränderungen waren wohl unvermeidlich. Das Leben musste weitergehen.

»Du solltest dir mal einen Tag freinehmen und an den Strand gehen, damit du dich mal ein bisschen entspannst«, schlug Kate vor. »Nimm doch Isabel mit.«

Kiera lachte. »Netter Versuch. Du schaffst es nicht, sie mir aufzuhalsen, und wenn es nur für einen Tag ist. Ich wäre die ganze Zeit über damit beschäftigt, die Jungs abzuwehren, die hinter ihr her sind. Nein, vielen Dank. Ich finde schon die Anrufe schlimm genug. Vor allem diesen Reece. Er scheint sich für Isabels Freund zu halten. Isabel hat gesagt, sie hätten ein paar Konzerte zusammen gesungen und seien auch ein paarmal miteinander ausgegangen, aber das sei nichts Ernstes. Als er mehr von ihr wollte, hat sie sich zurückgezogen. Und jetzt ruft er ständig an und will sie sprechen, aber Isabel weigert sich, ans Telefon zu gehen. Ich liebe Isabel wirklich, aber manchmal kann sie einem echt das Leben schwer machen.

Also, du hast es bestimmt lieb gemeint, aber nein, vielen Dank.«

Kate zupfte erneut an ihrem Büstenhalter.

»Dieses Ding bringt mich um. Ich kriege keine Luft.«

»Du siehst aber toll aus, und das ist viel wichtiger, als zu atmen«, entgegnete Kiera. »Komm, gib dir Mühe. Es ist für eine gute Sache.«

»Was für eine Sache?«

»Für dich. Isabel und ich sind finster entschlossen, dich aufzuheitern. Du bist viel zu ernst. Ich glaube ja, du leidest am Sandwichkind-Syndrom. Du weißt schon, du steckst voller Unsicherheiten und Ängste und musst dich ständig beweisen.«

Kate hörte gar nicht hin. Sie ergriff ihre kleine henkellose Handtasche und trat an den Schrank.

»Über dieses Thema sind zahlreiche medizinische Fachbücher geschrieben worden«, fuhr Kiera fort.

»Wie schön.«

»Du hörst mir gar nicht zu, was?«

Die Antwort blieb Kate erspart, weil in diesem Moment das Telefon klingelte. Während Kiera in den Wohnraum lief, um dranzugehen, holte sie ihren Regenmantel aus dem Garderobenschrank. In der Küche lief der Fernseher, und sie hörte, wie dieser unverschämt fröhliche Wettermensch die Zuschauer daran erinnerte, dass Charleston von einer Hitzewelle heimgesucht wurde, wie die Stadt sie seit dreißig Jahren nicht mehr erlebt hatte. Wenn die Temperatur noch zwei Tage lang so hoch blieb, dann wäre das ein neuer Rekord. Bei der Aussicht überschlug sich die Stimme des Reporters beinahe vor Aufregung.

Am schlimmsten war allerdings die Feuchtigkeit. Die Luft fühlte sich schwer und drückend an, zäh wie Leim. Der Asphalt dampfte, und die ganze Stadt lag unter einer Dunstglocke aus Abgasen. Ein starker Windstoß würde helfen, aber weder Regen noch Wind waren vorausgesagt. Schon das Atmen bereitete Mühe, und die stickige Luft belastete Jung und Alt. Alle waren lethargisch, und die meisten brachten nicht einmal mehr die Energie auf, eine Mücke wegzuschlagen.

Aber obwohl es so schrecklich heiß war, fand die Party, für die Kate zugesagt hatte, auf dem Gelände einer Kunstgalerie statt. Das Ereignis war schon seit Wochen geplant und das weiße Zelt aufgestellt worden, bevor das Wetter so schwül wurde. Erst ein Flügel der neu errichteten Galerie war fertiggestellt, und Kate wusste, dass es nicht genug Platz für die erwartete Menge an Gästen gab.

Sie musste jedoch auf jeden Fall hingehen. Der Inhaber, Carl Bertolli, war ein Freund von ihr, und er wäre gekränkt, wenn sie nicht käme. Wegen des Verkehrs würde die Fahrt von Silver Springs, wo sie wohnten, bis zur anderen Seite von Charleston bestimmt über eine Stunde dauern, aber sie hatte sowieso nicht vor, allzu lange zu bleiben. Sie würde bei den letzten Vorbereitungen mithelfen, und wenn die Party in vollem Gange war, könnte sie sich davonschleichen. Carl würde sowieso viel zu beschäftigt sein, um ihr Verschwinden zu bemerken.

Eine umstrittene Künstlerin aus Houston zeigte ihre Werke, und es hatte bereits Proteste und Drohanrufe gegeben. Carl freute sich darüber, weil er der Meinung war, dass jede Art von öffentlichem Aufsehen, ob nun gut oder schlecht, seiner Galerie nützte. Die Künstlerin, die sich Cinnamon nannte, hatte viele Bewunderer – allerdings verstand Kate beim besten Willen nicht, warum. Als Künstlerin war sie bestenfalls durchschnittlich, sie verstand es jedoch hervorragend, Aufmerksamkeit auf sich zu ziehen. Ständig war sie in den Nachrichten und tat alles, um von sich reden zu machen. In der letzten Zeit wandte sie sich gegen planvolles Handeln in jeder Hinsicht. Wenn sie nicht gerade Farbe auf Leinwänden verteilte, versuchte sie sich ein bisschen in Systemkritik. Sie glaubte an freie Liebe, uneingeschränkte Meinungsäußerung und das Recht auf Grundsicherung. Ihre Gemälde allerdings waren seltsamerweise unglaublich teuer.

Kiera kam zurück in die Diele. »Das war schon wieder Reece. Er wird mir langsam unheimlich.« Sie hielt inne, als sie Kate sah. »Es soll heute Abend aber nicht regnen. Warum hast du deinen Regenmantel an? Draußen herrschen gefühlte fünfzig Grad.«

»Man kann nicht vorsichtig genug sein. Ich möchte nicht, dass das Kleid nass wird.«

Kiera lachte. »Ich durchschaue dich! Du willst bloß nicht, dass Tante Nora dich in dem Kleid sieht. Gib es zu, Katie! Du hast Angst vor ihr.«

»Ich habe keine Angst vor ihr. Ich will mir bloß keinen Vortrag anhören.«

»Das Kleid ist nicht unanständig.«

»Da ist sie aber bestimmt anderer Meinung«, erwiderte Kate.

»Es wird komisch sein, wenn sie nicht mehr da ist, um uns herumzuscheuchen. Sie wird mir fehlen.«

»Mir auch«, flüsterte Kate.

Nora zog wieder nach St. Louis. Sie war nach Silver Springs gekommen, als ihre Schwester erkrankte, und sie war dageblieben, bis Isabel die Highschool beendet hatte. Jetzt, wo Kate wieder zu Hause war und Isabel aufs College ging, wollte sie endlich wieder zu ihrer Familie zurück. Ihre Tochter und ihre Enkelkinder fehlten ihr.

Nora war ein Geschenk des Himmels gewesen, und sie hatte sich wundervoll um sie gekümmert, als sie sie am meisten gebraucht hatten. Allerdings besaß sie ihre eigenen Ansichten über Sex, und Kiera bezeichnete sie immer als »eiserne Jungfrau«. Nach dem Tod ihrer Mutter schwang sie sich zur moralischen Hüterin der Mädchen auf. Laut Nora war jeder Mann nur auf »Du-weißt-schon-was« aus, und sie betrachtete es als ihre Aufgabe, die Schwestern vor einem grässlichen Schicksal zu bewahren. Kate spähte vorsichtig um die Ecke. Zum Glück stand Nora nicht in der Küche, deshalb stellte Kate den Fernseher aus, zog ihren Regenmantel aus und hängte ihn über einen Stuhl. Rasch ergriff sie ihre Schlüssel und eilte zur Garage. Vielleicht war sie ja schon weg, bis Nora wiederkam. Sie hatte wirklich keine Angst vor ihrer Tante, aber wenn Nora sich erst einmal warmgeredet hatte, konnten ihre Vorträge sehr lange dauern, manchmal sogar bis zu einer Stunde.

Kiera folgte Kate durch die Küche. »Sei bloß vorsichtig heute Abend. Es gibt jede Menge Verrückte da draußen, die mit Cinnamons Ansichten über die Regierung oder Religion nicht einverstanden sind. Predigt sie nicht sogar Anarchie?«

»Ja, ich glaube, diesen Monat schon. Aber ich bin nicht so auf dem Laufenden, weil sie ihre Ansichten ständig wechselt. Wegen heute Abend mache ich mir keine Gedanken. Es werden schon genügend Sicherheitsbeamte da sein.«

»Dann muss Carl sich aber Sorgen machen.«

»Nein, es ist alles nur Show. Ich denke nicht, dass Cinnamon irgendwas von dem Unsinn glaubt, den sie so verzapft. Sie ist einfach nur scharf auf öffentliche Aufmerksamkeit.«

»Die Gruppierungen, die sie beleidigt, wissen das aber nicht, und manche sind echt radikal.«

»Mach dir keine Sorgen. Mir passiert schon nichts.« Kate trat in die Garage. Die Hitze verschlug ihr den Atem.

»Warum musst du eigentlich schon so früh fahren? Auf der Einladung stand doch von acht bis Mitternacht.«

»Carls Assistentin hat mich angerufen und mir auf der Mailbox hinterlassen, ich solle um sechs schon da sein.«

Sie stieg ins Auto, in dem eine Gluthitze wie in einem Backofen herrschte, und drückte auf die Fernbedienung, um das Garagentor zu öffnen.

Kiera rief: »Gibt es dort auch Kate-MacKenna-Präsentkörbe?«

»Ja, klar. Carl hat darauf bestanden. Ich glaube, ich bin mittlerweile eins seiner Projekte. Er hat gemeint, er wolle später einmal sagen können, er habe mich damals schon gekannt«, erwiderte Kate. »Und jetzt mach die Tür zu. Die Klimaanlage dreht durch.«

»Du wirst langsam richtig berühmt. Das hat doch was, oder?«

Eine Antwort erwartete Kiera darauf offensichtlich nicht, denn sie schloss die Tür.

Es hatte tatsächlich was, dachte Kate, während sie durch den dichten Verkehr zur Galerie fuhr. Zwar hatte sie den endgültigen Durchbruch noch nicht geschafft, aber es lief in die richtige Richtung. Komisch, wie aus einem kleinen Hobby ein zufriedenstellender Beruf werden konnte.

Ihr Unternehmen war bereits im Wachsen begriffen, als sie sich noch überlegte, was sie eigentlich werden wollte. In ihrem letzten Jahr auf der Highschool hatte sie nach Möglichkeiten gesucht, sich etwas dazuzuverdienen, um für ihre Familie und ihre Freunde Geburtstagsgeschenke kaufen zu können. Im Büro ihrer Chemielehrerin hatte eine Duftkerze auf dem Schreibtisch gestanden, deren Geruch Kate ganz furchtbar fand. Dadurch kam sie auf die Idee, ihre eigenen Kerzen herzustellen. Aber sie wollte etwas Neues machen, ihre Kerzen sollten einzigartig sein.

Zuerst benutzte sie die Küche als Labor. Am Ende der Winterferien hatte sie ihren ersten Satz Kerzen hergestellt. Die reinste Katastrophe. Sie hatte verschiedene Gewürze und Kräuter gemischt, und die Küche stank wie eine Kloake.

Ihre Mutter verbannte sie in den Keller, aber sie gab ihre Experimente nicht auf. In jenem Sommer arbeitete sie jede freie Minute an ihrem Projekt. Unermüdlich recherchierte sie, und am Ende ihres ersten Jahres auf dem College gelangen ihr wundervolle Kerzen, die nach Basilikum und Grapefruit dufteten.

Kate wollte sie eigentlich verschenken, aber ihre Zimmergenossin und beste Freundin auf dem College, Jordan Buchanan, erkannte das große Potenzial der Idee. Jordan nahm zehn Kerzen, klebte Preisschildchen dran und verkaufte sie alle an einem Abend. Sie überredete Kate, alle ihre Produkte mit ihrem vollen Namen zu kennzeichnen, und half ihr dabei, ein Logo und ein paar hübsche Verpackungen zu entwerfen.

Der saubere, frische Duft in Verbindung mit den achteckigen Glasbehältern, die Kate schließlich fand, machten die Kerzen zu einem Verkaufsschlager. Immer mehr Aufträge gingen ein. Kate stellte zwei Aushilfskräfte ein und versuchte, während der Sommerferien so viele Kerzen wie möglich auf Vorrat zu produzieren. Der Keller war längst zu klein geworden für ihr Unternehmen, und so bezog sie Büroräume am anderen Ende der Stadt. Sie lagen in einer schrecklichen Gegend, waren aber natürlich gerade deshalb so billig.

Als sie ihren Abschluss machte, kamen die Bestellungen schon aus allen Teilen des Landes. Kate war klar, dass ihre Schwäche im Management lag, deshalb beschloss sie, in Boston ihren Master zu machen. Damit das Geschäft während ihrer Abwesenheit weiterlief, machte sie ihre Mutter zur Partnerin, damit sie Kontovollmacht hatte und Schecks ausstellen konnte. Weil Kate ihren gesamten Gewinn ins Unternehmen steckte, war Geld knapp. Sie wohnte bei Jordan in Boston und verbrachte ihre Wochenenden oft mit Jordans großer Familie in Nathan's Bay.

Es war ein Kampf, aber es gelang Kate, das Unternehmen in dieser Zeit sogar noch auszubauen. Als dann jedoch ihre Mutter krank wurde, unterbrach sie ihr Studium, um nach Hause zurückzukehren und bei ihr zu sein. Seit dem Tod ihrer Mutter war ein langes, trauriges Jahr vergangen, aber in diesem Jahr hatte Kate ihren Master gemacht und neue Pläne zur Expansion entwickelt.

Da sie jetzt wieder ständig in Silver Springs war, konnte sie sich ganz auf die Arbeit konzentrieren. Sie stellte mittlerweile auch Körperlotion her und hatte drei Parfüms kreiert, die sie nach ihrer Mutter und ihren Schwestern Leah, Kiera und Isabel genannt hatte. Ihre Büroräume waren schon wieder so vollgestopft, dass sie neue Räume in einem Lagerhaus anmietete, die wesentlich größer und auch näher an ihrem Zuhause waren. Sie dachte über weitere Angestellte nach. Anton's, eine gehobene Kaufhauskette, wollte ihre Produkte vertreiben, und schon bald würde sie einen äußerst lukrativen Exklusivvertrag mit ihnen unterzeichnen.

Und alle Geldsorgen würden sich in Luft auflösen.

Sie lächelte, als sie daran dachte. Sobald sie ein bisschen Geld hatte, würde sie sich als Erstes ein Auto mit einer funktionierenden Klimaanlage zulegen. Sie drehte an der Lüftungsschraube, aber es nützte nichts. Die Luft, die durch die Schlitze drang, war trotzdem lauwarm.

Als sie auf Carls prächtigem Anwesen ankam, war sie durchgeschwitzt. Er hatte Liongate von seinem Vater geerbt und baute die Galerie im Park. Zwei massive Löwenköpfe zierten die elektronisch gesteuerten Eisentore.

Ein Wachmann kontrollierte, ob ihr Name auf der Liste stand, und ließ sie durch. Carls zweistöckiges Haus lag am Ende einer gewundenen Auffahrt, aber die Galerie, in der Cinnamons Werke ausgestellt wurden, befand sich am Hügel auf der Südseite. Neben dem halb fertigen Gebäude war ein mächtiges weißes Zelt aufgebaut.

Ein weiterer Sicherheitsbeamter zeigte ihr, wo sie parken sollte. Carl erwartete wohl ziemlich viele Gäste, nach der Zahl der Wachleute und Kellner, die überall herumliefen, zu schließen.

Kate ging über den gepflegten Rasen, wobei sie mit ihren hohen Absätzen bei jedem Schritt im feuchten Boden einsank. Sie hatte beinahe den gepflasterten Weg erreicht, als ihr Handy klingelte.

»Hallo, Kate, mein Liebling. Wo bleibst du?«, flötete Carl ihr ins Ohr.

»Ich stehe auf deinem Rasen, Carl.«

»Ah, das ist wunderbar.«

»Und wo bist du?«

»In meinem Ankleidezimmer. Ich versuche mich gerade zu entscheiden, ob ich lieber den weißen Leinenanzug oder den Nadelstreifenblazer mit der hellen Hose anziehen soll. Ich werde so oder so fürchterlich schwitzen, aber ich muss schließlich für all die Kritiker gut aussehen, die heute Abend kommen werden, oder?«

»Du siehst doch immer gut aus.«

»Ich wollte dir auf jeden Fall nur Bescheid sagen, dass ich noch eine Weile brauche, zumal ich Cinnamon im Hotel abholen muss. Die Limousine wartet schon auf mich. Ich wollte dich um einen Gefallen bitten. Kannst du bitte überprüfen, ob mit dem Zeltaufbau alles in Ordnung ist? Ich habe keine Zeit mehr, mich darum zu kümmern, bevor die Gäste kommen, und ich möchte sichergehen, dass alles perfekt ist. Du hast einen so unfehlbaren Geschmack und wirst schon dafür sorgen, dass alles toll ist.«

»Ja, das mache ich gerne«, erwiderte Kate lächelnd. Carl hatte schon immer einen Hang zur Dramatik gehabt.

»Du bist ein Schatz. Ich revanchiere mich«, sagte Carl und legte auf.

Kate fand den Eingang und betrat das Zelt. Die Klimaanlage lief zwar auf Hochtouren, aber das nützte wenig, da ein ständiges Kommen und Gehen herrschte. An einem Ende standen riesige Tische für das Büfett mit bunten Blumenarrangements in Kristallschalen und Silbervasen. Im Raum waren kleine, mit weißem Leinen eingedeckte Tische mit weißen Klappstühlen verteilt. Alles schien gut zu funktionieren.

Ihre Präsentkörbe standen auf einem Tisch in der Ecke. Die weiße Tischdecke reichte bis zum Boden, und ihr Logo hing vorne herunter. Sie rückte es gerade und arrangierte die Körbe im Halbkreis. Anschließend trat sie einen Schritt zurück, um ihr Werk zu bewundern.

Dieses Ding bringt mich um, dachte sie. Der Büstenhalter schnürte ihr den Oberkörper zusammen. Es tat richtig weh, und am liebsten hätte sie ihn sich vom Leib gerissen, als sie in die Kunstgalerie zur Damentoilette eilte. Sie würde ihn ablegen und in den Abfalleimer werfen.

Leider waren die Toiletten abgesperrt, weil dort sauber gemacht wurde. Kate hätte die Schilder ja ignoriert und wäre einfach hineingegangen, aber an den Türen waren Wachleute postiert, und sie würden sie bestimmt nicht hineinlassen.

Was sollte sie nur tun? Kate blickte sich nach einem leeren Zimmer um, dessen Tür man verschließen konnte, aber es gab keines. Es ging ihr gar nicht gut, als sie wieder ins Zelt zurücklief, aber ihre Laune besserte sich, als sie sah, dass jemand unter ihr Logo einen großen Korb voller Blumen auf den Boden gestellt hatte, um darauf aufmerksam zu machen. Sie durfte nicht vergessen, sich bei Carl dafür zu bedanken.

Die Hitze war drückend. Sie ergriff ein Programmheft und fächelte sich Luft zu. Kellner liefen herum und stellten weitere tragbare Klimaanlagen auf, damit alles bereit war, wenn in knapp zwei Stunden die Gäste eintrafen.

Als Kate vor das Zelt trat, um ein bisschen frische Luft zu schnappen, erblickte sie in ein paar Metern Entfernung eine Baumgruppe, die von Sträuchern umgeben war. Bingo. Dort konnte sie vor neugierigen Blicken geschützt den trägerlosen Büstenhalter ausziehen. Rasch blickte sie sich um, um sich zu vergewissern, dass niemand ihr folgte, und lief zu den Bäumen.

Eine Minute später hatte sie sich von dem Folterinstrument befreit.

»Endlich!« Sie seufzte erleichtert. Jetzt konnte sie wieder frei atmen.

Es war ihr letzter Gedanke vor der Explosion.

3

Die Polizei fand sie zusammengerollt am Fuß eines hundertjährigen Walnussbaumes. Ihr Büstenhalter baumelte von einer Magnolie, die fünf Meter entfernt stand. Niemand konnte sich so recht vorstellen, wie die Kraft der Explosion ihr das Wäschestück aus schwarzer Spitze vom Leib gezogen, ihr Kleid aber heil gelassen hatte.

Die Explosion hatte ein riesiges Stück aus dem Hügel gerissen und einen kleinen Krater hinterlassen, wo das Zelt gestanden war. Eine Feuerwalze hatte sich wie Lava den Hügel hinunter ergossen, und der prachtvolle Walnussbaum war senkrecht in der Mitte gespalten worden. Ein dicker Ast war abgebrochen und in einem Bogen über Kate gelandet, sodass sie von Laub und Zweigen völlig bedeckt war. Er schützte sie vor den Glas- und Metallstücken, die mit der Wucht von Geschossen durch die Luft flogen.

Die Häuser erzitterten bis in einem Kilometer Entfernung, jedenfalls behaupteten die Anwohner das. Manche hielten die Erschütterungen für ein Erdbeben und rannten schutzsuchend in Hauseingänge.

Es grenzte an ein Wunder, dass niemand getötet oder ernsthaft verletzt worden war. Hätte sich jemand vom Personal oder von den Gästen zum Zeitpunkt der Explosion im Zelt aufgehalten, wären sie wahrscheinlich kaum noch zu identifizieren gewesen.

Kate wäre auf jeden Fall tot gewesen, und wenn sie nicht diesen schlecht sitzenden BH getragen hätte, hätte sie im Zentrum der Explosion gestanden. Aber auch so schien es unglaublich, dass sich alle ihre Körperteile noch dort befanden, wo sie hingehörten. Eine der Zeltstangen aus Metall war wie ein ferngesteuertes Geschoss mitten in den Baum eingeschlagen und hatte ihn direkt über Kate gespalten. Die Spitze zeigte genau auf ihr Herz.

Nate Hallinger, ein Kriminalbeamter, der erst seit Kurzem bei der Polizei in Charleston war, fand sie. Er ging gerade den Hügel hinauf, um der Spurensicherung nicht im Weg zu sein, als er ein Handy klingeln hörte. Der Klingelton erinnerte ihn an den Harry-Potter-Film, den er sich gerade mit seinen Neffen angeschaut hatte. Als er zu dem gespaltenen Walnussbaum kam, hörte es auf. Da er annahm, das Gerät müsse irgendwo auf dem Boden liegen, bückte er sich und entdeckte ein Paar wohlgeformter Beine.

Er versuchte, näher an sie heranzukommen, aber der Stamm des Baumes neigte sich, und sie würde zerquetscht werden, wenn er umfiel. Als Nate die Frau stöhnen hörte, wich er zurück.

Zwei Sanitäter kamen auf ihn zu. »Ach du lieber Himmel, George«, sagte der eine. »Sieh dir das mal an!«

»Was?«, fragte sein Partner und robbte auf dem Bauch an Kate heran.

»Die Stange, Mann. Sieh dir die Stange an. Sie zielt genau auf ihr Herz. Na, die Frau hat ja vielleicht Glück gehabt.«

»Ja, wenn sie keine inneren Verletzungen hat, stimme ich dir zu, Riley. Sie hat wirklich Glück gehabt.«

George war fünfzehn Jahre älter als sein Partner. Er bildete Riley aus, und obwohl er eigentlich gerne mit dem jüngeren Mann zusammenarbeitete, ging ihm das ständige Geplapper manchmal auf die Nerven. Aber manchmal kam eben auch etwas Sinnvolles aus seinem Mund.

Vorsichtig hob Riley einen der Äste an und rutschte näher an die Frau heran. »Hast du gehört?«, flüsterte er. »Die Polizei glaubt, dass eigentlich die Künstlerin gemeint war und die Bombe nur zu früh hochgegangen ist. Ich habe gehört, wie einer der Feuerwehrleute gesagt hat, es wäre der reinste Overkill gewesen. Aber ich bin nicht sicher, was das bedeutet, und ich habe mich nicht getraut zu fragen, weil sie dann gemerkt hätten, dass ich sie belausche.«

Die beiden Sanitäter kamen nicht an Kate heran, deshalb riefen sie Hilfe. Vier starke Feuerwehrleute waren nötig, um den gespaltenen, entwurzelten Stamm und die Äste beiseitezuräumen, damit die Sanitäter sie endlich untersuchen konnten. Staunend stellten sie fest, dass alle Knochen heil geblieben waren. Sie legten sie auf eine Trage und brachten sie den Hügel herunter.

Kate kam nur langsam zu sich. Als sie die Augen aufschlug, sah sie die verschwommenen Umrisse von drei Männern, die sich über sie beugten.

Sie kam sich vor wie in einer Hängematte, die hin- und herschaukelte. Übelkeit stieg in ihr auf, und sie schloss die Augen wieder. Die Luft roch verbrannt.

Nate ging neben der Trage her.

»Kommt sie wieder in Ordnung?«, fragte er.

»Ich denke schon«, sagte Riley.

»Das müssen die Ärzte entscheiden«, erwiderte George.

»Ist sie ansprechbar?«

»Wer sind Sie überhaupt?«, fragte George.

»Detective Nate Hallinger. Ist sie ansprechbar?«, wiederholte er.

»Sie hat einen mächtigen Schlag auf den Hinterkopf bekommen«, erwiderte Riley.

Der andere Sanitäter nickte, aber Nate merkte, dass seine Aufmerksamkeit seiner Patientin galt.

»Sie hat wahrscheinlich eine Gehirnerschütterung«, sagte er.

»Oh, oh«, meinte Nate. »Aber ist sie ansprechbar?«, fragte er noch einmal. Vielleicht bekam er ja beim dritten Mal eine Antwort auf seine Frage. »Hat sie etwas gesagt?«

»Nein, sie ist noch bewusstlos«, sagte Riley.

Der Nebel in Kates Kopf begann sich zu lichten. »Nein, sie ist nicht mehr bewusstlos«, flüsterte sie. »Und sie kann auch laufen.«

Nate lächelte sie an. Die Frau war hart im Nehmen. Das gefiel ihm. »Können Sie mir Ihren Namen sagen?«

Kate traute sich nicht zu nicken, weil sich bei jeder Bewegung ihre Kopfschmerzen verschlimmerten. Tablette, dachte sie. Ich brauche dringend eine Kopfschmerztablette.

»Kate MacKenna«, sagte sie. »Was ist passiert?«

»Es hat eine Explosion gegeben.«

Kate runzelte die Stirn. »Ich kann mich nicht an eine Explosion erinnern. Ist jemand verletzt worden?«

»Sie«, erwiderte Riley.

»Mir geht es gut. Bitte, lassen Sie mich aufstehen.«

Ihre Bitte wurde ignoriert. Sie fragte noch einmal, ob jemand verletzt worden sei, und George antwortete: »Ein paar Leute haben ein paar Kratzer und Prellungen abbekommen.«

»Kann ich eine Schmerztablette haben?«

»Sie haben starke Kopfschmerzen, oder?«, sagte George. »Wir können Ihnen jetzt nichts geben. Wenn Sie im Krankenhaus sind …«

»Ich brauche nicht ins Krankenhaus.«

»Sie haben bestimmt einen Schutzengel gehabt«, warf Riley ein.

Verwirrt blinzelte sie ihn an. »Wie bitte?«

»Wenn Sie im Zelt gewesen wären, wären Sie jetzt tot.«

Mittlerweile waren sie unten am Hügel angekommen, wo der Krankenwagen schon bereitstand.

»Ich fahre mit ihr ins Krankenhaus«, erklärte Nate.

»Ja, das ist wahrscheinlich in Ordnung. Sie ist ja bei Bewusstsein.«

»Mich muss niemand ins Krankenhaus fahren. Es geht mir wieder gut«, sagte Kate. »Mein Auto steht irgendwo auf dem Gelände.«

»Sie können jetzt nicht Auto fahren«, erwiderte George.

»Aber mein Führerschein ist im Auto und meine Handtasche und …« Sie brach ab, weil ihr auf einmal klar wurde, wie unerheblich diese Information jetzt war.

»Meinen Sie, Sie könnten mir ein paar Fragen beantworten?«, fragte Nate.

Seine Stimme gefiel ihr. Sie war weich – und nicht zu laut.

»Natürlich.«

»Können Sie mir erzählen, was passiert ist?«

Kate seufzte. »Das weiß ich nicht.« Warum konnte sie sich nicht erinnern? Was war bloß los mit ihr? Vielleicht würde ja ihre Erinnerung zurückkommen, wenn erst einmal die Kopfschmerzen weg waren.

»Ist Ihnen jemand aufgefallen? Sie wissen schon, jemand, der dort nicht hingehörte?«

Sie schloss die Augen. »Ich weiß nicht, tut mir leid. Vielleicht fällt es mir ja später wieder ein. Und es wurde wirklich niemand verletzt?«, fügte sie hinzu.

»Nein. Alle Angestellten waren gerade im Haus, um die Platten fürs Büfett vorzubereiten. Und der Inhaber der Galerie war unterwegs, um die Künstlerin abzuholen.«

»Gott sei Dank«, flüsterte sie.

»Ein bisschen später, und es hätte ein Massaker gegeben«, warf George ein.

Der Kriminalbeamte saß ihr gegenüber, die Ellbogen auf die Knie gestützt, und blickte sie aufmerksam an. »Versuchen Sie nachzudenken, Kate. Ist Ihnen irgendetwas Ungewöhnliches aufgefallen?«

Trotz ihrer Benommenheit entging ihr der drängende Unterton in seiner Stimme nicht. »Sie halten also die Explosion nicht für einen Unfall?«

»Wir schließen keine Möglichkeit aus.«

»Eine der transportablen Klimaanlagen?«, fragte sie. »Überall lagen Kabel herum. Vielleicht …« Sie hielt inne, als er den Kopf schüttelte. »Ist es nicht möglich, dass eine der Klimaanlagen in die Luft geflogen ist?«

»Nicht einmal Hunderte dieser Geräte hätten so einen Schaden anrichten könnten. Die Explosion hat den halben Hügel weggesprengt.«

Riley beugte sich über Kate und prüfte noch einmal ihren Blutdruck. Er lächelte, als er die Manschette wieder abnahm.

»Und, wie geht es ihr?«

»Ihre Werte sind gut.«

»Mein Kopf tut auch nicht mehr so weh«, sagte Kate. Es war eine Lüge, aber sie wollte nach Hause.

»Sie müssen trotzdem im Krankenhaus untersucht werden«, sagte George.

Hallinger klappte sein Notizbuch zu und betrachtete sie eingehend. So attraktiv wie diese Frau waren nicht viele Opfer, dachte er. Aber dann merkte er, dass er sie anstarrte, und blickte rasch weg. »Dieser alte Baum hat Ihnen das Leben gerettet. Wenn Sie nicht dahinter gestanden hätten, hätten Sie nicht überlebt. Was haben Sie überhaupt dort gemacht? Sie waren ziemlich weit vom Anbau und dem Zelt entfernt.«

Sie wandte ihm den Kopf zu, zuckte aber sofort vor Schmerz zusammen. Sie brauchte wirklich unbedingt eine Tablette. »Ich bin spazieren gegangen«, antwortete sie. Das war nicht gelogen. Und den Grund dafür brauchte sie doch nicht zu erklären.

»In dieser Hitze? Wäre es da nicht sinnvoller gewesen, ins Haus zu gehen oder im Zelt zu bleiben, in der Nähe der Klimaanlagen?«

»Das sollte man meinen«, stimmte sie ihm zu. »Aber ich wollte eben an die frische Luft. Die Hitze macht mir nichts aus.« Okay, das war gelogen, aber nur ein bisschen, damit konnte sie leben.

»Waren Sie alleine bei Ihrem Spaziergang?«

»Ja.«

»Hm.« Er verzog skeptisch das Gesicht.

»Detective, ein vorgeblicher Begleiter wäre doch von der Druckwelle auch ohnmächtig geworden?«

»Wenn er oder sie sich noch in der Nähe befunden hätte.«

Bevor sie antworten konnte, fuhr er fort: »Wie lange waren Sie dort draußen?«

»Wo draußen?«

»Hinter den Bäumen.«

»Ich weiß nicht. Nicht lange.«

»Ach ja?« Seine Stimme klang ungläubig.

»Gibt es ein Problem?«, fragte sie.

»Die Spurensicherung hat etwa sieben Meter entfernt etwas gefunden.«

»Was denn?«, fragte sie. Aber dann merkte sie auf einmal, worauf er hinauswollte. Oh Mann, der Schlag auf den Kopf hatte sie anscheinend begriffsstutzig gemacht.

»Ein Kleidungsstück«, sagte er. »Unterwäsche, die meiner Meinung nach von Ihnen getragen worden ist.«

Sie wurde rot. »Niemand war bei mir. Sie meinen den schwarzen Büstenhalter, nicht wahr? Ja, er gehört mir. Die Damentoilette war noch zugesperrt, und ich habe einen Ort gesucht, an dem ich ihn ungestört ablegen konnte. Und die Baumgruppe erschien mir geeignet dafür.«

»Warum?«

»Warum was?«

»Warum wollten Sie ihn ablegen?«

Er stellte wirklich zudringliche Fragen, dachte sie. Sie hätte ihm durchaus antworten können, dass ihn das nichts anginge, aber sie beschloss, lieber aufrichtig zu sein. »Er hat mich fast umgebracht.«

»Wie bitte?«

Alle im Krankenwagen interessierten sich anscheinend auf einmal für das Thema. Auch Riley und George warteten gespannt auf ihre Erklärung.

»Die Bügel …«

»Ja?«

Du liebe Güte. »Eine Frau würde das sofort verstehen.«

»Aber ein Mann nicht?«

Er ließ einfach nicht locker. Sie fragte sich langsam, ob er sie absichtlich in Verlegenheit bringen wollte.

»Versuchen Sie einmal nur eine Stunde lang, so ein Ding zu

tragen. Ich versichere Ihnen, dann wollen Sie es auch loswerden.«

Er lachte. »Nein danke. Ich muss mich wahrscheinlich mit Ihrer Auskunft begnügen.«

Er hatte ein nettes Lächeln.

»Sind Sie verheiratet?«, fragte er. »Müssen wir Ihren Ehemann verständigen?«

»Nein, ich bin nicht verheiratet. Ich wohne mit meinen Schwestern zusammen.« Sie versuchte sich aufzusetzen, aber dann fiel ihr ein, dass sie festgeschnallt war. »Ich muss sie anrufen. Sie machen sich bestimmt Sorgen.«

»Wenn wir im Krankenhaus sind, erledige ich das für Sie.« Er blickte aus dem Rückfenster. »Wir sind gleich da.«

»Ich muss nicht ins Krankenhaus. Meine Kopfschmerzen sind fast weg.«

Sein Blick sagte ihr, dass er ihr kein Wort glaubte.

»Sie wohnen nicht direkt in Charleston?«, fragte er.

»Nein«, antwortete sie. Er wusste bestimmt schon ihre Adresse, ihre Telefonnummer und wahrscheinlich auch jedes andere Detail über ihr Leben. Der Computer hatte mittlerweile sicher schon alles über sie ausgespuckt, was es zu wissen gab.

»Wir wohnen in Silver Springs, aber es ist nicht weit von der Stadt entfernt. Sind Sie neu in der Gegend?«

»Ja«, erwiderte er. »Ich bin gerade aus Savannah zugezogen. Das Leben hier ist ziemlich entspannt.« Lächelnd fügte er hinzu: »Für gewöhnlich jedenfalls. Das ist wahrscheinlich das Aufregendste, was Ihnen dieses Jahr passieren wird.«

4

Kiera und Isabel stürzten in die Notaufnahme. Kiera lächelte erleichtert, als sie Kate sah. Isabel hingegen wirkte verängstigt.

Der Arzt in der Notaufnahme untersuchte Kate und schickte sie nach unten zur Tomografie. Es war ziemlich voll, und sie musste zwei Stunden warten, bis alle Untersuchungen beendet waren. Dann wurde sie wieder nach oben in ein Krankenzimmer gefahren. Kiera marschierte im Flur auf und ab. Isabel saß auf der Bettkante und sah fern. Die Nachrichten berichteten fast ausschließlich von der Explosion.

Hastig sprang Isabel auf, als sie Kate sah, und nahm ihre im Bett liegende Schwester in die Arme.

»Es ist alles in Ordnung, oder? Du hast uns einen ganz schönen Schrecken eingejagt, aber du bist doch okay, oder?«

»Ja, mir geht es gut.«

Kiera stellte das Kopfende des Bettes höher, damit Kate sitzen konnte.

»Du siehst mich nicht dreifach, sag?«, fragte Isabel. Sie schüttelte fürsorglich das Kissen auf, bereitete Kate damit aber nur Schmerzen.

»Wenn sie dich dreifach sehen würde, würde sie laut schreien. Eine Isabel reicht.« Kiera lachte.

»Das finde ich nicht komisch«, sagte Isabel, musste aber ebenfalls lächeln.

Kiera ergriff Kates Krankenblatt vom Fußende des Bettes und begann darin zu lesen.

»Darfst du das überhaupt?«, fragte Isabel.

Kiera zuckte mit den Schultern. »Wenn sie nicht wollen, dass man es liest, dann sollten sie es nicht herumliegen lassen. Sie behalten dich über Nacht zur Beobachtung.«

»Ich weiß«, sagte Kate. »Ich will aber nach Hause.«

»Bleib besser hier«, erwiderte Kiera. »Tante Nora war noch unterwegs, aber wir haben ihr eine Nachricht hinterlassen. Sie kommt bestimmt mit einem Notbett angereist, um dich die ganze Nacht über im Auge zu behalten.«

»Hat sie einen Schädelbruch?«, fragte Isabel, die über Kieras Schulter auf das Krankenblatt blickte.

»Das glaube ich nicht. Ihr Schädel ist so hart wie Granit.«

Isabel ergriff Kates Hand. »Du hast mir … nein, uns … Angst eingejagt. Was sollen wir denn ohne dich tun? Als du noch in Boston warst, war es so einsam zu Hause. Kiera hat ständig nur die Nase in ihre Fachbücher gesteckt.«

»Sie wird wieder gesund, Isabel. Mach nicht so einen Aufstand.«

Isabel trat ans Fenster und setzte sich auf die Fensterbank. »Okay. Wer war denn eigentlich der Mann, der im Krankenwagen mitgefahren ist? Der war echt süß.«

»Männer finden es nicht so toll, wenn man sie als süß bezeichnet«, ertönte eine männliche Stimme von der Tür her.

Keine von ihnen hatte bemerkt, dass Nate ins Zimmer getreten war. Er zuckte zusammen, als sich ihm alle drei Köpfe zuwandten. Mann, nicht eine Einzige von ihnen sah unscheinbar aus. Isabel lief sofort rot an.

»Kommen Sie doch herein«, sagte Kate. Sie stellte ihn ihren Schwestern vor.

»Ich habe vergessen, Ihnen meine Karte zu geben«, sagte er. »Wenn Sie etwas brauchen oder sich an etwas erinnern, ganz gleich, wie unwichtig es Ihnen erscheint, rufen Sie mich an.«

»Ja, das mache ich.«

Unschlüssig blieb er stehen. »Wie geht es Ihrem Kopf?«

»Besser.«

Er nickte. »Okay.«

Zögernd wandte er sich zum Gehen, aber Isabel rief: »Darf ich Sie etwas fragen, Detective?« Lächelnd trat sie einen Schritt auf ihn zu.

Kate und Kiera sahen sich an. Isabels Charmeoffensive versagte nie.

»Klar«, erwiderte er. »Was wollen Sie denn wissen?«

»Nimmt die Polizei diese Malerin, Cinnamon, in Schutzhaft?«

Er lehnte sich an den Türrahmen. »Warum fragen Sie?«

Isabel wies mit dem Kinn auf den Fernseher. »Sie hat in den Nachrichten gesagt, sie verlange Polizeischutz. Ich finde das ziemlich ironisch, wenn man bedenkt, wie sie bisher die Polizei immer verteufelt hat. Einer von den Nachrichtenreportern hat ein paar der schrecklichen Dinge zitiert, die sie von sich gegeben hat, unter anderem, dass Sie alle korrupt wären.« Sie holte tief Luft und fuhr fort: »Cinnamon sagt, die Bombe hätte ihr gegolten und sie sollte umgebracht werden. Sie sagt, man wolle sie zum Schweigen bringen wegen ihrer politischen Ansichten … und, ach so, auch wegen ihrer Kunst.«

»Glaubt sie im Ernst, dass man sie wegen ihrer Kunst umbringen will?« Kiera lachte. »Ist sie so schlecht?«

Isabel runzelte die Stirn. »Das ist nicht komisch. An der Wand hinter ihr hingen ein paar Gemälde, und sie zeigte während des Interviews ständig darauf. Ich glaube, sie wollte ein bisschen Werbung machen.«

»Weiß man schon, was die Explosion verursacht hat?«, fragte Kiera.

Nate wandte sich zu ihr. »Den genauen Typ kennen wir noch nicht, aber es war definitiv eine Bombe. Unsere Leute arbeiten daran.«

Er blickte wieder zu Kate. »Wenn Ihnen noch etwas einfällt …«, sagte er und wandte sich zum Gehen.

Kate nickte.

Isabel wartete, bis er außer Hörweite war, dann sagte sie: »Ist er nicht goldig?«

»Ja, das ist er«, stimmte Kiera ihr zu. »Aber er ist zu alt für dich. Er ist bestimmt schon Mitte dreißig. Und …«

Isabel verschränkte die Arme vor der Brust. »Und was?«

»Und er ist an Kate interessiert.«

Kate hatte nicht auf ihre Schwestern geachtet, aber als sie ihren Namen hörte, hob sie den Kopf. »Als Zeugin«, warf sie ein. »Er ist als Zeugin an mir interessiert. Mehr nicht.«

»Er ist gar nicht zu alt für mich«, erklärte Isabel.»Ich frage mich, ob er wohl Single ist oder verheiratet. Ich habe keinen Ring an seinem Finger gesehen.«

»Schluss jetzt«, erwiderte Kiera empört. »Ich habe dir doch gesagt, dass er gar kein Interesse an dir hat.«

Isabel ignorierte sie. »Du hättest ihn fragen sollen, Kate.«

»Herrgott, ich war bewusstlos.« Vorsichtig sank Kate zurück in die Kissen. Ihr Kopf pochte, aber das alberne Gespräch lenkte sie wenigstens ein bisschen ab. »Wann hätte ich ihn denn fragen sollen? Im Krankenwagen?«

»Nein, natürlich nicht. Ich meine ja nur …«

»Du hast dir schon wieder eine Gelegenheit entgehen lassen.«

»Das soll wohl ein Witz sein.« Wenn ihr Kopf nicht so wehgetan hätte, hätte sie laut gelacht.

»Nein, ich meine es ernst. Ich weiß schon gar nicht mehr, wie lange es her ist, dass du eine richtige Beziehung gehabt hast. Ich glaube, du hattest noch nie …«

»Kate, Schätzchen!« Carl Bertolli stand in der Tür.

Er wartete, bis alle Blicke auf ihn gerichtet waren, und trat dann ein. Carl liebte große Auftritte, ganz gleich, bei welcher Gelegenheit.

Isabel war entzückt, ihn wiederzusehen. Sie war ihm erst einmal begegnet, als er Kate zu einer wichtigen Wohltätigkeitsveranstaltung abholte, und er hatte einen bleibenden Eindruck hinterlassen. Carl war eine schillernde, strahlende Persönlichkeit.

Er ergriff Kates Hand und küsste sie auf die Stirn.

»Mein armer, armer Liebling. Das ist ein Albtraum, ein absoluter Albtraum. Es ist ein Wunder, dass niemand bei der Explosion ernsthaft verletzt oder getötet worden ist, und ich sage dir, wenn ich nicht diesen weißen Anzug anhätte, würde ich auf der Stelle auf die Knie sinken und Gott danken.«

Kiera hustete, um nicht lachen zu müssen. Kate zog ihre Hand weg und sagte: »Du erinnerst dich sicher noch an meine Schwestern, Kiera und Isabel.«

»Ja, natürlich.« Er lächelte sie strahlend an und sagte: »Ich hoffe, Sie geben mir nicht die Schuld an dem, was passiert ist. Ich hätte der verrückten Künstlerin nie erlauben dürfen, bei mir ihre Werke zu zeigen. Ich bin gewarnt worden, aber ich habe einfach nicht geglaubt, dass jemand diese Frau ernst nimmt.« Er wandte sich wieder an Kate. »Na ja, in dieser Hinsicht trifft mich wohl doch die Schuld.«

Er wollte nur getröstet werden, aber Kate hatte im Augenblick keinen Sinn dafür. »Carl, die Polizei kommt schon dahinter. Du konntest ja nicht wissen, dass jemand so extrem reagieren würde.«

»Lieb von dir, das zu sagen. Weißt du übrigens, dass der Galerie nichts passiert ist? Kein Stein ist verrutscht. Ist das nicht erstaunlich? Allerdings habe ich ein Loch von der Größe eines Swimmingpools im Rasen, aber wenn ich bedenke, wie viel schlimmer es hätte kommen können ...« Er schwieg, zuckte mit den Schultern und tätschelte wieder ihre Hand. »Es ist schön, dass du mir verzeihst. Ich lasse dich jetzt ruhen. Wenn du etwas brauchst?«

»Ja, dann rufe ich dich an.«

Er schenkte ihr noch ein strahlendes Lächeln, verbeugte sich vor Isabel und Kiera und verließ das Zimmer.

Kiera und Isabel starrten ihm nach. Er schien bei seinem Abgang die gesamte Energie im Raum mitgenommen zu haben.

»Carl ist ein interessanter Typ«, bemerkte Kiera. »Ein bisschen dramatisch, aber interessant.«

»Tante Nora war ganz hingerissen von ihm«, sagte Isabel. »Sie hat gemeint, er erinnere sie an den jungen George Hamilton. Als ich sie fragte, wer George Hamilton sei, wurde sie richtig böse und sagte, so alt sei sie auch noch nicht. Ich habe keine Ahnung, was sie gemeint hat. He, Kate, wie wäre es denn mit Carl?«

»Wie meinst du das?«

»Pass doch auf. Wir reden über dein Liebesleben.«

»Nein, das tun wir nicht. Du redest darüber.«

Isabel ignorierte sie. »Und da du ja anscheinend nicht gewillt bist, dich selbst darum zu kümmern, werde ich das für dich erledigen.«

Kiera brach in Gelächter aus. »Und du findest, Kate und Carl würden gut zueinanderpassen?«

Kate verzog das Gesicht, um nicht ebenfalls lachen zu müssen. »Carl ist nicht nur nicht mein Typ. Er ist auch verlobt. Und seine Verlobte passt viel besser zu ihm als ich.«

Isabel errötete. »Okay, dann eben nicht. Aber, Kate, du solltest wirklich entspannter an die Dinge herangehen, um deine Zugeknöpftheit auszugleichen.«

»So ein Wort gibt es nicht«, warf Kiera ein.

»Kiera, bitte, hab Gnade«, flehte Kate. »Fahr mit Isabel nach Hause.«

»Okay, wir sind dann weg. Ruf mich morgen früh an, um mir zu sagen, wann ich dich abholen soll.«

Isabel war nicht im Geringsten beleidigt, dass Kate sie loswerden wollte. Sie wandte sich zum Gehen, blieb dann aber noch einmal stehen. »Und jag mir nie wieder so einen Schrecken ein. Das musst du mir versprechen, Kate.«

Die Angst in ihrer Stimme war nicht zu überhören. »Ich verspreche es«, gelobte Kate.

Isabel nickte. »Okay.« Seufzend fügte sie hinzu: »Jetzt, wo du endlich für immer zu Hause bist, wird sowieso alles wieder normal werden.«

5

Am nächsten Nachmittag holte Kiera Kate aus dem Krankenhaus ab. Als sie in ihre Einfahrt einbogen, läutete gerade der Paketbote an der Haustür. Kiera bestätigte den Empfang, und der Mann drückte Kate ein schweres Päckchen in die Arme.

»Rate mal, was wir heute Abend machen«, sagte Kate und ging sofort durch zur Küche. Sie nahm ein Messer, schlitzte den Umschlag auf und schüttete den Inhalt auf den Küchentisch.

Isabel war ebenfalls in die Küche gekommen. »Was ist das?«, fragte sie und verschwand hinter der Kühlschranktür, um sich etwas zu essen zu nehmen.

»Rechnungen«, erwiderte Kiera. »Ich hatte Tucker Simmons gebeten, unseren Steuerberater, sämtliche Rechnungen und Belege von Mom herüberzuschicken.«

Isabel schloss die Kühlschranktür und trat an den Tisch, eine Selleriestange in der Hand. »Und warum schickt er uns die Rechnungen gerade jetzt?«

»Als Mom so krank geworden ist, hat sie verfügt, dass Mr Simmons sich noch bis ein Jahr nach ihrem Tod um alles kümmern soll. Ich habe ihr zwar gesagt, ich könne das auch machen, aber sie meinte, es sei zu schwierig für mich von Boston aus. Und ihr wisst ja, wie überzeugend Mom argumentieren konnte.«

»Haben wir denn überhaupt genug Geld, um alle diese Rechnungen zu bezahlen?«, fragte Isabel.

»Das genau müssen wir herausfinden«, erwiderte Kiera. »Mom hat sich in dieser Hinsicht ausgeschwiegen. Wenn ich sie nach unserer finanziellen Situation gefragt habe, hat sie nur gesagt: ›Wir kommen über die Runden.‹«

»Das hat sie zu mir auch immer gesagt«, erklärte Kate. »Das war echt ärgerlich.«

Isabel ließ nicht zu, dass ihre Schwestern ihre Mutter kritisierten. »Das hat sie nur gut gemeint. Sie wollte nicht, dass wir uns Sorgen machen. Du solltest dich auf dein Medizinstudium konzentrieren, Kiera, und du, Kate, du solltest deinen Master machen. Ihr brauchtet kein Geld, weil ihr beide Eure Stipendien hattet. Aber Nora und ich waren auf Mom angewiesen, und sie wollte es uns so leicht wie möglich machen. Deshalb hat sie das gesagt.«

»Wie viel mag wohl noch auf dem Sparkonto sein?«, sagte Kiera, ohne auf das leidenschaftliche Plädoyer ihrer kleinen Schwester zu achten. »Und wissen wir eigentlich, ob von Moms Pensionskasse noch etwas zu erwarten ist?«

Kate schüttelte den Kopf. »Ich weiß ja nicht einmal, wie viel sie überhaupt im Monat bekommen hat. Sie wollte nie darüber sprechen. Irgendwo in diesem Berg von Unterlagen werden wir die Antwort finden.«

»Ich mache mir keine Sorgen«, erklärte Isabel. »Selbst wenn kein Geld da ist, fällt Kate schon etwas ein.«

»Warum gerade mir?«

»Weil Kiera noch nicht mit dem Medizinstudium fertig ist und gar nicht nach Hause kommen kann. Und ich gehe in einer Woche aufs College, also bleibst nur noch du. Außerdem seid ihr beiden, Kiera und du, die Intelligenzbestien in der Familie. Wisst ihr was? Ich habe immer geglaubt, ich sei dumm, weil ich nie eine Klasse übersprungen oder die höchste Punktzahl bei einer Klausur erreicht habe, aber Mom hat mir gesagt, ich sei einfach nur normal. Ja, normal«, wiederholte sie und zeigte mit ihrer Selleriestange auf Kate. »Ihr seid die Irren. Ich will ja eure Gefühle nicht verletzen, aber ihr seid beide irgendwie … Freaks.«

Kate lachte. »So hat Mom uns aber nie genannt.«

Isabel runzelte die Stirn. »Aber als normal hat sie euch auch nicht bezeichnet. Kate, was machst du da?«

»Wonach sieht es denn aus? Ich öffne die Rechnungspakete, damit wir endlich anfangen können.«

»Jetzt nicht«, sagte Kiera. »Das hat Zeit bis nach dem Abendessen. Du siehst erschöpft aus. Leg dich doch einfach ein bisschen hin. Die Rechnungen laufen uns schon nicht weg.«

Kate widersprach nicht. Sie hatte immer noch leichte Kopfschmerzen, und außerdem wollte sie gerne duschen und sich umziehen.

Nach dem Duschen schlüpfte sie in Shorts und ein altes T-Shirt, legte sich aufs Bett und schlief sofort ein.

Sie erwachte von den Geräuschen, die aus der Küche zu ihr hinaufdrangen. Es duftete nach gebratenem Hühnchen und Apfelklößen.

»Kiera, heute Abend musst du mit Isabel die Küche aufräumen, sonst komme ich zu spät«, hörte sie ihre Tante sagen.

»Was hast du denn heute Abend vor?«, fragte Isabel.

»Ich muss zu meiner Gruppenbetreuung.«

Seit die Schwestern denken konnten, betreute Tante Nora irgendwelche Gruppen. Schon in St. Louis hatte sie das gemacht, und als sie nach Silver Springs gezogen war, war sie sofort einer Kirchengruppe beigetreten. Keines der Mädchen wusste, was sie eigentlich bei diesen Gruppen machte, aber sie fragten lieber nicht, um sich Tante Noras Vortrag über das Recht auf Privatsphäre zu ersparen.

Für sie galt dieses Recht allerdings nicht. Am liebsten hätte Tante Nora in jeder einzelnen Minute gewusst, wo sie gerade waren.

»Und was hast du heute Abend vor, Fräulein?«, fragte Nora Isabel.

»Ich singe im Pflegeheim«, antwortete Isabel.

»Du wirst den alten Leuten bestimmt fehlen, wenn du auf dem College bist.«

»Ich glaube, mir werden sie noch viel mehr fehlen«, antwortete Isabel. »Sie waren immer so lieb.«

»Weck mich, wenn du nach Hause kommst«, befahl Nora.

»Ich bin erwachsen, und ich glaube nicht, dass ich …«, protestierte Isabel, aber Nora unterbrach sie.

»Ich habe deiner Mutter versprochen, auf dich aufzupassen, und das tue ich auch. Du bist erst erwachsen, wenn du aufs College gehst.«

Kate hörte, wie sie die Hintertür aufmachte. »Ah, ich habe ganz vergessen, euch zu sagen, dass das Umzugsunternehmen das Datum geändert hat«, sagte Nora. »Sie kommen schon am Freitag. Ich hoffe doch, dass ihr mir beim Packen helft.«

»Natürlich helfen wir dir«, versprach Kiera.

»Heißt das, du bist am Freitag schon weg?«, fragte Isabel.

»Ja«, erwiderte Nora. »Aber glaubt bloß nicht, dass ihr mich für immer los seid. Ich werde mindestens so oft hierherkommen, wie ich meine Tochter daheim besucht habe. Ich lebe dann eben nur wieder da. Und jetzt genug geredet, ich komme zu spät. Wo ist meine Tasche?«

»An deinem Arm«, erwiderte Isabel.

Kate hörte, wie die Tür zuging. Sie stand auf, spritzte sich Wasser ins Gesicht und ging nach unten.

Nach dem Essen brach Isabel auf. Kiera musste noch zum Supermarkt, um Besorgungen zu machen, und Kate beschloss, sich die Unterlagen anzuschauen, die der Steuerberater geschickt hatte.

Sie begann mit einem großen Umschlag der Summit Bank & Trust. Sie hatte gar nicht gewusst, dass ihre Mutter mit der Summit etwas zu tun gehabt hatte. Ihr Girokonto hatte sie jedenfalls bei der Bank in Silver Springs gehabt. Aber vielleicht hatte das ja etwas mit der Pension zu tun. Im Umschlag waren mehrere Rechnungen, Kopien von Kreditunterlagen und ganz obenauf ein Brief von einem Mr Edward Wallace, der anscheinend den Kredit bearbeitet hatte.

Sie las den Brief und blickte auf die Unterlagen. »Nein«, flüsterte sie. »Das kann doch nicht stimmen.« Erneut las sie den Brief. Sie konnte einfach nicht akzeptieren, was dort stand.

Und doch wusste sie, dass es stimmte, denn die Unterschrift ihrer Mutter war nicht zu verkennen.

»Oh Gott«, flüsterte sie. »Mutter, was hast du getan? Was hast du getan?«

Es gab keine Pension, keine Ersparnisse, kein Geld von der Versicherung, nichts. Ihre Mutter hatte einen Kredit mit dreijähriger Laufzeit und einer Schlussrate von fast dreihunderttausend Dollar aufgenommen, die in vier Wochen fällig wurde.

Sie hatte ihren gesamten Besitz als Sicherheit eingesetzt, und wenn die Zahlung nicht erfolgte, würde das gesamte Vermögen an die Bank gehen.

Dazu gehörte auch Kates Unternehmen mitsamt seinem Namen.

6

Kate war fassungslos. Mit dem Brief des Bankers und den Kopien des Kreditantrags, den ihre Mutter unterschrieben hatte, in der Hand marschierte sie aufgebracht in der Küche auf und ab.

Wenn die Papiere in Ordnung waren – und natürlich waren sie das; es gab keinen Grund, etwas anderes anzunehmen –, dann hatte ihre Mutter alles weggegeben. Alles.

Mein Gott, Mutter, was hast du dir nur dabei gedacht?

Anscheinend hatte sie überhaupt nichts gedacht. War ihr überhaupt klar gewesen, was sie getan hatte? Waren ihr die Konsequenzen bewusst?

Kate verstand auf einmal, warum ihre Mutter nie über finanzielle Dinge hatte sprechen wollen. Sie hatte nicht gewollt, dass eine von ihnen die Wahrheit erfuhr.

Kates Stimmung wechselte zwischen Wut und Traurigkeit, aber sie musste klaren Kopf bewahren und sich überlegen, was sie tun konnte.

Sie trat ans Küchenfenster und hielt nach Kieras Auto Ausschau. Wenn ihre Schwester nach Hause kam, würde sie ihr sofort die Neuigkeiten berichten. Vielleicht kamen sie ja zu zweit auf eine rettende Idee.

Einige Minuten später jedoch hatte Kate ihre Meinung geändert. Es wäre zwar bestimmt ganz nett, die Sorgen bei ihrer großen Schwester abzuladen, aber es würde nichts ändern. Was geschehen war, war geschehen. Außerdem hatte Kiera nur noch ein paar Tage Zeit, um sich vor dem letzten Studienjahr auszuruhen, und in den nächsten achtzehn Monaten würde sie keinen Urlaub mehr bekommen. Wenn sie die Neuigkeiten erfuhr, würde sie nur nicht schlafen können. Morgen früh war immer noch Zeit, darüber zu sprechen, wenn ... wenn Kate es ihr überhaupt erzählte.

Und Isabel? Wenn sie es Kiera erzählte, sollte sie es dann auch Isabel erzählen? Was war mit dem College? Woher sollte sie das Schulgeld nehmen?

Es musste eine Lösung geben. Kate setzte sich an den Tisch, ergriff ihren Stift und ging noch einmal die Zahlen durch.

Sie zuckte zusammen, als es an der Tür läutete. Als sie aufblickte, sah sie durch das schmale Fenster neben der Haustür einen gut aussehenden jungen Mann, der nervös von einem Fuß auf den anderen trat.

Sie öffnete die Tür und sagte: »Ja?«

Er trat einen Schritt auf sie zu, und sie wich instinktiv zurück, als sie seine Bierfahne roch. Seine Augen waren blutunterlaufen.

»Ist Isabel da?«

»Nein«, antwortete Kate.

»Wo ist sie denn?«, wollte er wissen.

»Wer sind Sie?«

»Reece. Mein Name ist Reece Crowell. Wo ist sie?«

Der Mann war etwa Mitte zwanzig. Er trug eine Khakihose und ein Oberhemd, dessen Ärmel bis zu den Ellbogen aufgekrempelt waren. Seine dunklen Haare hatte er aus seinem kantigen Gesicht zurückgekämmt, und er sah eigentlich recht gut aus.

Kate war überrascht, dass Isabel mit jemandem ausgegangen war, der so viel älter war als sie. Darüber würden sie später sprechen müssen.

Reece trat einen Schritt näher. Kate hatte die Tür nicht weit geöffnet, und um hereinzukommen, würde er sie umstoßen müssen. Aber er machte ein so entschlossenes Gesicht, dass sie das sogar für möglich hielt.

»Ich weiß, dass sie hier ist«, murmelte er. »Ich will sie sehen.«

»Sie ist nicht zu Hause«, sagte Kate mit fester Stimme. »Und Isabel hat gesagt, sie will Sie nicht mehr sehen.«

»Wir wollen heiraten.«

Der Junge hatte anscheinend den Verstand verloren. »Nein, ganz sicher nicht. Isabel geht aufs College, und Sie werden sie in Ruhe lassen.«

Er ballte die Fäuste. »Sie sind schuld! Isabel würde mir das nicht antun. Sie hat gesagt, Sie wollten, dass sie aufs College geht. Sie tut das nur Ihnen und Ihrer gemeinen Schwester zuliebe.«

Sie würde sich auf keinen Fall mit ihm herumstreiten. »Isabel lebt ihr eigenes Leben, und das sollten Sie auch tun.«

Er versuchte, sie beiseitezuschieben, und rief Isabels Namen. Aber Kate ließ sich nicht so schnell wegdrängen.

»Wenn Sie nicht sofort gehen, rufe ich die Polizei«, warnte sie ihn.

»Sie kapieren es wohl nicht, was? Sie gehört mir. Wir fahren nächste Woche nach Europa und werden dort heiraten. Ich habe zu viel Zeit in ihre Gesangskarriere gesteckt, um sie jetzt ziehen zu lassen.«

Erneut kam er auf sie zu, aber dieses Mal war Kate schneller. Sie warf sich mit ihrem ganzen Gewicht gegen die Tür und schloss sie. Dann schob sie den Riegel vor. Sie lehnte sich an die Tür.

Reece hämmerte dagegen und schrie Obszönitäten. Zwischendurch hielt er kurz inne, als erwarte er, dass sich die Tür plötzlich öffnen würde, aber dann schrie und hämmerte er weiter. Kate bekam Angst, dass er die Tür einschlagen würde.

Plötzlich wurde es still, und dann brüllte Reece, so laut er konnte: »Es ist noch nicht vorbei, du Luder!« Danach war es unheimlich still.

Kate wartete einen Augenblick, bis sie durch das Seitenfenster spähte. Reece torkelte über den Rasen. Am Bürgersteig bog er ab und ging weg.

Kates Herz raste. Sie rannte ans Telefon, um die Polizei anzurufen, hielt aber dann inne. Was sollte sie ihnen erzählen? Reece war zwar betrunken und lästig gewesen, aber er hatte sie nicht durch sein gewalttätiges Verhalten bedroht oder sonst einen Schaden angerichtet.

Vielleicht kam er ja zu Verstand, wenn er erst wieder nüchtern war.

Aber seine Abschiedsworte: »Es ist noch nicht vorbei!«, hallten in ihrem Kopf wider.

7

Mitten in der Nacht klingelte das Telefon.

Kate lag wach. Sie konnte einfach nicht schlafen. Als Kiera und Isabel wieder zu Hause waren, hatte sie ihnen von dem Vorfall mit Reece erzählt. Als sie die Sorge und die Angst auf ihren Gesichtern sah, hatte sie es nicht übers Herz gebracht, auch noch die finanziellen Probleme anzusprechen. Für einen Abend reichte es erst einmal. Mehr wollte sie ihnen nicht aufbürden.

Zahllose Male hatte sie über den Zahlen gebrütet, in der Hoffnung, eine Lösung zu finden, bevor sie das Problem ihren Schwestern enthüllen musste. Das Klingeln des Telefons riss sie aus ihren Gedanken, und sie nahm rasch ab, damit die übrigen Hausbewohner nicht wach wurden. Gute Nachrichten waren um zwei Uhr morgens nicht zu erwarten. Hoffentlich war nicht Reece am Telefon.

»Habe ich dich geweckt?«, fragte Jordan.

Erleichtert stieß Kate die Luft aus. »Nein, ich bin hellwach. Was ist los?«

»Warum antwortest du nicht auf deine E-Mails? Ich sitze seit neun Uhr vor meinem Computer.«

»Tut mir leid. Ich bin mit den Rechnungen beschäftigt.« Jordans Stimme klang nervös, und Kate wusste sofort, dass etwas nicht stimmte. Irgendetwas Schreckliches musste passiert sein, sonst würde sie nicht mitten in der Nacht anrufen. Gute Nachrichten hatten immer Zeit bis zum nächsten Morgen.

Aber Kate hütete sich, sofort nach dem Problem zu fragen. Sie und Jordan waren schon sehr lange beste Freundinnen, und Kate wusste ganz genau, wie sie funktionierte. Unter Druck machte Jordan dicht.

»Was ist bei dir so los?«, fragte Jordan jetzt.

»Nichts Besonderes. Nur das Übliche.«

»Was denn? Kate, lass uns einen Moment lang über alltägliche Dinge sprechen, ja?«

Oh Gott, es mussten wohl ganz schlechte Neuigkeiten sein. Kate zog sich der Magen zusammen.

»Okay«, sagte sie. »Ich bin die Rechnungen durchgegangen, und weißt du, was ich herausgefunden habe? Nein, du brauchst nicht zu raten, darauf kommst du nie. Mom hat vor ihrem Tod einen Kredit in der Höhe des Empire State Building aufgenommen und in den letzten drei Jahren nur Zinsen dafür bezahlt. Die Schlussrate ist in einem Monat fällig, und damit gehen das Haus, das Auto und unser gesamtes Vermögen drauf, einschließlich meiner Firma und meines Namens. Ach, und gestern Abend bin ich beinahe in die Luft geflogen.«

»Du fehlst mir so.«

»Du hast mir überhaupt nicht zugehört, was?«

»Oh, tut mir leid. Was hast du gesagt?«

Das war kein Witz. Jordan hörte sich so an, als sei sie meilenweit weg. Der Druck auf Kates Magen verstärkte sich.

»Ich habe gesagt, es ist heiß hier, heiß und feucht. Was ist bei dir?«

»Ich habe einen Knoten.«

Auf einmal war alles anders. Die Sorgen um das Haus, die Rechnungen und das Schulgeld waren vergessen, und nur noch ihre Freundin war wichtig.

»Wo? Wo denn?« Sie bemühte sich, ruhig zu bleiben.

»In der linken Brust.«

»Warst du schon bei einem Spezialisten? Bist du richtig untersucht worden?«

»Ja«, antwortete Jordan. »Am Freitagmorgen werde ich operiert. Der Chirurg wollte die Biopsie schon morgen machen, aber das habe ich abgelehnt. Du brauchst ja ein bisschen Zeit, um hierherzukommen, oder?« Sie klang wie ein verängstigtes kleines Mädchen.

»Ja. Ich komme morgen.«

»Ich buche dir einen Flug. Zeit und Flugnummer maile ich dir, und ich hole dich am Flughafen ab.«

Kate wusste, dass Jordan sich auf diese Details konzentrierte, um die Situation im Griff zu behalten. Sie hätte es genauso gemacht. Mit Kontrolle konnte man Angst bekämpfen.

»Ich warte an der Gepäckausgabe.«

»Ja, okay.« Kate war so erschüttert, dass ihr die Worte fehlten. Ihre Hand tat weh, und sie merkte, dass sie den Hörer fest umklammert hielt. Sie zwang sich, sich zu entspannen.

»Hör zu«, sagte Jordan. »Ich habe beschlossen, meiner Familie nichts zu sagen, jedenfalls jetzt noch nicht. Wenn ich weiß, was los ist, sage ich es ihnen. Mom und Dad haben in den letzten Monaten genug durchgemacht. Sie sind zwar stolz auf meine Brüder, aber es ist für sie nicht einfach, dass sie bei der Polizei sind. Ich glaube, sie sind um zwanzig Jahre gealtert, als Dylan bei seinem Einsatz angeschossen wurde. Du weißt ja noch, wie schlimm das war. Eine Zeit lang haben wir doch alle nicht gewusst, ob er durchkommt.«

Kate lief ein Schauer über den Rücken. »Ja, ich erinnere mich noch gut.«

»Und du weißt auch, wie es meine Eltern mitgenommen hat. Sie haben sich gerade wieder ein bisschen beruhigt, seit er zu Hause auf Genesungsurlaub ist. Erst vorgestern hat Mom festgestellt, dass der schreckliche Anruf acht Wochen her sei und sie erst jetzt wieder durchatmen könne. Was soll ich denn da sagen, Kate? Pass auf, ich habe noch mehr schlechte Nachrichten für dich!«

»Du weißt ja gar nicht, ob es schlecht …«

»Das stimmt, aber die Ungewissheit ist genauso schlimm. Ich warte besser, bis sich alles … geklärt hat.«

»Mach es, wie du es für richtig hältst.«

»Außerdem hat Dylan Mom und Dad eine Kreuzfahrt spendiert.«

»Das ist lieb von ihm.«

»Eigentlich nicht. Er will sie eine Zeit lang loswerden. Mom macht ihn wahnsinnig. Sie kommt mindestens einmal am Tag bei ihm vorbei, um ihm was zu essen zu bringen. Er ist nicht daran gewöhnt, so umsorgt zu werden.«

»Was ist mit deiner Schwester? Ich weiß doch, wie gut du dich mit Sydney verstehst. Willst du es ihr nicht erzählen?«

»Hast du das vergessen? Sie ist doch in L.A. In zwei Wochen fängt die Filmakademie an, und sie ist noch dabei, sich einzurichten.«

»Ach ja, klar, Filmakademie. Das habe ich ganz vergessen.«

»Wenn Sydney von der Operation wüsste, würde sie sofort nach Hause kommen, und das will ich nicht. Wenn es schlecht aussieht, sage ich ihr und Mutter natürlich sofort Bescheid.«

»Ja.«

»Aber im Augenblick musst du es für dich behalten. Geht das?«

»Ja, sicher.«

Sie redeten noch ein paar Minuten lang, dann legten sie auf. Kate nahm die Papiere vom Tisch und packte sie in einen Wäschekorb. Am liebsten hätte sie sie weggeworfen, aber das würde natürlich nichts ändern.

Sie hatte ja noch ein bisschen Zeit, bevor die Gläubiger ihr die Tür einrannten. Auf dem Girokonto war genug Geld, um die laufenden Rechnungen zu bezahlen. Wenn sie aus Boston zurückkam, würde sie sich überlegen, was sie tun sollte. Erst dann würde sie ihren Schwestern von der finanziellen Katastrophe erzählen.

Sie schaltete das Licht aus und trug den Wäschekorb nach oben in ihr Zimmer. Dort stellte sie ihn in den Schrank und machte sich fertig für die Nacht.

Sie begann erst zu weinen, als sie im Bett lag.

8

Jordan war noch nie in ihrem Leben pünktlich gewesen, so auch heute nicht. Kate wartete mit ihrer Reisetasche schon draußen, als ihre Freundin endlich vorfuhr.

Jordan sprang aus dem Wagen und umarmte Kate.

»Ich bin so froh, dass du da bist.«

»Ich auch.«

»Ich wusste, dass du kommen würdest.«

»Das ist doch selbstverständlich.«

Ein Polizist bedeutete Jordan, sie solle den Wagen wegfahren. Die beiden Frauen schwiegen, bis sie auf der Autobahn waren.

»War ich sehr viel zu spät?«, fragte Jordan.

»Nur fünfzehn Minuten.«

Lächelnd blickte sie Kate an und sagte: »Du siehst furchtbar aus.«

»Du noch schlimmer.«

Aber das stimmte nicht. Jordan war in jeder Situation eine Schönheit. Zwar waren ihre Haare von einem dunklen Kastanienbraun, aber sie hatte den hellen Teint einer Rothaarigen. Normalerweise sah sie aus wie eins dieser typisch amerikanischen, sommersprossigen Models, heute allerdings wirkte sie blass. Selbst ihre Sommersprossen waren farblos.

»Kein Wunder, dass wir beste Freundinnen sind. Wir sagen beide unverblümt, was wir denken.«

Konzentriert fädelte sie sich in den laufenden Verkehr ein. »Ich wünschte, du wärst hierher gezogen.«

»Ich liebe Boston ja auch, aber …«

»Ich weiß. Du musst dich um deine Schwestern kümmern.«

»Hauptsächlich um Isabel, und das auch nur noch kurze

Zeit. Sie braucht ein bisschen Familienleben. Von uns dreien hat sie Mom am nächsten gestanden, für sie war es am schwierigsten.«

»Will sie immer noch nach Winthrop gehen?«

»Ja«, antwortete Kate. »Sie ist schon ganz aufgeregt. Es ist aber auch die perfekte Schule für sie.« Wenn ich genügend Geld für das Schulgeld aufbringe, ergänzte sie im Stillen. »Ich hoffe, dass sie auf dem College ein bisschen erwachsener wird. Mom hat sie immer wie ein Baby behandelt.«

Jordan nickte. »Sie ist ja auch die Jüngste in eurer Familie, aber sie ist clever. Sie schafft das schon.«

»Hast du Angst, Jordan?«

Der abrupte Themenwechsel störte ihre Freundin nicht. »Ja, große Angst«, erwiderte sie.

»Was hat der Spezialist gesagt?«

»Ich habe drei verschiedene Ärzte konsultiert, und alle drei haben gedrückt, gestochert und so viel Blut abgezapft, dass man eine Badewanne damit hätte füllen können.«

»Schönes Bild.«

»Sie müssen mich eben auf das Schlimmste vorbereiten.«

Kate nickte. »Und was passiert morgen?«

»Dr. Cooper operiert mich. Er hat sämtliche Optionen mit mir besprochen. Er macht die Biopsie, und dann sehen wir weiter.«

Kate holte tief Luft. Sie musste sich zusammenreißen. Ihre Freunde brauchte ihre Stärke.

Sie waren mittlerweile auf dem Storrow Drive angelangt, und Kate starrte aus dem Fenster auf den Charles River. Das Wasser glitzerte in der Sonne.

»Wir stehen das durch«, sagte sie zu Jordan.

»Ja.«

»Um wie viel Uhr müssen wir im Krankenhaus sein?«

»Um sechs.«

»Wir werden pünktlich sein, und wenn ich dich mit einem Elektroschocker aus dem Bett holen muss.«

Jordan lachte. »Das würdest du glatt fertigbringen. Dylan hat mir einmal ein klatschnasses Handtuch ins Gesicht geworfen, um mich aufzuwecken.«

»Hat es funktioniert?«

»Oh ja.«

»Aber besonders glücklich warst du wahrscheinlich nicht darüber.«

»Nein, das stimmt. Am nächsten Morgen habe ich ihm ein Glas kaltes Wasser ins Gesicht geschüttet, um mich zu rächen. Er schlief in einem Zimmer mit Alec, und du weißt ja, wie schlampig er ist. Vermutlich habe ich daran einfach nicht gedacht. Auf jeden Fall stand Dylan senkrecht im Bett, als das Wasser ihn traf. Mir läuft es heute noch kalt über den Rücken, wenn ich daran denke. Er war wie der Blitz aus dem Bett, und als ich wegrennen wollte, fiel ich über einen von Alecs Schuhen und prallte gegen den Nachttisch. Ich habe mir das Knie aufgeschlagen und angefangen zu brüllen. Ich glaube, Alec schlief die ganze Zeit über einfach weiter, aber der arme Dylan hat mich schließlich die Treppe zu Mom heruntergetragen. Die Wunde musste genäht werden.«

»Wie alt warst du da?«

»Zehn oder elf.«

»Der reinste Satansbraten.«

»Ja, ja, ich hatte so meine Sternstunden, das kann ich dir sagen. Warum sollte Dylan eigentlich nicht wissen, dass du im Krankenhaus an seinem Bett gesessen hast?«

»Weil ich wegen dir da war, nicht wegen ihm.«

»Ach so, ja.«

»Und wenn er es wüsste«, fuhr Kate fort, »würde er keine Ruhe mehr geben. Dein Bruder nimmt einen gerne auf den Arm!«

»Ja, das stimmt. Aber da wir gerade von Dylan sprechen … Ich glaube, er hat was für dich übrig«, meinte Jordan.

»Dylan hat für alle Frauen was übrig.«

»Ja, er liebt die Frauen«, gab Jordan zu, »aber dich neckt er besonders gerne, weil du so leicht in Verlegenheit zu bringen bist.«

»Dass er zufällig ins Badezimmer gekommen ist, als ich bei meinem ersten Besuch in Nathan's Bay geduscht habe, hat alles nur noch schlimmer gemacht. Ich glaube, das überwinde ich nie.«

»Oh ja, das habe ich ganz vergessen.« Jordan lachte. »Kein Wunder, dass er immer übers ganze Gesicht strahlt, wenn dein Name fällt.«

Sie bog um eine Ecke und steuerte einen Parkplatz genau vor ihrem Sandsteinhaus an. Das kam äußerst selten vor, und da sie einen schwarzen Geländewagen sah, der von der anderen Seite kam und anscheinend ebenfalls in die Parklücke wollte, gab sie Gas, um ihm zuvorzukommen. Wie ein Profi parkte sie ein. Der Fahrer des anderen Autos machte eine obszöne Geste, als er vorbeifuhr.

Vor ein paar Jahren war das große Haus in drei geräumige Wohnungen umgewandelt worden, eine in jeder Etage. Jordans Wohnung befand sich im obersten Stockwerk. Kate hatte schon während des Studiums hier mit ihr zusammengewohnt und war an die knarrende Treppe und die schmalen Flure gewöhnt.

Jordan hatte ein Vermögen verdient mit einem Computerchip, den sie designt hatte, und sie hätte sich eine ganz andere Wohnung leisten können, aber wie Kate war sie ein Gewohnheitstier. Sie liebte ihre alte, schäbige Wohnung und hatte nicht die Absicht, woanders hinzuziehen.

Auch Kate fühlte sich wohl. Selbst an den kältesten Tagen war die Wohnung warm und einladend. Es roch immer sauber und frisch, zumal Jordan als loyale Freundin auf fast jedem Tisch Kates Duftkerzen stehen hatte. In beiden Badezimmern und auch auf den Nachttischen standen Kates Körperlotionen.

Es gab drei Schlafzimmer. Das Gästezimmer befand sich am Ende der lang gezogenen Diele und war so groß, dass ein Doppelbett darin Platz fand. Zwei von Jordans Brüdern hatten es gekauft, damit sie bei ihr übernachten konnten, wenn sie in der

Stadt waren. Zum Haus ihrer Eltern in Nathan's Bay brauchte man je nach Verkehr um die zwei Stunden.

Das dritte Schlafzimmer war in ein Arbeitszimmer umgewandelt worden. Bücherregale säumten alle vier Wände, und die Regalbretter wölbten sich unter dem Gewicht von Jordans Büchern. Das Büro öffnete sich auf einer Seite zum Esszimmer und auf der anderen zum Flur.

Bunte Orientteppiche lagen auf den dunklen Dielenböden, und vor den riesigen Fenstern hingen Holzjalousien. Einer von Kates Lieblingsplätzen war die Fensterbank im Wohnzimmer, von der aus man über den Fluss blickte.

Der einzige sterile Raum in der ganzen Wohnung war die kleine Küche. Jordan kochte nicht. Sie ging entweder essen oder aß Fertiggerichte. Was sie nicht in der Mikrowelle zubereiten konnte, kaufte sie nicht.

Kate ging sofort ins Gästezimmer und stellte ihre Reisetasche neben das Bett. Dann ging sie durch das Arbeitszimmer ins Esszimmer. Jordans Schreibtisch war übersät mit Papieren, ungewöhnlich für eine sonst so ordentliche Frau. Abgesehen von ihrem Computer, einem Stapel Haftnotizen, ein oder zwei Kugelschreibern und einem Telefon sah ihr Arbeitsbereich für gewöhnlich so steril aus wie ihre Küchentheke.

Als Jordan ins Büro kam und sah, dass Kate ihren Schreibtisch betrachtete, sagte sie: »Das reinste Chaos, was?«

»Für deine Verhältnisse schon«, antwortete Kate. »Normalerweise ist dein Schreibtisch immer so aufgeräumt. Aber wahrscheinlich hattest du in der letzten Zeit eine Menge Stress, und da ist das bisschen Papier wohl deine kleinste Sorge.«

»Das meiste sind juristische Dokumente. Ich habe eine Klage am Hals.«

Damit drehte sie sich um und ging ins Wohnzimmer. Kate lief hinter ihr her.

»Eine Klage?«

»Ja, genau«, erwiderte Jordan leichthin und warf sich in einen Sessel.

Kate verschränkte die Arme und wartete auf eine Erklärung. »Wieso bist du verklagt worden? Und warum gehst du so ruhig damit um?«, fragte sie schließlich.

»Aufregung würde mir kaum etwas nützen«, erwiderte Jordan. Sie schlüpfte aus ihren Sandalen und lehnte sich zurück. »Ein Mann namens Willard Bell hat mich verklagt. Er scheint der Meinung zu sein, er habe meinen Chip entworfen und ich hätte ihm das Design gestohlen.«

Kate setzte sich ihr gegenüber und legte ihre Füße auf den Hocker. »Bist du ihm jemals begegnet?«

»Nein. Er lebt in Seattle«, erwiderte Jordan. »Mein Anwalt hat mir gesagt, Bell sei ein Computerfreak, der seinen Lebensunterhalt damit verdient, dass er andere Leute verklagt. Es scheint eine Menge Geld einzubringen«, fuhr sie fort. »Er ist zwar so gut wie nie im Recht, aber meistens ist es billiger, mit ihm einen Vergleich zu schließen, als die Kostens des Verfahrens zu bezahlen.«

»Was willst du tun?«

Jordan blickte sie empört an. »Das fragst du noch? Du kennst mich schließlich besser als jeder andere.«

»Du wirst keinen Vergleich schließen. Aber ich wette, dein Anwalt hat es dir vorgeschlagen, oder?«

»Ja, da hast du recht. Aber ich lasse mich nicht darauf ein. Mir ist egal, was es kostet. Was Bell tut, ist falsch, und von mir bekommt er keinen Pfennig. Sein Anwalt spielt auf die harte Tour», fügte sie hinzu. »Er hat alle meine Konten eingefroren, deshalb kann ich eine Zeit lang nicht an mein Geld. Aber bald ist es damit vorbei«, sagte sie hastig. »Du brauchst dir keine Sorgen zu machen.«

»Was sagt Theo denn zu alldem?«

»Ich habe ihn nicht um Rat gefragt. Ich habe es ihm noch nicht einmal erzählt.«

»Warum nicht? Du liebe Güte, Jordan, er ist doch Anwalt? Er könnte dir sicher helfen.«

»Theo ist überarbeitet und unterbezahlt, und mit einer

jungen Familie … Nein, ich werde ihn damit nicht behelligen.«

»Und Nick?«

»Er hat zwar Jura studiert, arbeitet aber nicht als Anwalt«, erwiderte Jordan. »Außerdem möchte ich meine Brüder da nicht hineinziehen. Mein Anwalt ist wirklich fähig, und mit allen anderen Problemen werde ich schon alleine fertig. Meine Brüder haben die Neigung, alles an sich zu reißen, aber ich will sie heraushalten. Ich bin erwachsen und kann meine Schlachten selber schlagen.«

»Warum musst du unbedingt so unabhängig sein?«

Jordan lächelte. »Bei dir klingt ›unabhängig‹ wie ein Schimpfwort. Ich bin genauso wie du, Kate. Wir haben eben gerne alle Dinge im Griff.«

Kate widersprach nicht. Jordan hatte ja recht. Sie legten beide Wert darauf, die Kontrolle über jeden Bereich ihres Lebens zu haben. Und möglichst auch über das Leben anderer, musste sie zugeben.

»Wie kommt es bloß, dass wir in geschäftlichen Dingen so clever sind und so blöd, wenn es um Männer geht?«

»Oh, das ist einfach: Wir suchen uns immer Männer aus, die uns nicht das Wasser reichen können, und dann wollen wir sie nicht mehr.«

»Weißt du, was ich glaube?«

»Was?«

Kate zog die Nase kraus. »Wir sitzen ganz schön in der Scheiße.«

Jordan lachte. »Ich bin so froh, dass du hier bist. Hör mal, nach unserem Telefonat habe ich gemerkt, dass ich dir wirklich nicht zugehört hatte. Das war sehr egoistisch von mir, findest du nicht?«

Kate grinste. »Ja, das finde ich.«

»Okay, jetzt höre ich dir aber zu. Hast du tatsächlich gesagt, dass deine Mutter deine Firma versetzt hat?«

»Ja, so in etwa. Es läuft alles nicht so rund im Moment.«

»Du weißt ja, dass ich dir jederzeit aushelfe, wenn du etwas brauchst«, erklärte Jordan.

»Das ist lieb von dir.«

»Du würdest schließlich für mich dasselbe tun.«

»Ja, natürlich«, stimmte Kate ihr zu. »Aber mach dir keine Gedanken, ich schaffe das schon alleine. Du hast genügend andere Sorgen im Moment.«

Jordan blickte sie nachdenklich an, als sie im Geiste versuchte, ihr nächtliches Telefongespräch zu rekonstruieren. »Und hast du tatsächlich gesagt, dass du beinahe was in die Luft gejagt hast? Ich konnte nur an die Operation denken, deshalb habe ich nur mit halbem Ohr zugehört. Hast du etwa wieder versucht zu kochen? Himmel, ich hoffe nicht. Euer ganzes Haus hätte in die Luft fliegen können.«

Kate protestierte. »Nur wegen des kleinen Missgeschicks in deiner Küche glaubst du ...«

Jordan schnaubte. »Kleines Missgeschick? Die Feuerwehr musste anrücken.«

»Dieses Gerede über Kochen macht mich hungrig. Sollen wir essen gehen, oder sollen wir uns etwas bestellen?«

Sie überlegten eine Weile und entschieden sich dann zu einem kurzen Spaziergang zu einem Bistro um die Ecke, in dem es nach Kates Meinung die beste Fischsuppe der ganzen Stadt gab. Sie wählten einen Tisch in der hintersten Ecke, damit niemand sie störte, aber sie aßen beide kaum etwas. Jordan sah erschöpft aus.

Kate hatte einen Kloß im Hals, aber sie wusste, wenn sie nachgab, würde sie in einem Meer von Tränen ertrinken. Deshalb beschloss sie, Jordan ein paar Minuten lang von ihren Sorgen abzulenken.

»Willst du eigentlich nicht wissen, warum ich beinahe in die Luft geflogen wäre?«

Jordan hörte auf, mit dem Löffel in ihrer mittlerweile kalten Fischsuppe zu rühren, von der sie kaum probiert hatte, und lächelte die Freundin an. »Ich warte auf die Pointe.«

»Das war kein Witz. Ich hatte eine dicke Beule am Hinterkopf, und hast du nicht die Riesenschramme auf meiner Stirn bemerkt?« Sie schob die Haare beiseite, damit Jordan ihre Stirn besser sehen konnte.

»Ja, natürlich ist sie mir aufgefallen, aber ich habe geglaubt …«

»Was?«

»Kate, du weißt doch ganz genau, wie ungeschickt du dich manchmal anstellst. Ich habe geglaubt, du seist gestolpert oder so.«

»Entschuldigung, aber die Ungeschickte von uns beiden bist doch wohl eher du.«

Jordan widersprach ihr nicht. »Es war also kein Witz, dass du fast in die Luft geflogen bist?«

»Nein. Möchtest du nun hören, was passiert ist, oder nicht?«

»Ja, klar will ich es hören.«

»Ich fange wahrscheinlich am besten mit dem Anfang an. Du kennst doch diese modernen Büstenhalter mit Bügeln?«

9

Kate hatte ein selektives Gedächtnis. Ihre Mutter war so lange krank gewesen, dass Kate und ihre Schwestern endlose Stunden in zahlreichen Krankenhauswartezimmern verbracht hatten, und doch konnte Kate sich an kein einziges mehr erinnern.

Es war merkwürdig, dachte sie, dass sie sich nicht mehr an Einrichtung, Wandfarbe oder auch nur einen Teppich erinnern konnte. Aber wahrscheinlich sahen sich alle Warteräume sowieso ähnlich wie ein Ei dem anderen, kalt und steril, mit den immer gleichen Bildern von Bergen und Seen an der Wand.

Woran sie sich jedoch erinnerte, waren die Leute, die kamen und gingen, während sie dort saß, und sie erinnerte sich an Angst und Sorge, die schwer in der Luft hingen und sich auf jeden übertrugen, der den Raum betrat.

Zeit und Angst, eine schreckliche Kombination. Sie erinnerte sich an die Familien, die sich eng aneinanderdrückten, um beieinander Trost und Hoffnung zu finden. Sie erinnerte sich an den jungen Vater, der seinen beiden kleinen Mädchen, die sich an ihn schmiegten, Geschichten vorlas, während er darauf wartete zu erfahren, ob ihre Mutter leben oder sterben würde. Als der Chirurg ihm schließlich lächelnd die gute Nachricht überbrachte, war er schluchzend zusammengebrochen.

Und sie erinnerte sich an die alte Frau, die ganz alleine im Wartezimmer gesessen hatte, bis Kate und ihre Schwestern hereingekommen waren. Sie erzählte ihnen von der Bypassoperation ihres Mannes, mit dem sie seit vierzig Jahren verheiratet war, und davon, dass sie nicht wisse, ob er sie überleben würde. Sie erzählte eine Geschichte nach der anderen und redete immer schneller und schneller, bis sich Kate schließlich der Kopf drehte. Sie stellte sich vor, sie säße da mit riesigen Wattebäuschen in den Ohren. Es war kein netter Gedanke, aber dadurch konnte sie das endlose Geschnatter der Frau wenigstens ertragen.

Warten war immer schrecklich, und heute bildete keine Ausnahme. Jordan wurde erst um kurz nach zehn in den OP gebracht und war doch schon seit halb sieben bereit gewesen. Ein Notfall war dazwischengekommen. Kate hatte zumindest im Vorbereitungsraum bei ihr bleiben können. Anschließend führte eine Praktikantin, die unglaublich jung aussah, sie in den Warteraum.

Es waren eigentlich zwei Wartezimmer, durch ein kleines Büro miteinander verbunden, in dem eine Schwester saß. Das größere Zimmer war voll, und nachdem Kate sich bei der Frau am Schreibtisch angemeldet hatte, ging sie in den kleineren Warteraum.

Eine fünfköpfige Familie, alle mit rot geränderten Augen, ging gerade, als sie hereinkam. Sonst wartete niemand, und Kate war froh, alleine zu sein. Sie hatte keine Lust, sich mit Fremden zu unterhalten. Sie setzte sich in die Ecke am Fenster, griff nach einer Zeitschrift, legte sie aber sofort wieder weg. Sie fühlte sich viel zu nervös zum Lesen. Am liebsten hätte sie einfach nur geweint, aber das ging natürlich nicht.

Als sie nach einer anderen Zeitschrift griff, stellte sie fest, dass ihre Hände zitterten.

Jetzt reiß dich zusammen, schalt sie sich, Jordan wird wieder gesund. Der Knoten war bestimmt nicht bösartig, und alles würde wieder gut. Na ja, andererseits hatte der Chirurg besorgt reagiert. Jedenfalls hatte Jordan das behauptet, aber die neigte ja sowieso dazu, alles zu dramatisieren.

Der Arzt hatte sie wahrscheinlich nur auf das Schlimmste vorbereiten wollen, das war schließlich seine Aufgabe, nicht wahr? Gehörte das nicht zum Eid des Hippokrates dazu?

Andererseits war eine von Jordans Tanten mütterlicherseits an Brustkrebs gestorben, weil sie den Knoten in der Brust einfach ignoriert hatte. Und es gab auch eine Cousine auf der Seite ihrer Mutter mit dieser Diagnose. Aber die beiden waren schon weit über achtzig gewesen. Rein statistisch sah es für Jordan gut aus. Sie konnte mindestens noch fünfundsechzig Jahre lang gesund leben.

Aber der Knoten war jetzt gefunden worden.

Kate setzte sich und ließ den Kopf hängen. Sie fühlte sich plötzlich so müde, dass sie kaum einen klaren Gedanken fassen konnte. Frühe Entdeckung war doch wichtig, oder? Und in Jordans Familie gingen die Frauen regelmäßig zur Vorsorgeuntersuchung. Du darfst die Katastrophen nicht durch deine Gedanken anziehen, hatte Kates Mutter oft gesagt. Oh Gott, sie wollte nicht an ihre Mutter denken. Sie hatte wahrhaftig genug andere Probleme.

Warum dauerte das bloß so lange? Kate blickte etwa zum fünfzigsten Mal auf ihre Armbanduhr, als ihr Handy klingelte.

Kiera fragte: »Wie geht es ihr?«

Jordan hatte Kate die Erlaubnis gegeben, Kiera von der Biopsie zu erzählen, aber sonst niemandem. »Sie ist noch im OP«, antwortete Kate. »Sie ist erst um zehn drangekommen und jetzt über eine Stunde drin. Wie lange kann eine Biopsie denn dauern?«

»Ich bin Medizinstudentin, keine Ärztin, und spekuliere lieber nicht.«

»Du bist im vierten Jahr, also schon fast fertig.«

»Trotzdem bin ich noch keine Ärztin.«

»Jetzt komm schon, Kiera«, sagte Kate aufgebracht. »Du kannst mir ja wohl ungefähr sagen, wie lange es dauert. Ich werde dich schon nicht verklagen, wenn du dich irrst.«

»Ich finde nicht, dass eine Stunde zu lang ist, schließlich wartet der Chirurg auf den Bericht des Pathologen. Und du weißt ja auch nicht genau, wann sie angefangen haben.«

Kate entspannte sich. »Ja, du hast recht. Rein theoretisch könnten sie erst jetzt anfangen. Ich rufe dich auf jeden Fall an, wenn ich etwas weiß. Wie läuft es zu Hause?«

»Gut. Reece Crowell hat ein paarmal angerufen.«

»Ach?«, sagte Kate vorsichtig.

»Er war sehr höflich. Fast schon zu höflich. Wenn ich ihm sage, Isabel sei nicht da, sagt er Danke und legt auf, aber zwei Stunden später ruft er wieder an. Er hört sich an, als ob er kurz vorm Explodieren stünde. Dann hat er auch nach dir gefragt. Wenn Isabel erst einmal auf dem College ist, kapiert er es bestimmt endlich.«

Da war sich Kate nicht so sicher.

»Ach ja«, fuhr Kiera fort. »Und ein Mann namens Wallace hat angerufen und auf Band gesprochen. Er sagte, er sei bei der Bank. Hast du jemals von ihm gehört?«

Kates Magen zog sich zusammen. »Nein, ich kenne ihn nicht«, log sie. »Hat er gesagt, was er wollte?«

»Nein«, antwortete Kiera. »Aber du sollst ihn sofort zurückrufen. Hast du einen Stift? Dann gebe ich dir die Nummer.«

Kate schloss die Augen. »Nein, ich rufe ihn am Montag an, wenn ich nach Hause komme. Lass einfach die Nachrichten auf dem Anrufbeantworter.«

»Er hat gesagt, es sei dringend.«

»Auch dringend kann bis Montag warten.«

»Willst du denn gar nicht wissen, was er von dir will?«

Kate wusste genau, was er wollte. Alles, was sie besaßen. Und noch ein bisschen mehr.

»Hör zu, Kiera. Wir haben am Montag einiges zu besprechen.«

»Das klingt aber ernst.«

»Wir müssen ein paar Entscheidungen für die Zukunft treffen. Ich muss jetzt Schluss machen, aber ich sage dir später Bescheid, wie es Jordan geht.«

Sie klappte ihr Handy zu und steckte es in die Tasche. In diesem Moment rief eine Schwester ihren Namen. Als Kate aufstand, sah sie den Chirurgen auf sich zukommen.

Er lächelte.

10

Jordan war gesund. Vor lauter Erleichterung über die wundervolle Nachricht wurden Kate die Knie weich. Sie hätte den Chirurgen am liebsten umarmt.

Sie hatte eigentlich geglaubt, ihre Freundin mit nach Hause nehmen zu können, aber der Chirurg wollte sie über Nacht zur Beobachtung im Krankenhaus behalten. Jordan zeige eine milde Reaktion auf das Narkosemittel, erklärte er ihr, aber es gebe keinen Grund zur Beunruhigung, spätestens morgen Nachmittag sei alles abgeklungen, und dann könne sie das Krankenhaus verlassen.

Kein Grund zur Beunruhigung, dachte Kate, als sie ihre Freundin sah. Die arme Jordan war so rot wie ein gekochter Hummer und hatte am ganzen Körper Pusteln, die wahnsinnig juckten.

Kate tat, was jede beste Freundin tun würde. Sie zog ihr Handy aus der Tasche und machte ein Foto, damit sie sie später damit aufziehen konnte. Vielleicht konnte sie ja sogar einen hübschen Bildschirmschoner daraus machen.

Bis acht Uhr abends blieb sie bei Jordan. Der Ausschlag war zwar noch nicht wesentlich zurückgegangen, aber zumindest hatte das Jucken nachgelassen, sodass sie schlafen konnte. Kate wartete, bis sie eingeschlafen war, dann fuhr sie mit Jordans Auto zurück in die Wohnung und duschte ausgiebig.

Sie schloss die Augen und ließ das Wasser auf ihre Schultern prasseln. Vielleicht würde sich dadurch ja die Spannung lösen. Aber es half nichts – immer weiter kreisten ihre Gedanken um ihre Schwestern, ihr Unternehmen, um Reece und um die vielen Rechnungen.

Nein, dachte sie schließlich, heute Abend nicht. Heute

Abend sollte die Zukunft keine Rolle spielen. Morgen war auch noch ein Tag.

Ihr Magen knurrte, und sie stellte fest, dass sie den ganzen Tag über nichts gegessen hatte. Rasch trocknete sie sich ab und schlüpfte in ihren Pyjama, ein graues T-Shirt und grau-blau gestreifte Boxershorts. Sie lief in die Küche. Jordan hatte immer einen Vorrat an Crackern und Erdnussbutter, und im Tiefkühlfach befanden sich ein paar Fertiggerichte. Allerdings war Kate sich ziemlich sicher, dass sie schon seit Jordans Einzug dort lagen, deshalb entschied sie sich für die Cracker. Sie nahm eine Schachtel aus dem Schrank und trat dann an den Kühlschrank, um sich eine Flasche Wasser herauszuholen. Sie schraubte gerade den Deckel ab, als ihr ohne Vorwarnung die Tränen kamen.

Sie begann heftig zu schluchzen. Weinend sank sie an der Kühlschranktür zusammen. Es tat ihr gut, endlich einmal so loslassen zu können, und sie hätte noch länger ihren Tränen freien Lauf gelassen, wenn es nicht an der Tür geklopft hätte. Rasch wischte sie sich mit einem Papiertuch die Tränen weg und blieb stocksteif stehen, in der Hoffnung, dass einfach verschwand, wer auch immer draußen vor Tür stand.

Aber so viel Glück hatte sie nicht. Es klopfte erneut, lauter dieses Mal. Auf bloßen Füßen schlich sie zur Tür und blickte durch das Guckloch. Ihr Herz sank.

Vor der Tür stand Dylan Buchanan, der Fluch ihrer Existenz. Gott, er sah so gut aus. Sie schüttelte sich.

Lass das, schalt sie sich.

Sein hellblaues Hemd hatte er ordentlich in den Bund seiner Jeans gesteckt, und es saß so eng, dass es seinen Brustkorb und seinen Bizeps zur Geltung brachte. Seine dunklen Haare waren kurz geschnitten und lagen wie immer makellos.

Jordans Brüder sahen alle gut aus, aber Dylan hatte das gewisse Etwas. Vielleicht lag es an seinem langsamen, trägen Lächeln. Wenn er seinen Charme spielen ließ, brachte er die kältesten Herzen zum Schmelzen. Jordan bezeichnete ihren älteren Bruder immer als »Sexgott«, und Kate glaubte, dass er sich diesen zweifelhaften Spitznamen sicher auf dem College erworben hatte, wo er ständig mit anderen Mädchen ausging – und ins Bett. Möglicherweise war er jetzt durch die Schussverletzung ein wenig langsamer geworden.

Er sah müde aus, fand sie.

Erneut drückte er auf die Klingel. Er hatte eine Pizzaschachtel und einen Sixpack Bier dabei.

Hatte er das lose Dielenbrett knarren hören, als sie darauf getreten war? Kate trat einen Schritt zurück, wartete ein paar Sekunden und spähte dann noch einmal durch den Spion. Dass sie so zögerlich reagierte, hatte etwas damit zu tun, dass er sie damals in der Dusche überrascht hatte. Seitdem zog er sie ständig damit auf, wenn er sie sah, und sie hatte heute einfach keine Lust, mit ihm aneinanderzugeraten. In ihrem verletzlichen Zustand würde er sie mit Haut und Haaren verschlingen.

Plötzlich sah sie, dass er zwinkerte. Er wusste also, dass sie hinter der Tür stand.

Sie würde wie eine Erwachsene reagieren. Sie würde aufmachen und ihm sagen, er solle gehen. Ein letztes Mal blickte sie durch das Guckloch.

Sie war heute Abend einfach nicht in der Stimmung, um ihn hereinzulassen. Sie wollte lieber zu Ende weinen und dann ins Bett gehen.

Bring es endlich hinter dich, mahnte sie sich. Sie entriegelte die Tür und öffnete sie einen Spaltbreit.

»Jordan ist nicht …«, setzte sie an.

»Es wurde auch langsam Zeit. Die Pizza wird kalt und das Bier warm. Geh aus dem Weg. Na los, Pickles, beweg dich.«

Dieser alberne Spitzname aus ihrer Kindheit war ihr schon immer auf die Nerven gegangen.

Er drängte sich bereits an ihr vorbei und trat ihr dabei fast auf die Zehen.

Die Pizza roch wundervoll, und er auch. Der Duft seines

Rasierwassers stieg ihr in die Nase, als er in die Küche ging. Sie folgte ihm. Er stellte das Bier in den Kühlschrank, öffnete eine Dose und bot sie ihr an. Sie schüttelte den Kopf. Er schloss die Kühlschranktür, trat näher und drängte sie an die Theke, als er über sie hinweg nach der Pizzaschachtel griff.

Offensichtlich versuchte er, ihr eine Reaktion zu entlocken, und dem Funkeln in seinen Augen nach zu urteilen, amüsierte er sich prächtig dabei.

Kate war sich auf einmal nur zu bewusst, dass sie fast nichts anhatte.

»Jordan ist nicht da«, sagte sie zu ihm.

»Das habe ich schon gemerkt.«

»Du hättest besser angerufen, dann hättest du dir die Fahrt ersparen können. Ich bin nicht für Gesellschaft angezogen.«

»Ja, das ist mir auch schon aufgefallen. Du hast tolle Beine, Pickles.«

»Dylan!«

»Ich bin keine Gesellschaft.«

Sie stieß gegen seine Schulter, um ihn zurückzuschieben. Als er zusammenzuckte, fiel ihr seine Verletzung ein.

»Oh Dylan«, flüsterte sie. »Entschuldige bitte. Ich wollte nicht …«

»Ist schon okay.«

Er ließ die Pizza auf der Theke liegen, ging mit seinem Bier ins Wohnzimmer und ließ sich auf die Couch fallen. Kate folgte ihm.

»Ich habe dir wehgetan, nicht wahr?«

»Macht nichts«, sagte er. Sanfter fügte er hinzu: »Alles in Ordnung.«

Er sah aber nicht so aus. Er sah so aus, als würde er gleich ohnmächtig werden. Sein Gesicht war ganz grau geworden, aber wenn er nicht wollte, dass sie sich um ihn kümmerte, dann würde sie es eben lassen. Sie ging in die Küche, nahm die Pizza, Servietten und ihre Flasche Wasser. Sie würde ihm als eine Art Friedensangebot noch ein Bier mitbringen.

Auf dem Couchtisch lagen Zeitungen. Kate legte die Sachen darauf ab und ging dann rasch ins Schlafzimmer, um sich einen von Jordans Morgenmänteln auszuleihen. Jordan war größer als Kate, und der rosa Morgenmantel schleifte über den Fußboden. Außerdem hatte er keinen Gürtel.

Sie warf einen Blick in den Spiegel über dem Waschbecken und stöhnte innerlich auf. Sie hatte ganz vergessen, dass sie die Haare zu einem albernen Pferdeschwanz zusammengebunden hatte. Außerdem war ihre Wimperntusche verlaufen, und sie hatte schwarze Flecke unter den Augen.

»Reizend«, murmelte sie.

Sie ergriff einen Waschlappen und rieb sich das Gesicht ab. Als sie ins Wohnzimmer zurückkam, hatte Dylan bereits die dritte Ecke Pizza vertilgt und griff nach der vierten. Auch ihre Flasche Wasser hatte er leer getrunken und ihr eine neue geholt.

Kate schüttelte den Kopf. »So lange war ich nun wirklich nicht weg.«

»Aufgestanden, Platz vergangen. Zumindest bei den Buchanans. Komm, setz dich zu mir.« Sie warf ihm einen misstrauischen Blick zu. »Ich beiße nicht, es sei denn, du wünschst es ausdrücklich.«

Er lächelte sie an, und Kate schmolz dahin. Mühsam musste sie sich ins Gedächtnis rufen, dass sie nicht interessiert war. Er würde sie verschlingen wie der große böse Wolf. Nein, vielen Dank.

Er saß mitten auf dem Sofa und nahm ziemlich viel Platz ein, aber sie bat ihn erst gar nicht, zur Seite zu rutschen. Sie schob einfach ein paar Kissen zur Seite und setzte sich.

»Ich habe mich gefragt«, begann er.

Sie stopfte die Kissen sorgfältig zwischen sich und ihn. »Ja?«

Schon wieder lächelte er sie an, und sie hätte ihm am liebsten gesagt, er solle damit aufhören, weil sie sich nicht konzentrieren konnte, wenn er sie so angrinste. Das würde er bestimmt für sein Leben gerne hören. Dann hätte er noch etwas, womit er sie aufziehen könnte.

»Wo ist die Fernbedienung?«

Die Frage irritierte sie. »Die Fernbedienung?«

»Mhm, die Fernbedienung.«

»Du meinst, die Fernbedienung für den Fernseher. Lass mich raten. Sportsender?«

»Bin ich so leicht zu durchschauen?«

»Leider ja. Du bist ein männlicher Buchanan.«

Kate warf ein paar Kissen zu Boden und fuhr mit der Hand zwischen die Sofapolster. Triumphierend zog sie die Fernbedienung heraus und reichte sie ihm.

»Es war nett von dir, Jordan Pizza vorbeizubringen. Ich hebe sie für sie auf«, sagte sie.

»Sie ist nicht für Jordan, sie ist für dich.«

»Woher wusstest du überhaupt, dass ich da bin?«

»Jordan hat es mir gesagt.« Kate schüttelte den Kopf. Dylan nickte. »Sie hat mir auch aufgetragen, dir heute Abend Gesellschaft zu leisten.«

Kate blickte ihn erschreckt an. »Wann hat sie dir das gesagt?«

»Etwa vor einer Stunde.« Als sie ihn zweifelnd anblickte, fügte er hinzu: »Im Krankenhaus.«

»Du warst … im Krankenhaus?«

»Ja.«

»Aber wie hast du herausgefunden, dass sie dort ist? Sie hat dich doch nicht etwa angerufen?«

»Nein, hat sie nicht. Sie hat keinen von uns angerufen, und darüber werde ich noch mit ihr sprechen müssen, wenn es ihr wieder besser geht. Wir sind schließlich ihre Familie, und sie sollte nicht …«

Kate unterbrach ihn, bevor er sich noch mehr aufregte. Er war auf dem besten Weg dazu.

»Du hast mir immer noch nicht gesagt, wie du es herausgefunden hast?«

»Eine Freundin von Nick arbeitet in der Ambulanz und hat zufällig ihren Namen auf der OP-Liste gesehen.«

»Und da hat sie gleich Nick angerufen?«, fragte Kate empört.

Dylan zuckte mit den Schultern. »So in etwa. Sie wusste nicht, dass Nick mittlerweile geheiratet hatte.«

»Das verstößt gegen alle Regeln der Ethik.«

»Was? Zu heiraten oder …«

Sie war drauf und dran, sich mit ihm über Vertraulichkeit zu streiten, und anscheinend wollte er sie zusätzlich auf die Palme bringen.

»Du kannst einem den letzten Nerv töten«, sagte sie und schubste ihn. Er schubste sie zurück, und als sie halb vom Sofa rutschte, packte er sie am Arm und zog sie neben sich.

»Nick ist gerade bei Jordan, und, wie gesagt, ich bin gekommen, weil sie mir aufgetragen hat, dir Gesellschaft zu leisten.«

»Du tust also alles, was Jordan dir sagt?« Sie griff nach einem Stück Pizza. Der Boden war noch warm.

»Wenn ich will. Du hast Glück, dass sie dir nicht Zach geschickt hat.«

Zachary war der Jüngste. Er war noch auf der Highschool, aber genauso arrogant und draufgängerisch wie seine Brüder. Laut Jordan war das »Baby« allerdings nicht wirklich wild. Es sollte nur jeder glauben, er sei es. Seine Eltern bekamen seinetwegen ständig Tobsuchtsanfälle – anscheinend hatten sie sich beim Großziehen ihrer vielen Kinder völlig aufgearbeitet –, aber Kate fand Zach hinreißend.

»Ich mag ihn.«

»Ja? Na, sei nur vorsichtig. Ich glaube, er mag dich noch viel mehr.«

Sie biss ein Stück von der Pizza ab und merkte auf einmal, wie hungrig sie war. Sie schlang es herunter und nahm sich noch eins. Dylan schaltete den Fernseher ein und achtete nicht mehr auf sie. Im Fernsehen lief irgendeine Sportsendung, deshalb nahm sie die leere Dose und die Pizzaschachtel und brachte sie in die Küche.

»Du solltest gehen«, sagte sie, als sie wieder zum Sofa kam.

Er blickte auf. »Du siehst erschöpft aus«, stellte er fest. »Warum bist du eigentlich so mit den Nerven herunter?«

»Ich bin nur müde.«

»Du hast geweint, bevor ich gekommen bin, oder?«

»Nein.«

»Doch.«

»Wenn du es weißt, warum fragst du dann?«

»Warum hast du gelogen?«

»Es war eine schwierige Woche«, sagte sie. »Ich war ziemlich frustriert. Und Weinen hilft da manchmal.«

»Es gibt viel bessere Methoden, um Frustrationen loszuwerden.« Er wackelte anzüglich mit den Augenbrauen.

Er flirtete für sein Leben gerne. Kate beschloss, ihm endlich einmal die Stirn zu bieten. Er sollte sich winden.

»Du bekämst wahrscheinlich einen Herzinfarkt, wenn ich …«

»Wenn du was?«

Sie holte tief Luft. »Wenn ich meine Arme um dich legen und dich leidenschaftlich küssen würde.«

Er starrte sie an, dann senkte er seinen Blick auf ihren Mund und sagte: »Versuch's doch mal.«

Oh Gott. Er wand sich keineswegs, und Kate schossen plötzlich alle möglichen unanständigen Gedanken durch den Kopf. Sie musste ihn so schnell wie möglich loswerden.

»Ich warte.«

Sie hörte das Lachen in seiner Stimme. »Später vielleicht«, erwiderte sie.

Ihr Mund war ganz trocken, und sie trank hastig einen Schluck Wasser. Warum war sie nur so nervös? Er durfte das auf keinen Fall merken. Was um alles in der Welt war nur in sie gefahren? Sie kannte Dylan schon so lange, und er hatte noch nie diese Wirkung auf sie gehabt. Aber jetzt wurde sie von den wildesten Fantasien, die alle etwas mit Dylans fantastischem Körper zu tun hatten, geradezu überschwemmt.

Um ihre Hände beschäftigt zu halten, legte sie die Zeitungen auf dem Couchtisch zusammen. Dabei rutschte ihr der Morgenmantel von den Schultern.

»Wo hast du denn all diese blauen Flecken her?«, fragte Dylan. Er ließ seine Hand über ihren Arm gleiten.

Sie wandte den Kopf, um hinzusehen. »Oh, von dem wusste ich gar nichts. Das muss passiert sein, als ich hingefallen bin.«

»Und der Bluterguss auf deiner Stirn? Und auf deinem Arm?«

»Kommt auch daher.«

Seine Finger verursachten ihr Gänsehaut. Hoffentlich merkte er das nicht.

»Passieren dir auch so oft Unfälle wie Jordan?«, fragte er lachend. »Wenn ich daran denke, wie ihr zwei zusammengewohnt habt … Ständig stolpert sie über irgendetwas …«

»Nur, wenn sie vergisst, ihre Brille aufzusetzen«, verteidigte sie die Freundin.

»Und warum hast du geweint?«

Er ließ nicht locker.

»Das hast du mich schon einmal gefragt, und ich habe dir darauf geantwortet.«

Sie nahm ihm die Fernbedienung ab und schaltete um. Eine Werbesendung erschien auf dem Bildschirm. Sie drehte den Ton lauter und tat so, als fasziniere sie, was sie sah.

Dylan schaltete einfach den Ton weg und sagte: »Es ist ungesund, alles mit sich alleine abzumachen.«

Er klang so mitfühlend, und genau das war ihr Verhängnis. Erneut traten ihr Tränen in die Augen. Sie musste ihn aus der Wohnung wegkriegen, bevor sie schluchzend vor ihm zusammenbrach.

»Du solltest jetzt nach Hause gehen.« Ihre Stimme bebte. Warum hatte sie heute Abend bloß ihre Gefühle nicht im Griff? Was in Gottes Namen war los mit ihr? Sie war doch sonst nicht so ein Weichei.

»Vielleicht sollte ich besser bleiben«, erwiderte er.

Erneut entriss er ihr die Fernbedienung und zappte durch die Kanäle. Ab und zu blickte er sie forschend an. Er hatte wunderschöne Augen. Und in ihnen stand echte Sorge.

»Du brauchst nicht hier bei mir zu sitzen.«

»Okay«, willigte er ein. »Dann gehe ich wohl besser.«

»Gut, weil …« Sie konnte nicht weitersprechen. Aber er hätte sowieso kein Wort mehr verstanden. Sie schluchzte nämlich. Es war schrecklich peinlich, aber sie konnte nichts dagegen tun.

11

Kate sprang auf, um aus dem Zimmer zu laufen, aber Dylan zog sie einfach auf seinen Schoß.

In den nächsten zehn Minuten sagte er nichts. Er schlang einfach nur die Arme um sie, tätschelte ihr den Rücken und ließ sie einfach weinen.

Als die Tränen schließlich versiegten, lag ihr Kopf an seiner Schulter, ihr Mund an seinem Hals.

»Dylan?«

Er lächelte. »Ja?«

»Erzähl es bloß niemandem.«

»Was?«

Dylan ergriff eine Strähne ihrer Haare und ließ sie langsam durch die Finger gleiten. Sie rochen nach Aprikosen und fühlten sich so warm und weiblich an. Er war sich nur zu deutlich der Tatsache bewusst, dass sich zwischen seinen Händen und ihrem Körper nur ein dünnes T-Shirt und ihre Shorts befanden.

Denk nicht darüber nach. Aber je nachdrücklicher er es sich verbot, desto unmöglicher wurde es, nicht an sie zu denken.

»Keine Sorge. Ich gehöre nicht zu denen, die nach einem Kuss alles herumerzählen.«

»Ich habe dich gar nicht geküsst – noch nicht.«

Er musste unbedingt die Situation wieder in den Griff bekommen. »Hör zu, ich erzähle schon keinem, dass du geweint hast. Und jetzt steh auf.«

Unvermittelt küsste sie ihn auf den Hals und kitzelte ihn mit ihrer Zungenspitze.

Er zuckte zurück, als ob er vom Blitz getroffen worden sei.

Kate setzte sich auf. Mit dem Handrücken wischte sie sich die Tränen vom Gesicht.

»Weißt du, was ich glaube?«, sagte sie. »Du bist ein Betrüger.«

Tränen hingen an ihren Wimpern und liefen über ihre Wangen, und am liebsten hätte er jede einzelne weggeküsst.

»Wieso bin ich ein Betrüger?«

Sie blickte ihm in die Augen: »Wenn du glaubst, es ist sicher, flirtest du für dein Leben gerne, aber jetzt, wo ich bereit bin«, flüsterte sie, »und die Initiative ergreife, kriegst du kalte Füße.«

Statt einer Antwort legte er ihr die Hand in den Nacken und zog sie an sich. Als seine Lippen ihren Mund berührten, war es um ihn geschehen.

Kate erschauerte. Sie schlang die Arme um seinen Hals, und sie küssten sich leidenschaftlich. Sie spürte seine Hand auf ihrem Rücken. Wie war sie nur unter ihr T-Shirt gelangt?

Er versuchte, sich von ihr zu lösen, aber sie ließ es nicht zu, obwohl ihr dämmerte, dass es keine gute Idee war, Dylan zu verführen. Überhaupt keine gute Idee. Und trotzdem wollte sie sich in seinen Armen verlieren und so tun, als sei für eine einzige, wundervolle Nacht alles in Ordnung.

Aber machte sie sich nicht etwas vor? Schließlich war Dylan kein Fremder, den sie danach nie wiedersehen würde, sondern der Bruder ihrer besten Freundin. Nein, es ging nicht. Morgen würde sie Schuldgefühle haben.

Aber warum war sie überhaupt so verkrampft? Warum nahm sie sich nicht einfach ganz lässig, was sie wollte. Die meisten ihrer Freundinnen fanden nichts dabei, sich jeden Samstag mit jemand anderem einzulassen. Aber Jordan war nicht so, und Kate auch nicht.

Jordan sagte immer, sie habe zu viel Respekt vor ihrem Körper, um ihn für eine Nacht an irgendeinen Typen zu vergeben. Kate empfand das genauso. Sie fand einerseits, dass Gefühle dazugehörten. Andererseits scheute sie vor einer Bindung zurück, und wenn sie ganz ehrlich war, hatte sie schreckliche Angst davor, verletzt zu werden.

Und dieser Gedanke war entscheidend. Es war definitiv besser, sich auf nichts einzulassen.

Aber es fiel ihr so schwer, ihn nicht zu küssen. Dylan war ein wundervoller Küsser. Er nahm sich Zeit und erforschte genüsslich mit seiner Zunge jeden Winkel ihres Mundes.

Sie hätte hinterher nicht mehr sagen können, wann sie die Grenze überschritten und begonnen hatte, sein Hemd aufzuknöpfen, um so gut wie jeden Zentimeter seiner Brust und seines Halses zu küssen. Sanft glitten ihre Finger über die gezackte Narbe an seiner linken Schulter. Die Kugel hatte sie durchschlagen und nur knappe eine Arterie verfehlt.

Dylan hielt ihre Hand fest, offensichtlich wollte er dort nicht gestreichelt werden. Er küsste sie noch einmal, fest und leidenschaftlich, und dann versuchte er, sich von ihr zu lösen.

»Kate, das sollten wir lieber lassen.«

Er war sich nicht sicher, ob sie ihn überhaupt gehört hatte. Sie knabberte an seinem Ohrläppchen und machte ihn damit völlig verrückt. Als sie sich auf seinem Schoß bewegte, war seine Jeans auf einmal drei Nummern zu klein. Es tat richtig weh. Keuchend sagte er: »Wenn wir aufhören wollen, sollten wir das jetzt tun.«

»Ja, natürlich.«

Sie wehrte sich nicht, als er sie von seinem Schoß schob. Sie stand neben dem Sofa und wandte sich ab, während sie tief Luft holte. Noch nie hatte ein Kuss eine solche Wirkung auf sie gehabt, aber sie hatte ja auch noch nie Dylan geküsst.

Er erhob sich ebenfalls und stand ihr gegenüber. Sein Hemd hing aus der Hose und stand weit offen, aber er machte sich nicht die Mühe, es zuzuknöpfen. Viel wichtiger war es, dass er so schnell wie möglich aus dieser Wohnung wegkam, bevor er etwas tat, was er später bereuen würde.

Er sollte besser nichts mit ihr anfangen. Seit er Kate das erste Mal gesehen hatte, war er scharf auf sie. Die Frau hatte aber auch eine tolle Figur. Aber zu begehren und Liebe zu machen waren immer noch zwei ganz verschiedene Dinge.

Dylan liebte Frauen, und es machte ihm Spaß, mit Kate zu flirten. Andere mochten ja glauben, dass sie weltgewandt und erfahren war, aber er blickte hinter die Fassade. Wenn es um Männer und Sex ging, war sie nicht besonders raffiniert.

Er fuhr sich mit den Fingern durch die Haare. Sein Körper pochte vor Verlangen, sie zu berühren. Ihren nackten Körper unter seinem zu spüren, ihre flüssige Hitze zu schmecken, ihr Stöhnen zu hören … ihr …

»Ich muss gehen.«

»Dann geh.« Sie packte ihn am Hemd. »Es sei denn, du willst lieber bleiben.«

Sie blickte ihm in die Augen und legte ihm die Arme um die Taille. Seine warme Haut weckte in ihr den Wunsch, verrückte Dinge zu tun.

Nur für eine Nacht.

»Kate, hör mir zu. Du weißt, dass ich dich will, aber …« Sanft schob er ihre Arme weg.

»Ich weiß«, flüsterte sie. »Das ist keine gute Idee.« Sie trat einen Schritt zurück, blickte ihn aber immer noch an.

Und erneut fanden sich ihre Lippen, und er streichelte sie, bis sie zitternd in seinen Armen lag. Er konnte nicht genug von ihr bekommen. Langsam begann er, ihr T-Shirt hochzuschieben.

Als er ihre Brüste berührte, erschauerte sie, und da wusste er, dass er verloren war. Seine Lippen glitten über ihren Hals und dann tiefer, und schließlich nahm er sie in die Arme und trug sie zu ihrem Bett. Er unterbrach seinen Kuss nur, um ihr das T-Shirt über den Kopf zu ziehen.

»Das ist Wahnsinn«, flüsterte er.

»Wahnsinn für eine Nacht.«

Sie knabberte an seinem Ohrläppchen, während sie ihm das Hemd auszog und ihm half, sich seiner Jeans zu entledigen. Er erschauerte, als ihre Brüste über seinen Brustkorb glitten.

Sie sanken zusammen aufs Bett, und er begann sie am ganzen Körper zu streicheln. Leidenschaftlich rieb sie sich an ihm, umschlang ihn mit ihren Beinen. Er genoss das Gefühl, ihren weichen Körper zu spüren.

Er zog sie in die Arme und küsste sie heiß und leidenschaftlich. Sie wurde wild und heiß, und ihre Laute machten ihn verrückt. Er wollte sich nur noch in ihr verlieren.

Sie wand sich unter ihm.

»Lass mich nicht mehr warten … bitte«, flüsterte sie.

Er vergrub sein Gesicht an ihrem Hals, atmete tief ihren wundervollen Duft ein. Seine Lust war so intensiv, dass er glaubte, sterben zu müssen. Dann hörte er, wie sie leise aufschrie und hielt inne. Er spürte ihr Pochen, und wenn er es nicht besser gewusst hätte, hätte er geglaubt, es sei ihr erstes Mal.

Als er den Kopf hob, sah er Leidenschaft und Tränen in ihren Augen, aber bevor er etwas sagen konnte, schloss sie die Augen und bog sich ihm erneut entgegen.

»Süße, habe ich dir wehgetan?«, fragte er besorgt. »Habe ich …«

Wortlos zog sie ihn wieder an sich.

Die Lust, die sie ihm schenkte, steigerte sich immer mehr. Es gab nur noch sie beide auf der Welt, keine Probleme, keine Ängste, keine Unsicherheiten.

Als alles vorbei war, konnte Kate keinen klaren Gedanken fassen. Sie holte tief Luft und versuchte erfolglos, ihren rasenden Herzschlag zu beruhigen.

»Ah, Kate«, flüsterte er. Er sank auf ihr zusammen, verzog das Gesicht, als seine linke Schulter an ihre stieß, und verlagerte schnell das Gewicht auf die rechte Seite.

»Ist alles okay?«, fragte er, als er ihren keuchenden Atem hörte. Lachend blickte er sie. »Oh, verdammt, du bist so schön.«

Er fuhr ihr mit dem Daumen über die Lippen. »Kannst du mein Herz fühlen? Es versucht immer noch, mir aus der Brust zu springen.«

Sie legte ihm die Hand um den Nacken und küsste ihn. »Du hast mich fertiggemacht.«

Er küsste sie auf die Nase und rollte von ihr herunter. Es kostete ihn all seine Energie aufzustehen, aber schließlich gelang es ihm.

Kate hörte, wie sich die Badezimmertür hinter ihm schloss. Sie war immer noch ganz benommen, aber so langsam wurde ihre Atmung wieder normal. Sie drehte sich auf die Seite, zog die Decke hoch und das Kissen an sich. Sie konnte ihn auf ihren Lippen spüren. Denk nicht darüber nach, befahl sie sich. Schließ die Augen und versuch zu schlafen.

Sie erstarrte, als die Tür wieder aufging. Licht ergoss sich über das Bett, aber sie drehte sich nicht um. Wenn er glaubte, sie schliefe, dann würde er vielleicht gehen. Oh Gott, hoffentlich bereute er nicht, was sie getan hatten.

Sie hörte ihn gähnen, und dann gab die Matratze nach, als er sich neben sie ins Bett legte. Sie wollte sich zu ihm umdrehen, aber er schlang von hinten die Arme um sie und zog sie an sich, um ihr einen Kuss auf den Nacken zu geben.

»Schläfst du schon?«

Sein warmer, süßer Atem kitzelte ihr Ohr. »Ja.« Dann keuchte sie leise auf, weil er ihre Brust umfasste.

»Du klingst aber gar nicht so.«

Sie konnte es kaum fassen, aber es war ihr tatsächlich peinlich, ihn anzusehen.

»Was machst du da?«, flüsterte sie und packte das Kissen fester, als er begann, ihre Brüste zu streicheln.

»Ich mache Liebe mit dir. Dreh dich um, Katie.«

»Aber wir … du bist …«

»Klar«, flüsterte er.

»Das geht doch nicht.«

»Nur eine Nacht, oder?«

»Ja.«

»Diese eine Nacht ist noch nicht vorbei.«

12

Dylan Buchanan hielt sein Wort. Ihre Nacht endete erst, als er um sieben Uhr am nächsten Morgen die Wohnung verließ. Der Abschied hätte peinlich sein können, aber Dylan machte es Kate leicht. Sie schlief noch halb, als er sich über sie beugte und sie auf die Wange küsste.

Sie erinnerte sich daran, dass er ihr irgendwann in der Nacht gesagt hatte, er sei den Rest des Wochenendes beschäftigt, aber Sonntagabend oder Montag würden sie sich wahrscheinlich sehen. Entweder war das seine Variante von: »Ich rufe dich an«, oder er glaubte tatsächlich, dass sie für immer in Boston blieb. Sie berichtigte ihn nicht, zumal sie bezweifelte, dass sie ihm jemals wieder ins Gesicht blicken konnte nach all dem, was sie getan hatten.

Die Ärzte behielten Jordan bis Sonntag im Krankenhaus. Ihr Ausschlag machte sie so elend, dass sie gar nichts dagegen hatte, und als sie endlich zu Hause war, verschlief sie den gesamten Nachmittag.

Abends ließ Kate etwas zu essen kommen. Sie verbrachten einen ruhigen Abend miteinander und gingen beide früh zu Bett.

Jordan hätte gerne gehabt, dass Kate noch ein paar Tage dablieb, aber sie musste nach Hause, um sich dort um die Probleme zu kümmern. Außerdem wollte sie aus Boston verschwinden, bevor sie noch einmal Dylan begegnete. Jedes Mal, wenn Jordan ihn erwähnte, wechselte Kate rasch das Thema. Für gewöhnlich erzählte sie der Freundin alles, aber das war etwas anderes. Etwas ganz anderes.

Am Montag ging es Jordan schon viel besser, und der Ausschlag verschwand. Allerdings ließ Kate es nicht zu, dass sie sie zum Flughafen fuhr, sondern nahm sich ein Taxi. Erst als sie im Flieger saß, merkte sie, wie nervös sie die Aussicht gemacht hatte, Dylan wiedersehen zu müssen. Sie stieß einen erleichterten Seufzer aus und beschloss, nie wieder an ihn zu denken. Sie konnte nicht ändern, was passiert war, aber sie brauchte ja niemandem davon zu erzählen.

Aber das Konzept »Aus den Augen, aus dem Sinn« funktionierte nicht. Sie versuchte zu lesen, aber sie konnte sich nicht konzentrieren, und wenn sie die Augen schloss, sah sie immer nur Dylans wundervollen Körper vor sich. Der Mann hatte kein einziges Gramm Fett an sich. Und diese Schenkel … oh Gott, diese Schenkel.

Sie sollte wirklich aufhören, an ihn zu denken, mahnte sie sich, aber das machte alles nur noch schlimmer. Als sie in Charleston landeten, war sie wütend auf sich. Sie hatte die Disziplin einer Nymphomanin. Sie war so lange ohne Sex ausgekommen, wieso war denn in einer einzigen Nacht …

Hör auf, darüber nachzudenken. Wie ein Mantra gingen ihr die Worte im Kopf herum.

Sie fuhr mit dem Bus zum Langzeitparkplatz. Als sie ausstieg, blieb sie einen Moment lang stehen, beobachtete die Blitze, die über den dunklen Himmel zuckten, und versuchte sich zu erinnern, wo sie ihr Auto geparkt hatte. Der Bus war gerade um die Ecke gebogen, als sie einen Wagen auf sich zukommen hörte. Da sie mitten auf dem Parkplatz stand, sprang sie rasch zur Seite. Der Fahrer gab Gas.

Vermutlich ein Teenager mit Bleifuß, dachte sie, als er vorbeiraste.

Sie versuchte, sein Gesicht zu erkennen, aber die Scheiben waren getönt. Kopfschüttelnd blickte sie ihm nach.

»Idiot«, murmelte sie.

Damit war nicht nur der verrückte Autofahrer gemeint. Sie kam sich ebenfalls vor wie ein Idiot, weil sie vergessen hatte, wo ihr Wagen geparkt war. Verzweifelt kramte sie in ihrer Tasche, bis sie das Parkticket fand. Zum Glück hatte sie sich auf der Rückseite Nummer und Reihe notiert, und jetzt eilte sie dorthin, wobei sie ihren Reisekoffer hinter sich herzog.

Ihr verbeultes, altes Auto stand nahe am Ausgang, eingequetscht zwischen zwei riesigen SUVs. Sie hievte den Koffer in den Kofferraum und wollte gerade den Deckel schließen, als sie Reifen quietschen hörte. Als sie sich umdrehte, sah sie das weiße Auto von eben, das immer noch durch die Reihen raste. Ab und zu wurde es langsamer und dann wieder schneller.

Kate hatte das Gefühl, der Fahrer suche jemanden. Es war bestimmt ein Teenager, der sich damit vergnügte, Leute zu erschrecken.

Jetzt fuhr das Auto ihre Reihe entlang. Sie war sich nicht sicher, ob der Fahrer sie sehen konnte oder nicht. Auf jeden Fall raste er schnurstracks auf sie zu, als ob er sie überfahren wolle. Im letzten Moment sprang sie zur Seite und schlug sich dabei das Knie auf. Mit schmerzverzerrtem Gesicht rappelte sie sich auf. Ihre Tasche war aufgegangen, und ihr Lippenstift rollte unter ein Auto. Sie stieß sich den Kopf, als sie danach griff.

»Okay«, flüsterte sie. »Ich bin wirklich ein Idiot. Und dazu noch paranoid.«

Sie hörte ein Auto hupen und dachte, dass der weiße Wagen wohl jemand anderen erschreckt hatte. Mit zitternden Fingern schloss sie die Fahrertür auf und stieg ein. Innen war es heiß wie in einem Pizzaofen. Rasch kurbelte sie die Fenster herunter. Die Klimaanlage konnte sie nicht gleich anmachen, weil der Wagen ein paar Tage gestanden hatte und sie den Motor erst warmlaufen lassen musste.

Sie blickte sich nach dem weißen Auto um, als sie zum Ausgang fuhr, und informierte den Mann im Kassenhäuschen über den Vorfall. Er informierte sofort den Sicherheitsdienst.

Erst als Kate an einer roten Ampel kurz vor dem Highway warten musste, fiel ihr ein, dass sie ihr Handy gar nicht eingeschaltet hatte. Es klingelte sofort nach dem Einschalten. Sie hatte eine Nachricht auf der Mailbox.

Ein Bauunternehmer namens Bill Jones, von dem Kate noch nie gehört hatte, erklärte, er arbeite für den Eigentümer des Lagerhauses, das sie mieten wolle, und er wolle sich mit ihr treffen, um die Umbaumaßnahmen zu besprechen, die sie veranlasst habe. Er erwähnte auch, dass ihr Inventar im hinteren Teil des Lagerhauses untergebracht sei, damit es während der Renovierung keinen Schaden nähme.

Was ging da vor? Kate hatte noch nicht einmal den Mietvertrag unterzeichnet, und sie hatte ganz bestimmt keine Umbaumaßnahmen veranlasst. Was mochte der Makler dem Eigentümer des Lagerhauses erzählt haben? Sie wartete bis zur nächsten roten Ampel, um den Anruf zu beantworten. Jones nahm nach dem zweiten Klingeln ab. Als die Ampel grün wurde, fuhr sie an den Straßenrand. Sie hasste es, beim Autofahren zu telefonieren.

»Jones hier.«

»Hier spricht Kate MacKenna.«

In der Leitung rauschte es, und anscheinend war Verkehr im Hintergrund. Im Lagerhaus konnte der Bauunternehmer nicht sein, denn das lag am Ende einer ruhigen Straße.

»Ich bin froh, dass Sie anrufen, Miss MacKenna. Ich muss mich so bald wie möglich mit Ihnen am Lagerhaus treffen. Zeit ist Geld, und ich möchte langsam mal anfangen.«

»Ich verstehe nicht. Sie haben in ihrer Nachricht gesagt, mein Inventar sei ins Lagerhaus gebracht worden?«

»Ja, das stimmt. Ich bin gerade auf dem Weg dorthin. Ich warte dort auf sie. Wir brauchen bestimmt nicht lange.«

»Nein, warten Sie. Wer hat denn den Umzug veranlasst?«

Der Mann schwieg, dann sagte er: »Ich weiß nicht. Als ich heute Morgen dorthin kam, standen da Kisten mit Ihrem Namen darauf.«

Das ergab keinen Sinn. Kiera und Isabel hätten so etwas nie veranlasst, und Kates Angestellte waren in Urlaub.

»Mr Jones, ich kann keine Veränderungen und Umbauten in Auftrag geben …«

Er schnitt ihr das Wort ab, bevor sie ihm erklären konnte, dass sie den Mietvertrag gar nicht unterschreiben würde. Bei ihrer düsteren finanziellen Situation war ein Umzug das Letzte, was für sie infrage kam. Sie musste sich erst einmal überlegen, wie sie ihre Firma retten konnte.

»Hören Sie, die Verbindung ist ganz schlecht«, sagte er. »Wir treffen uns dort. Die Seitentür ist nicht verschlossen, falls Sie vor mir da sein sollten. Nehmen Sie sich einen Kaffee und warten Sie dort auf mich. Ich muss quer durch die Stadt, und es herrscht ziemlich viel Verkehr, aber ich bin auf dem Weg.«

»Mr Jones, wegen meines Inventars …«

»Wenn Sie es dort weghaben wollen, erledigen wir das für Sie.«

Kate war so frustriert, dass sie am liebsten geschrien hätte. Wie viele Kisten mochten im Lagerhaus stehen? Es war wahrscheinlich wirklich am besten, sie fuhr dorthin und überzeugte sich selbst.

Sie mussten sofort wieder da weg. Sie konnte sie vermutlich in der Garage lagern, aber wenn sie das Haus verkauften, mussten sie woanders hin. Oh Gott, wie sollte sie das bloß Isabel und Kiera erklären?

Ein Schritt nach dem anderen. Sie versuchte ihre Schwestern zu erreichen, um ihnen Bescheid zu sagen, dass sie später käme, aber nur der Anrufbeantworter sprang an. Also hinterließ sie eine Nachricht, dass sie wieder da sei, aber erst noch zum Lagerhaus fahren müsse, bevor sie nach Hause käme.

Als sie wieder anfuhr, stellte sie fest, dass sie kaum noch Benzin im Tank hatte. Sie kannte sich in dieser Gegend nicht aus, deshalb dauerte es eine Weile, bis sie eine Tankstelle fand. Gegenüber war ein Imbiss, wo sie sich noch rasch eine Cola holte.

Eine halbe Stunde später kam sie am Lagerhaus an. Es lag am Ende einer langen, gewundenen Straße in einer Gegend, die nach und nach renoviert werden sollte. Nur ein paar Blocks entfernt gab es schon ein paar trendige Lofts. An der Pembroke

Street war bisher noch nichts passiert. Überall waren Schlaglöcher, um die sie herumfahren musste, leere Lagerhallen mit zerbrochenen Fenstern warteten auf die Renovierung. Aber es war alles bereits in der Entwicklung und genau das, was Kate gesucht hatte.

Das Gebäude befand sich ziemlich weit von ihrem Haus entfernt, aber die Miete schien bezahlbar, und sie hatte vorgehabt, eine Alarmanlage einbauen zu lassen, um eine gewisse Sicherheit für die Angestellten zu gewährleisten.

Die Angestellten, die sie sich jetzt nicht mehr leisten konnte.

»Hör auf, dich selbst zu bemitleiden«, flüsterte sie.

Kate parkte direkt vor der Seitentür. Es war kein anderes Auto zu sehen. Sie hatte gerade den Motor abgestellt, als ihr Handy klingelte.

»Ich bin es, Jones. Sind Sie schon da?«

»Ja«, antwortete sie.

»Ich brauche noch etwa fünf Minuten«, sagte er. »Nehmen Sie sich einen Kaffee, während Sie warten.«

»Nein danke.«

»Trinken Sie keinen Kaffee?«

»Nein«, erwiderte sie verwundert.

»Würden Sie dann bitte die Kaffeemaschine ausschalten? Ich habe es letztes Mal vergessen, und das Lagerhaus ist fast abgefackelt.«

Dieser Kommentar weckte nicht gerade Vertrauen in Kate. »Ja, ich schalte sie aus«, erwiderte sie. »Aber noch einmal wegen meines Inventars …«

»Ja?«

»Ich möchte, dass die Kisten morgen weggebracht werden. Sie sollten überhaupt nicht hier sein.«

»Es tut mir leid, wenn es da ein Missverständnis gegeben hat, Miss MacKenna. Ich werde tun, was immer Sie wollen. Bis gleich.«

Er legte auf, bevor sie ihm sagen konnte, dass es Zeitverschwendung wäre, ihn zu treffen, weil sie das Lagerhaus gar nicht mieten und deshalb auch keine Umbauten vornehmen würde. Aber sie wollte sich auf jeden Fall mit eigenen Augen davon überzeugen, wie viele Kisten mit Duftkerzen und Körperlotion hierhergebracht worden waren.

Kate warf ihr Handy auf den Beifahrersitz, aber es traf auf ihre Tasche und kullerte unter den Sitz.

Sie schnallte sich ab und bückte sich danach. In diesem Moment explodierte das Lagerhaus. Die Druckwelle riss die Scheiben aus Kates Auto. Hätte sie auf dem Fahrersitz gesessen, hätten die rasiermesserscharfen Glasstücke, die durch die Luft flogen, ihr das Gesicht zerschnitten.

Die Feuerwalze rollte durch das Lagerhaus und über den Parkplatz. Die Reifen ihres Wagens schmolzen. Das Armaturenbrett wurde in einem Stück herausgerissen, flog durch die Luft und landete in dem Müllcontainer, der auf der anderen Seite des Parkplatzes stand.

Kate lag bewusstlos auf dem Boden und bekam von der Zerstörung um sie herum nichts mit.

13

»Déjà vu.«

Das war das Erste, was Kiera sagte, als man sie endlich zu ihrer Schwester ließ. Kate war ins Silver Spring Hospital gebracht worden, und die Krankenschwester half ihr gerade ins Bett, als Kiera und Isabel ins Zimmer gestürmt kamen.

»Hattest du das nicht eigentlich schon hinter dich gebracht?« Kiera lächelte besorgt. Tränen der Erleichterung standen ihr in den Augen, weil Kate nicht ernsthaft verletzt war.

Isabel war außer sich. »Du hättest getötet werden können. Warum denn bloß?«

»Sie war nur zur falschen Zeit am falschen Ort«, warf Kiera ein.

Isabel schüttelte den Kopf. »Ein für alle Mal, Kate. Ich lasse nicht mehr zu, dass du aus dem Haus gehst. Notfalls gehe ich nicht aufs College, damit dir nichts passiert.«

»Isabel, das ist unvernünftig«, sagte Kiera.

»Unvernünftig?« Isabels Stimme kippte über. »Ist es denn vernünftig, zweimal in einer Woche in die Luft gejagt zu werden? Ist das vernünftig?« Sie zeigte mit dem Finger auf Kate und stammelte: »Du hast mir einen Mordsschrecken eingejagt.« Sie brach in Tränen aus. »Ich meine es ernst. Ich gehe nicht aufs College.«

Kiera trat ans Bett. »Sie benimmt sich die ganze Zeit so, aber sie wird schon wieder aufhören zu weinen. Jetzt hat sie ja gesehen, dass es dir gut geht.«

Kate hatte schreckliche Kopfschmerzen und konnte der Unterhaltung kaum folgen. Als Isabel die Jalousien im verdunkelten Zimmer hochzog, zuckte sie zusammen. Sofort schloss ihre Schwester sie wieder.

»Du hast wirklich Glück gehabt«, erklärte Kiera. »Jordan hat schon ein paarmal angerufen. Sie macht sich Sorgen um dich.«

»Woher wusste sie denn …«

»Sie wollte wissen, ob du heil gelandet bist, und Isabel hat ihr erzählt, dass die Feuerwehr dich aus dem Auto schweißen musste. Es ist übrigens völlig hinüber.«

»Du kannst mir dankbar sein, dass ich Tante Nora nicht angerufen habe. Sie packt wohl gerade ihre Sachen aus. Ich wette, sie hätte alles stehen und liegen lassen, um sofort wieder herzukommen. Sie würde schon dafür sorgen, dass du nicht noch mehr Verrücktheiten anstellst«, sagte Isabel.

Kate schloss die Augen. »Wann kann ich nach Hause?«

»Frühestens morgen. Vielleicht wollen dich die Ärzte auch noch länger hierbehalten.«

Isabels Stimme bebte. »Du siehst so aus, als hättest du einen Sonnenbrand. Das ist wahrscheinlich vom Feuer. Hast du überhaupt eine Ahnung, wie nahe du dem Tod warst?«

»Du fängst hoffentlich nicht schon wieder an zu weinen, oder?«, fragte Kiera.

»Entschuldige, aber ich bin eben nicht so ein Roboter wie du. Ich kann meine Gefühle nicht so wegdrücken.«

Kiera erwiderte nichts. »Wir sollten dich besser schlafen lassen«, sagte sie zu Kate.

»Warte«, flüsterte Kate. Sie war überrascht, wie schwach ihre Stimme klang. »Was ist eigentlich passiert?«

»Erinnerst du dich nicht?«

Kate wollte den Kopf schütteln, besann sich aber eines Besseren, als ein heißer Schmerz durch sie hindurchschoss.

»Sie vermuten, es war eine undichte Gasleitung«, sagte Kiera.

»Wir haben es im Radio auf dem Weg hierher gehört«, sagte Isabel. »Es muss eine Gasexplosion gewesen sein, weil sie ewig gebraucht haben, um das Feuer zu löschen.«

Kiera wechselte das Thema. »Ich habe übrigens mit dem Neurologen geredet, und er hat gemeint, du wärst nicht ernsthaft verletzt.«

»Kiera hatte schon Angst, dass sich in deinem Gehirn ein paar Schräubchen gelockert haben könnten«, warf Isabel ein.

»Nein, nicht ich, du«, korrigierte Kiera sie.

»Okay, ich war es. Der Arzt war so süß. Weißt du was, Kiera?«

»Oh Gott, da fängt sie schon wieder an.«

»Ich wollte dir nur sagen, dass er perfekt für dich wäre. Ich weiß, was du sagen willst«, fuhr sie hastig fort, bevor Kiera sie unterbrechen konnte. »Er ist nicht an dir interessiert. Aber das weißt du ja gar nicht, bevor du nicht … Na ja, du weißt schon.«

»Nein, was?«

»Sprich doch mal mit ihm. Geh auf ihn zu.«

»Können wir bitte damit aufhören?«

Isabel ignorierte sie.

»Wenn du dich vielleicht ein bisschen schminken und etwas mit deinen Haaren machen würdest …«

Kiera verschränkte die Arme vor der Brust. »Was stimmt denn mit meinen Haaren nicht?«

»Du solltest mal zu einem guten Friseur gehen, und nicht immer nur in diese Billigläden. Und außerdem solltest du die dunklen Ringe unter deinen Augen abdecken. Du bekommst viel zu wenig Schlaf, und weißt du was? Ich glaube, das Medizinstudium ist daran schuld!«

Kate begann zu lachen, stöhnte aber sofort. Sie sank zurück in die Kissen und schloss die Augen. »Hört auf, mich zum Lachen zu bringen. Ihr könnt anderswo weiterdiskutieren. Ich möchte mir am liebsten nur die Decke über den Kopf ziehen und so tun, als hätte es diesen Tag nie gegeben.«

»Kate, du hast uns noch gar nicht gesagt, warum du überhaupt am Lagerhaus warst«, sagte Isabel.

Kate öffnete die Augen. Sie setzte zu einer Antwort an, hielt dann aber inne. »Ich kann mich nicht mehr erinnern. Im Moment jedenfalls nicht.«

»Du kannst dich an gar nichts erinnern?«

Kate überlegte. »Nein«, flüsterte sie schließlich. »Ist das nicht merkwürdig?«

»Mach dir keine Sorgen. Es fällt dir schon wieder ein. Ruh dich erst einmal aus. Ich komme später noch mal vorbei«, sagte Kiera.

Isabel hingegen war noch nicht bereit, ihre Schwester alleine zu lassen. Sie trat ans Bett und fragte: »Kannst du dich denn daran erinnern, dass du nach Boston geflogen bist?«

Kate lächelte. »Ja. Und ich weiß auch noch, dass ich wieder zurückgekommen bin. Da war ein Auto … am Flughafen.«

Isabel tätschelte ihr die Hand. »Ja, da war ein Auto«, sagte sie beruhigend. Sie tat so, als hätte sie ein dreijähriges Kind vor sich. »Das war dein Auto, du bist damit zum Flughafen gefahren.«

Kate blickte Kiera Hilfe suchend an.

»Isabel, reichst du mir bitte noch das Telefon, bevor du gehst?«, bat Kate ihre Schwester. »Ich möchte Jordan anrufen.«

»Kannst du dich denn an ihre Telefonnummer erinnern?«

»Isabel, sie ist durch den Schlag auf den Kopf nicht zur Idiotin geworden«, sagte Kiera.

Isabel zuckte mit den Schultern. Sie gab Kate das Telefon und tätschelte ihr erneut die Hand.

»Bestell Jordan schöne Grüße«, sagte sie. »Und wenn sie dich besuchen kommen will, redest du ihr das besser aus«, fügte sie hinzu. »Bei deiner Pechsträhne wird sie am Ende noch überfahren, bevor sie überhaupt zum Flughafen kommt.«

»Es war wirklich eine schreckliche Woche, oder?«, meinte Kate.

»Dann kann es nur noch besser werden«, versicherte Isabel ihr und folgte Kiera aus dem Zimmer.

Kate konnte nur hoffen, dass sie recht hatte. Sie drehte sich auf die Seite und schlief auf der Stelle ein.

***

Zwei Stunden später rief sie Jordan an. Sie versuchte möglichst fröhlich zu klingen, aber es strengte sie sehr an. Außerdem funktionierte es nicht, weil ihre Freundin ihr anhörte, wie schlecht es ihr ging.

»Erzähl mir zuerst noch mal von dieser ersten Explosion«, sagte Jordan. »Jetzt, wo ich wegen des Knotens keine Angst mehr zu haben brauche, kann ich mich endlich richtig darauf konzentrieren. Jemand hat versucht, diese Künstlerin umzubringen, oder?«

Kate berichtete ihr alles ein zweites Mal, und anschließend erzählte sie ihr von dem verrückten Teenager, der über den Flughafenparkplatz gerast war. Zum Schluss folgte dann der Bericht von ihrem letzten Missgeschick.

»Ich kann mich überhaupt nicht an die Explosion erinnern«, sagte sie. »Aber ich muss ständig an Kaffee denken. Ist das nicht merkwürdig?«

»Du trinkst doch gar keinen Kaffee.«

»Ja, eben. Deswegen ist es ja so merkwürdig.«

»Wie hart war denn der Schlag auf deinen Kopf?«

»Ich habe ziemliche Kopfschmerzen. Wenn ich es nicht besser wüsste, würde ich sagen, jemand hat versucht, mich umzubringen.«

Jordan lachte. »Sei nicht albern. Du hattest nur ein bisschen Pech. Soll ich zu dir kommen?«

»Nein, mir geht es gut. Außerdem ist meine Pechsträhne vielleicht noch nicht vorbei, und ich möchte nicht, dass du die Auswirkungen zu spüren bekommst.«

»Mach dir bloß nicht zu viele Gedanken. Denk daran, du bist gar nicht abergläubisch. Darf ich dich etwas fragen?«

»Ja, klar.«

»Ist zwischen Dylan und dir etwas vorgefallen?«

Kate ließ beinahe das Telefon fallen. »Wie kommst du darauf?«

»Er hat angerufen und nach dir gefragt, und als er hörte, dass du abgereist bist, war er nicht besonders glücklich.«

»Keine Ahnung, warum er so reagiert hat. Glaubst du wirklich nicht, dass jemand versucht, mich umzubringen?«, fragte sie, um das Gespräch wieder in eine andere Richtung zu lenken.

»Nein, warum sollte dich jemand umbringen wollen? Du hast viel zu viel Fantasie. Schlaf ein bisschen, und ruf mich morgen an, wenn du wieder klar denken kannst.«

Jordan legte auf und wählte sofort Dylans Nummer. Als er abnahm, stieß sie hervor: »Jemand versucht Kate umzubringen.«

14

Dylan war nicht gerade bester Laune. Er hatte eine kräfteraubende Stunde Physiotherapie für seine Schulter hinter sich, und die Übungen taten höllisch weh. Der Arzt hatte ihm zwar Schmerzmittel verschrieben, aber er wollte sie nicht nehmen, da sie ihn so benommen machten. Letzte Woche hatte er zwei Tabletten genommen, und sie dämpften zwar den Schmerz, aber er war sich vorgekommen, als tappe er im Nebel herum. Nein, vielen Dank. Da waren ihm die Schmerzen schon lieber.

Er wollte sich gerade ausziehen und unter die Dusche gehen, als Jordan anrief.

»Was willst du?«, sagte er statt einer Begrüßung.

»Oh, das ist ja nett.«

Er lächelte. »Du bist ja nicht mehr im Krankenhaus, da brauche ich nicht nett zu sein. Und wann wäre ich überhaupt schon mal nett gewesen? Du verwechselst mich mit Alec.«

»Nein, auf gar keinen Fall. Alec ist schlampig, und du bist ein Ordnungsfanatiker, deshalb habt ihr ja als Kinder auch perfekt in ein Zimmer gepasst. Und im Gegensatz zu Alec kannst du richtig mürrisch sein.«

»Bist du fertig mit deinen Komplimenten? Ich möchte nämlich unter die Dusche.«

Jordan war gerade so richtig in Fahrt. »Zu den Frauen, mit denen du schlafen willst, bist du bestimmt immer richtig nett, oder?«

»Jordan, zum letzten Mal, was willst du?«, fragte er ungeduldig.

»Kate steckt in Schwierigkeiten. Ich glaube nur, sie merkt es gar nicht.«

Rasch erklärte sie ihm, was sie von der ersten Explosion

wusste. »Und als ob das noch nicht genug gewesen wäre«, fuhr sie fort, »versuchte auch noch jemand, sie auf dem Flughafenparkplatz zu überfahren, als sie aus Boston zurückkam. Und dann … Dylan, hörst du mir zu?«

»Ja.«

»Du klingst aber gar nicht so.«

»Du liebe Güte …«

»Ich habe recht«, sagte Jordan hastig. »Jemand versucht sie umzubringen. Und da ist noch mehr.«

Bevor sie ihm über die zweite Explosion berichten konnte, sagte er: »Und was soll ich tun? Soll ich mit der Polizei sprechen? Die Ermittler in South Carolina hätten es wahrscheinlich nicht so gerne, wenn ich ihnen über die Schulter gucke.«

»Nein, du sollst da nicht anrufen. Ich möchte, dass du nach Silver Springs fliegst und dir die Sache selbst anschaust. Dein Zögern macht mich ganz verrückt. Dieses Wochenende hast du …«

»Was?«

»Du warst doch mit Kate zusammen. Was ist denn mit dir los? Aus den Augen, aus dem Sinn?«

Ja, klar, dachte er. Seit er Kate berührt hatte, war sie ihm nicht mehr aus dem Sinn gegangen, und das machte ihn fertig.

Sie hingegen verschwendete offensichtlich keinen Gedanken an ihn. Sie hatte Boston ohne ein Wort verlassen, vermutlich war ihre gemeinsame Nacht für sie nur eine willkommene Abwechslung gewesen. Eigentlich hätte ihm diese Einstellung gefallen müssen. Keine Verpflichtungen und kein tränenreicher Abschied. Nur eine perfekte Nacht – und perfekt war sie zweifellos gewesen.

Warum irritierte es ihn dann so, dass sie verschwunden war, ohne einen Ton zu sagen?

Er schüttelte den Kopf. Sie war eben nicht leicht zu vergessen, aber in ein oder zwei Wochen würde er keinen Gedanken mehr an sie verschwenden.

»Dylan, fährst du jetzt zu Kate oder nicht?«

»Ich denke …«

Er steckte in der Zwickmühle. Noch nie zuvor war er von einer Frau sitzen gelassen worden, und er wusste gar nicht, wie er sich fühlen sollte. Nein, das stimmte nicht. Er wusste ganz genau, wie er sich fühlte. Er war verdammt wütend.

Hatte er jemals eine Frau so behandelt? War er jemals nach einer gemeinsamen Nacht so einfach verschwunden? Er schüttelte den Kopf. Er hoffte nicht. Aber so ganz sicher war er sich nicht.

Plötzlich fiel ihm ein, wie sie im Krankenhaus an seinem Bett gewartet hatte. Bis heute wusste sie nicht, dass er ihre Anwesenheit bemerkt hatte. Er hatte die Augen aufgeschlagen und sie angeschaut, als sie gerade eingeschlafen war. Es war schön gewesen, wie sie da gesessen hatte.

Warum also sollte er das Gleiche nicht auch für sie tun?

Jordan wartete ungeduldig.

»Wenn du nicht hinfährst, fahre ich«, sagte sie schließlich.

»Ach, zum Teufel. Okay, ich fliege hin.«

»Wann?«

Er seufzte. »Bald.«

»Morgen?«

»Ja, okay. Morgen.«

»Freu dich doch, Dylan. Wenn ich recht habe, kannst du bald jemanden erschießen.«

15

Roger MacKenna hatte kriminelle Freunde. Zockerbekanntschaften. Sie machten sich am Spieltisch an ihn heran und wurden über Nacht seine besten Kumpel. Solange Roger gewann, halfen sie ihm, sein Geld auszugeben. Als es jedoch mit seiner Gewinnsträhne vorbei war, verwandelten sich diese neuen besten Freunde in falsche Schlangen. Sie stellten ihm einen Kredithai namens Johnny Jackman vor und überredeten ihn weiterzuspielen, damit er die Wucherzinsen bezahlen konnte.

Die Kredithaie in der Stadt bedrängten Roger nicht, weil sie, wie alle anderen auch, wussten, dass Roger Millionen erben würde, wenn sein Onkel Compton MacKenna starb. Wenn Roger in der Zwischenzeit etwas zustieße, würde keiner von ihnen auch nur einen Cent sehen.

Johnny Jackman hatte einiges investiert und ließ Roger ständig von seinen Leuten beschatten. Er hatte nicht vor, ihn auch nur eine einzige Minute aus den Augen zu lassen, und wollte auch nicht, dass Roger sein Verhalten änderte. Als dieser sich in ein hübsches kleines Ding namens Emma verliebte, die ihn überredete, zu einem Treffen der Anonymen Spieler zu gehen, beobachtete Jackman das mit Besorgnis. Am nächsten Abend wurde die süße kleine Emma aus dem Verkehr gezogen.

Roger erzählte man, sie habe einen Autounfall gehabt. Er fuhr ins Krankenhaus, warf einen Blick auf ihr geschwollenes, blau geschlagenes Gesicht und fuhr anschließend sofort ins Kasino.

Als Emma aus dem Krankenhaus entlassen wurde, verließ sie sofort die Stadt. Roger seufzte erleichtert auf. Es hatte ihn mit Schuldgefühlen erfüllt, dass er ihren Anblick nicht hatte ertragen können, aber jetzt, da er sie nicht mehr zu sehen brauchte, konnte er sie vergessen. Und er brauchte auch nicht mehr daran zu denken, zu irgendwelchen Sitzungen gegen seine Spielsucht gehen zu müssen.

Im Juli wurde Jackman langsam nervös. Roger hatte mittlerweile Schulden von genau siebenhunderttausend Dollar angehäuft, und wenn er sie nicht bis zum ersten September an das Kasino zurückzahlte, würde Jackman einspringen müssen.

Jackman beschloss, er könne es sich nicht mehr leisten, weiterhin geduldig und nett zu sein. Er lud Roger zum Dinner ins Emerald's ein, ließ ihn eine Flasche teuren Wein trinken und sagte ihm dann, wenn er nicht innerhalb von dreißig Tagen seine Schulden zurückzahlen würde, würde er sich ein paar seiner Körperteile als Pfand nehmen. Er prostete Roger zu und erklärte ihm, als Erstes käme das Ding zwischen seinen Beinen dran.

Roger wusste, dass er nicht bluffte.

Drei Schachteln Zigaretten und eine Flasche Gin pro Tag hatten Roger schnell altern lassen. Er war erst vierunddreißig, sah aber aus wie sechzig. Seine Haare waren dünn und grau, genau wie sein Teint, weil er sich ständig nur in dunklen Spielhallen und Hinterzimmern aufhielt.

Seine nikotinverfärbten Finger zitterten, als er sich eine weitere Zigarette anzündete.

»Wo soll ich denn so viel Geld herkriegen?«, fragte er. »Du weißt doch, dass ich erst etwas bekomme, wenn mein Onkel stirbt. Er ist krank. Allzu lange wird es allerdings nicht mehr dauern. Laut … laut meiner Quelle liegt der alte Mann im Sterben.«

»Wer ist denn die Quelle?«

»Jemand, der ihm echt nahesteht. Den Namen werde ich dir nicht verraten.«

»Okay«, erwiderte Jackman. »Aber es könnte auch sein, dass dein Onkel noch eine Weile braucht, oder? Wenn es länger als einunddreißig Tage dauert, dann wirst du unendlich leiden.«

»Wenn du wartest, zahle ich dir einen Bonus. Außerdem besteht doch immer noch die Chance, dass ich das nächste Mal groß gewinne, oder?«

Jackman schüttelte den Kopf.

»Dein Kreditrahmen ist erschöpft«, sagte er. »Bevor du deine Schulden nicht bezahlt hast, lassen sie dich an keinen Tisch mehr. Einunddreißig Tage«, wiederholte er. »Wenn du das Geld nicht aufbringen kannst, bist du kein Mann mehr. Du bekommst keinen Schluck Alkohol, um den Schmerz zu betäuben. Meine Partner fahren mit dir in die Wüste, spreizen dir die Beine und ... schnipp, schnapp.« Er bewegte seine Finger wie eine Schere. »Vielleicht sage ich ihnen auch, dass sie dir deine Eier in den Mund schieben sollen, damit du nicht schreist, während sie an deinem Schniedel arbeiten. Du hast doch Eier, oder?«

Jackman war der erfolgreichste Kredithai in der Stadt, und als Roger ihm in die kalten Augen blickte, dachte er, dass ein echter Hai wahrscheinlich mehr Gefühl hatte als er. Er zweifelte nicht daran, dass Jackman sein Versprechen wahr machen würde.

Roger begann zu keuchen und stand so hastig auf, dass er seinen Stuhl umwarf. Dann schaffte er es gerade noch bis in den Flur, bevor er sich übergeben musste. Jackman folgte ihm lachend.

»Du besorgst mir mein Geld, Roger, oder?«

»Ja. Ich besorge es.«

Jackman packte ihn hart am Arm und flüsterte ihm ins Ohr: »Dein Onkel wird sehr bald sterben, nicht wahr?«

Roger begann zu weinen. »Ja.«

Zwei Stunden später fuhr Roger mit einem Taxi zum Flughafen und nahm den nächsten Flug nach Hause. Er hatte zu viel Angst, etwas zu trinken. Er wusste, dass er einen klaren Kopf brauchte. In Savannah würde er seinem Onkel Compton einen Besuch abstatten, um sich selbst davon zu überzeugen, dass der alte Mann im Sterben lag und er sein Geld bald bekommen würde.

16

Kate rief sich zur Ordnung. Sie hatte lange genug in Selbstmitleid geschwelgt. Die Reise nach Boston hatte ihr eigentlich geholfen, sich über einige Dinge klar zu werden. Dylan hatte sie zwar abgelenkt, aber sie war fest entschlossen, so etwas Verrücktes nie wieder zu tun. Als sie aus dem Krankenhaus entlassen wurde, stand ihr Entschluss fest.

Sie würde große Veränderungen vornehmen müssen, wobei für sie am wichtigsten war, dass es keine Geheimnisse mehr gab. Sie berief eine Familiensitzung ein und erklärte ihren Schwestern, wie düster sich ihre finanzielle Situation darstellte. Dann legte sie den Stapel Rechnungen auf den Küchentisch.

Kiera war sprachlos. Isabel glaubte ihr kein Wort. Sie wollte nichts hören, das sich gegen ihre Mutter richtete. Kiera musste schlichten, als Kate von Isabel verlangte, endlich die Augen zu öffnen und aufzuhören, ihre Mutter zur Heiligen zu verklären.

»Wir sind alle der Meinung, dass Mutter ihr Bestes getan hat«, sagte Kiera, »und dabei wollen wir es auch belassen. Streit bringt uns nicht weiter. Wir müssen einen Plan entwickeln.«

Endlich beruhigte sich Isabel. »Du hast recht, Kiera. Mutter hat ihr Bestes getan. Wir mussten nie Hunger leiden, oder? Ich habe eine Zahnspange bekommen, als ich sie brauchte, und wir haben alle drei eine gute Schulausbildung.«

Ihre Schwestern stimmten ihr zu.

»Und, Kate, Mom hätte deinen Computer nicht versetzt, wenn es nicht nötig gewesen wäre, also hör auf, böse auf sie zu sein«, verlangte Isabel. »Sie kann sich schließlich nicht mehr verteidigen.« Sie ließ Kate keine Zeit zu antworten, sondern fuhr gleich fort: »Okay also.«

»Wie meinst du das?«, fragte Kiera.

Isabel holte tief Luft, legte ihre Hände auf den Tisch und sagte: »Ich nehme an, das hier«, sie nickte in Richtung der Rechnungen, »bedeutet, dass ich nicht aufs College gehen kann … noch nicht. Da Kiera ein volles Stipendium bekommt, kann sie ihr letztes Studienjahr zu Ende bringen, oder? Und wir beide, Kate, werden uns Jobs suchen müssen, wenn wir das Haus behalten wollen.«

Kiera unterdrückte ein Lächeln. »Na, du bist ja eine richtige Strategin. Unter all den blonden Haaren steckt sogar ein bisschen Verstand.«

»Du brauchst gar nicht so sarkastisch zu sein«, giftete Isabel.

»Das war kein Sarkasmus«, erwiderte Kiera. »Das war ein verdecktes Kompliment.«

»Isabel, deine Ausbildung ist viel wichtiger als das Haus. Es hat seinen Zweck erfüllt, und wir müssen es loslassen«, sagte Kate.

»Aber wenn du einen wirklich tollen Job bekämst – bei deiner Ausbildung …«

»Glaubst du im Ernst, sie lässt sich von der Bank ihre Firma wegnehmen?«, fragte Kiera.

»Sie kann es wahrscheinlich nicht verhindern«, entgegnete Isabel. »Und wir brauchen doch schließlich Geld, oder? Die Stromgesellschaft stellt uns den Strom ab, wenn wir die Rechnungen nicht bezahlen. Wie lange haben wir Zeit? He, ich habe eine Idee. Wisst ihr, was wir tun sollten?«

Kiera fragte lieber nicht. Isabel war berüchtigt für ihre unmöglichen Ideen. Auch diese war keine Ausnahme.

»Wir können doch Zimmer vermieten.«

»Selbst wenn wir Zimmer vermieten würden, könnten wir nicht genug Geld verdienen, um alle diese Rechnungen zu bezahlen und den Riesenkredit abzulösen«, sagte Kiera. Lächelnd fügte sie hinzu: »Es sei denn, wir nähmen pro Zimmer etwa zehntausend die Woche.«

Isabel fuhr sich mit den Fingern durch die Haare. »Okay, es war eine blöde Idee.«

»Nein, keineswegs«, sagte Kate. »Es ist schon gut, dass du nachdenkst.«

»Wenn ich so klug wie Kiera und du wäre, bräuchten wir uns gar keine Sorgen zu machen. Kiera kann doch mit ihren Stipendien alles bezahlen. Ich bin diejenige, die euch auf der Tasche liegt.«

Kate verdrehte die Augen, und Kiera schüttelte den Kopf. »Sei nicht so dramatisch«, sagte sie. »Dazu ist jetzt nicht der richtige Zeitpunkt.«

»Ich werde dann mal meine Sachen wieder auspacken.« Isabel klang jämmerlich. »Es hat Ewigkeiten gedauert, bis ich alles in Kieras Auto hatte. Und ich muss morgen bei der Schule anrufen und sie bitten, mir die Kisten zurückzuschicken, die schon dort sind.«

»Du brauchst die Sachen nicht aus dem Auto zu laden. Du fährst ins College.«

»Aber wie kann ich …«

»Daran hat sich nichts geändert. Kiera fährt dich in ihrem Auto dorthin, und danach fährt sie weiter nach Duke.«

»Aber woher sollen wir das Geld für die Schule nehmen?«

»Wir haben eine Anzahlung geleistet«, sagte Kiera. Sie wandte sich an Kate.

»Ich könnte einen Kredit aufnehmen, um den Rest des Schulgeldes zu bezahlen, oder?«

»Das können wir immer noch machen. Im Moment haben wir genug Geld auf meinem Geschäftskonto und dem Haushaltskonto, um das erste Semester abzudecken.«

»Aber wovon willst du leben?«, fragte Isabel. »Und du hast noch nicht einmal ein Auto.«

»Ich miete mir eins. Die Versicherung bezahlt, da meines völlig zerstört worden ist.«

»Für die alte Rostlaube wirst du nicht mehr viel kriegen«, sagte Isabel.

»Kann die Bank uns das Geld auf den Konten nicht wegnehmen?«, fragte Kiera.

Kate schüttelte den Kopf. »Bis der Kredit fällig ist, darf die Bank das Geld nicht anrühren.«

»Aber das ist schon in einem knappen Monat«, warf Isabel ein.

Kate stand auf und trat an den Kühlschrank, um sich eine Flasche Wasser herauszuholen. Bald würde sie ohne diesen Luxus auskommen müssen. Aber gegen Wasser aus der Leitung sei ja nichts einzuwenden, dachte sie.

Sie nahm auch für ihre Schwestern Wasserflaschen heraus. Als sie wieder am Tisch saß, sagte sie: »Als ich all diese Rechnungen geöffnet und den Brief von der Bank gelesen habe, dass unsere Mutter ihnen alles überschrieben hat, da war ich ziemlich wütend, das kann ich euch sagen.«

Isabel senkte den Kopf, und Kate fügte hastig hinzu: »Du musst aufhören, Mom verstehen oder gar verteidigen zu wollen. Du hast es doch selbst gesagt: Sie hat ihr Bestes getan.«

»Warum fängst du denn dann immer wieder davon an?«

»Ich versuche es euch doch nur zu erklären. Ich war fassungslos und wütend und konnte keinen klaren Gedanken mehr fassen. Jetzt jedoch kriege ich langsam alles wieder in den Griff.«

»Wieso konnte Mom denn deine Firma als Sicherheit einsetzen?«

»Sie war meine Partnerin. Das habe ich selbst so bestimmt, weil ich noch nicht volljährig war, und außerdem erwies es sich als praktisch für die Zeit, in der ich in Boston blieb. Sie hatte eine Kontovollmacht und konnte Schecks unterschreiben.«

»Und wie willst du die Bank davon abhalten, dir die Firma wegzunehmen?«, fragte Isabel.

»Mir fällt schon etwas ein. Vielleicht gebe ich ihnen höhere Zinsen auf eine größere Abschlagszahlung oder so. Mach dir keine Sorgen.«

»Und wenn das nicht funktioniert?«

»Dann befolge ich Isabels Rat und nehme Mieter ins Haus.« Lächelnd fügte sie hinzu: »Vielleicht zahlen ja die Männer mehr, wenn ich ihnen ein paar kleine Extras gewähre.«

Kiera lachte. Es läutete an der Tür, und Isabel sprang auf. »Vielleicht ist das unser erster Mieter«, rief sie.

Kate blickte Kiera an. »Meinst du, das ist Reece?«

»Nein«, erwiderte ihre Schwester. »Er ist nach Europa gefahren. Er hat eine Nachricht für Isabel hinterlassen, er hoffe, dass sie über ihre gemeinsame Zukunft nachdenkt, während er weg ist.«

»Ach du liebe Zeit«, sagte Kate. »Na, wenigstens ist er nicht mehr in Silver Springs.«

»Kate, hier ist dein erster Mieter«, rief Isabel.

»Was um Himmels willen ...«, flüsterte Kate.

Kiera und sie standen auf, als Isabel breit grinsend ins Zimmer kam. Dylan Buchanan folgte ihr.

Kate war so verblüfft, dass sie wieder auf ihren Stuhl sank. Isabel stellte ihn Kiera vor, die ihm die Hand schüttelte. Kate hatte es die Sprache verschlagen.

»Wir haben schon so viel von Ihnen gehört«, sagte Kiera. »Schön, Sie endlich kennenzulernen. Zu Kates und Jordans Abschlussfeier haben wir es ja nicht geschafft. Waren alle Buchanans da?«

Er nickte lächelnd. »Wir sind ziemlich viele. Vermutlich hätten wir Sie überwältigt.«

Kate starrte ihn verblüfft an. Hoffentlich wurde sie nicht rot. Aber ihr Gesicht war so warm. Errötete man, wenn man ein schlechtes Gewissen hatte? Aber warum sollte sie denn ein schlechtes Gewissen haben? Als ob sie das nicht wüsste. Immerhin hatte sie eine ganze Nacht lang heißen Sex mit dem Bruder ihrer besten Freundin gehabt. Tja.

Oh Gott, er sah gut aus. Aber er war verbotenes Terrain, sagte sie sich, auch wenn sie sich nur zu gut daran erinnerte, wie warm und hart sein Körper gewesen war. Genug davon. Der einzige One-Night-Stand ihres Lebens war vorbei, und je schneller sie ihn wieder aus dem Haus bekam, umso besser würde es für ihren Seelenfrieden sein.

Konnte ein Mann in ein paar Tagen tatsächlich wachsen?

Nein, er wirkte nur so groß, weil er Isabel überragte. Sie blickte ständig zwischen Dylan und Kate hin und her. Offensichtlich spürte sie, dass etwas im Busch war, aber Kate glaubte nicht, dass sie Genaueres wusste.

Schließlich löste Kate sich aus ihrer Starre und stand auf. »Warum bist du gekommen?«

»Kate, wo bleiben deine Manieren?«, fragte Isabel schockiert über den ungezogenen Tonfall ihrer Schwester.

Kate trat um den Tisch herum und streckte ihre Hand aus. »Schön, dich wiederzusehen.«

Er blickte auf ihre Hand, ergriff sie aber nicht.

Okay, sie hatte es mit Höflichkeit versucht. Also würde sie wieder unhöflich werden.

»Ich frage dich noch mal, warum bist du gekommen?«

»Kate, was ist los mit dir?«, warf Isabel ein. »Du bist schrecklich unhöflich.« Sie wandte sich an Dylan und fragte: »Kann ich Ihnen etwas Kaltes zu trinken anbieten? Möchten Sie einen Eistee oder eine Cola?«

»Nein danke«, sagte er.

»Sollen wir nicht ins Wohnzimmer gehen?«, schlug Kiera vor. »Dort ist es gemütlicher.« Hastig räumte sie die Rechnungen beiseite.

Dylan achtete nicht auf Kiera oder Isabel. Er hatte nur Augen für Kate. Es war ihm klar, dass es sie erschüttert hatte, ihn hier in ihrer Küche zu sehen. Aber sie hatte es verdient, dass sie sich unbehaglich fühlte, schließlich war sie einfach aus Boston abgereist, ohne ihm Bescheid zu sagen.

Als ob sie seine Gedanken lesen könne, sagte sie: »Warum hast du deinen Besuch nicht angekündigt?«

»Warum hast du mir nicht Bescheid gesagt, dass du abreist?«

»Wo bist du abgereist?«, fragte Isabel.

»Ist nicht wichtig«, antwortete Kate.

Sie verschränkte die Arme und blickte Dylan finster an. »Ich habe eben mit Jordan gesprochen, und ihr geht es gut, also bist du nicht wegen ihr gekommen. Weiß sie, dass du hier bist? Nein, wahrscheinlich nicht, sonst hätte sie es mir gesagt.«

»Sie hat mich ja zu dir geschickt«, erwiderte er achselzuckend.

Kate trat einen Schritt auf ihn zu. »Nein«, sagte sie misstrauisch.

»Doch.«

»Wollen Sie bei uns wohnen?«, fragte Isabel eifrig. »Kiera und ich müssen morgen leider fahren, aber Kate freut sich bestimmt, wenn sie Gesellschaft hat.« Sie warf Kate einen warnenden Blick zu, damit sie auch ja gastfreundlich reagierte.

»Nein, ich werde nicht bei Ihnen wohnen, aber danke für Ihr Angebot. Wenn ich mit Kate geredet habe, gehe ich ins Hotel. Wahrscheinlich bleibe ich nur eine Nacht.«

»Aber Sie müssen bei uns schlafen«, beharrte Isabel. »Wir haben genug Platz.«

»Wenn er ins Hotel gehen will, solltest du ihn lassen«, sagte Kate kühl.

»Bleiben Sie wenigstens zum Abendessen?«, fragte Isabel. Wenn sie lächelte, sah man das Grübchen auf ihrer Wange.

Kate überfiel plötzlich das Verlangen, Isabel ein Handtuch in den Mund zu stopfen. »Ich glaube nicht, dass Dylan …«

»Ja, sehr gerne.« Er war sich nicht sicher, ob er zusagte, weil er Hunger hatte oder weil er Kate ärgern wollte.

»Sie werden die Gastfreundschaft der Südstaaten erleben«, versprach Isabel.

»Klingt gut«, sagte Dylan.

Sein Handy klingelte. Er lächelte, als er sah, wer anrief. »Entschuldigt mich«, sagte er und ging aus der Küche, um den Anruf anzunehmen.

Kate wartete, bis er außer Hörweite war, dann wandte sie sich an Isabel.

»Hörst du bitte auf, mit ihm zu flirten?«, zischte sie. „Ich will nicht, dass er zum Abendessen bleibt. Er soll zurück nach Boston fahren.«

»Aber ich will, dass er bleibt«, erklärte Isabel.

»Was ist denn los mit dir?«, fragte Kiera. »Du benimmst dich so seltsam, seit Dylan hier ist.«

»Unhöflich«, ergänzte Isabel.

»Mit mir ist nichts los«, erwiderte Kate. »Ich bin nur gestresst. Ich hatte zu wenig Schlaf in der letzten Zeit.«

»Weißt du, was ich glaube?«, sagte Isabel.

Aber keiner schien hören zu wollen, was sie zu sagen hatte.

»Isabel, deck den Tisch«, sagte Kiera. »Das Abendessen ist gleich fertig.«

Isabel protestierte nicht, und als sie im Esszimmer verschwunden war, flüsterte Kiera Kate zu: »Irgendwas stimmt doch nicht. Und sag mir nicht, dass ich es mir nur einbilde. Ich sehe doch, wie zwischen euch beiden die Funken fliegen, und wie ihr euch anschaut …«

»Er sieht jede Frau so an. In Boston hat er einen wahren Fanklub.«

Kiera gab Kate ein Zeichen, sie solle schweigen, weil Dylan wieder in der Tür stand, aber Kate blickte in die andere Richtung und merkte nichts.

»Frauen scheinen ihn zu lieben«, sagte sie.

Dylan lehnte sich an den Türrahmen. »Und ich liebe die Frauen«, sagte er. »Das ist kein Geheimnis.«

Kate drehte sich zu ihm um. »Ja, das stimmt«, erwiderte sie, nicht im Mindesten verlegen. »Kann ich unter vier Augen mit dir sprechen?«

»Klar, Pickles.«

»Hörst du bitte auf, mich so zu nennen«, verlangte sie genervt.

»Möchten Sie etwas trinken, bevor Sie mit meiner Schwester unter vier Augen sprechen?«, fragte Kiera. »Kate scheint nicht die beste Laune zu haben. Aber sie ist nicht immer so. Wenn sie sich Mühe gibt, kann sie richtig nett sein. Wenn Sie sie erst einmal richtig kennengelernt haben, werden Sie sie bestimmt genauso mögen wie wir.«

Er lächelte und blickte Kate an. »Oh, ich glaube, besser als ich sie schon kenne, kann ich sie kaum noch kennenlernen.« Vergnügt sah er, dass Kate ihn am liebsten in den Magen geboxt hätte. »Was glauben Sie denn, warum ich sie Pickles nenne? Süß in der einen Minute, sauer in der nächsten.«

Kiera spürte die Spannung zwischen den beiden und sagte: »Ich glaube, ich lasse euch besser alleine, damit ihr euch unterhalten könnt.«

Isabel kam gerade in die Küche, aber Kiera zog sie mit sich in die Diele. Als sie weg waren, warf Kate Dylan einen finsteren Blick zu. »Okay, und warum bist du tatsächlich gekommen?«

»Jordan scheint zu glauben, du seist in Gefahr.«

»Ich bin nicht in Gefahr. Ich hatte nur in der letzten Zeit ein bisschen Pech. Jordan macht sich unnötig Sorgen.«

»Sie sagt, du hättest eine Explosion erlebt. Warum hast du mir gesagt, die Prellungen rührten von einem Sturz her?«

»Das stimmte ja«, antwortete sie. »Ich habe nur nicht erwähnt, dass ich gestürzt bin, als eine Bombe explodiert ist.«

»Warum hast du es nicht erwähnt?«

»Du hast nicht gefragt.«

Er verzog das Gesicht. »Und dann hat jemand versucht, dich auf einem Parkplatz zu überfahren?«

»Das stimmt, aber das war bloß ein durchgedrehter Teenager.«

Er musterte die Beulen auf ihrer Stirn und trat näher. »Die waren aber auch noch nicht da, oder? Sie sehen neu aus.«

»Das sind sie auch«, erwiderte Kate und wich zurück.

»Bist du wieder gestürzt?«

»Nein«, erwiderte sie. »Ich war zufällig zum falschen Zeitpunkt am falschen Ort. Das kommt schon mal vor. Nichts, worüber du oder Jordan euch Sorgen zu machen braucht. Es gibt eine perfekte Erklärung für alles.«

David setzte sich verkehrt herum auf einen Küchenstuhl und legte die Arme auf die Rückenlehne. »Okay. Dann fang mal an zu erklären. Erzähl mir doch zuerst von der Explosion.«

»Von welcher?«, fragte Kate.

17

Hat es mehr als eine Explosion gegeben?« Dylan blickte sie ungläubig an.

Kate nickte langsam. »Das sagte ich doch. Hat Jordan das nicht erwähnt?«

»Nein.«

»Sie haben aber auch nichts miteinander zu tun«, fuhr sie fort. »Das eine war eine Bombe, und das andere ein Leck in der Gasleitung. Es war ja noch nicht mal in derselben Stadt«, fügte sie hinzu. »Siehst du? Nichts, worüber man sich Sorgen machen müsste.«

»Fang am Anfang an.«

Kate stöhnte. »Die ganze Geschichte?«

»Die ganze.«

»Okay«, sagte sie widerstrebend. »Dann versuche ich mal, ob ich das in der richtigen Reihenfolge hinkriege: Explosion in Charleston, Krankenhaus, Boston, wild gewordener Autofahrer auf dem Flughafenparkplatz in Charleston, eine weitere Explosion in Silver Springs, wieder ins Krankenhaus, und jetzt zu Hause.«

»Vergiss Reece nicht. Er war auch nicht ohne«, sagte Kiera von der Tür her.

Gehorsam erzählte Kate, was passiert war, als Reece vor der Tür gestanden hatte.

»Warum hast du nicht die Polizei gerufen?«, fragte Dylan.

»Was hätten sie denn machen sollen? Er hat uns ja nicht bedroht«, erwiderte Kate. »Nur weil jemand dir auf die Nerven geht, kannst du ihn schließlich nicht einsperren lassen.«

»Hat er dich angefasst?«, fragte Dylan ruhig.

Sie schüttelte den Kopf, sagte aber dann: »Er hat versucht,

mich zur Seite zu schubsen, damit er hereinkommen konnte. Er war überzeugt, dass Isabel sich irgendwo im Haus versteckt hatte.«

»Wenn er dich in irgendeiner Form berührt hat, ist das immer ein Grund, um die Polizei zu holen«, sagte Dylan.

»Das hat sie auch vorgehabt«, warf Isabel ein. Sie stand ebenfalls in der Tür und hatte alles gehört. »Als sie Kiera und mir alles erzählt hat, wollte sie eigentlich Anzeige erstatten, aber ...«

»Aber was ...?«

Isabel warf Kate einen Blick zu.

»Ich habe sie gebeten, es nicht zu tun«, gab sie zu. »Er hat mir leidgetan, und ich dachte, er kommt schon wieder zu sich, wenn er erst mal nüchtern ist. Außerdem bin ich ja sowieso bald weg, und er ist in Europa. Ich könnte wetten, dass er mit einer neuen Freundin zurückkommt.« Sie nickte und fügte hinzu: »Mich wird er letztendlich vergessen, aber ich glaube, Kate verzeiht er wohl nie. Er glaubt, sie wäre schuld daran, dass ich aufs College gehe.«

»Geht doch ins Wohnzimmer«, schlug Kiera vor.

»Ja«, unterstützte Isabel sie. Sie war froh, dass es nicht mehr um Reece ging. »Du bist uns im Weg, Kate. Kiera und ich müssen das Abendessen fertig machen.«

Dylan folgte Kate aus der Küche. Sie setzte sich aufs Sofa. »Setz dich«, forderte sie ihn auf.

Sofort setzte er sich so dicht neben sie, dass sich ihre Arme berührten.

Rasch rutschte sie ein wenig zur Seite.

»Okay«, sagte er. »Lass uns noch mal alles durchgehen.«

»Warum?«

»Vielleicht hast du ja etwas vergessen.«

»Ich habe nichts vergessen«, erwiderte sie. »Fahr zurück nach Boston und sag Jordan, sie soll sich keine Sorgen mehr machen.«

»Sie ist überzeugt davon, dass du in Schwierigkeiten steckst.«

»Und da bist du extra den weiten Weg hierhergekommen, um mich zu retten?« Sie zeigte mit dem Finger auf ihn. »Ich brauche niemanden, der mich rettet. Ich kann meine Probleme selbst lösen.«

»Kate, womit verdiene ich meinen Lebensunterhalt?«, fragte er geduldig.

Sie wusste, wo das hinführte. »Du bist Detective bei der Bostoner Polizei.«

»Und deshalb hat Jordan mich auch gebeten, dass ich mich darum kümmere. Wer hat bei der Bombenexplosion ermittelt?«

»Detective Nate Hallinger. Warum?«

»Ich möchte mit ihm sprechen«, sagte er. »Ist er davon überzeugt, dass diese Künstlerin, Cinnamon, bei der Explosion getötet werden sollte?«

»Sie steht unter Polizeischutz«, erwiderte Kate. »Deshalb muss er wohl annehmen, dass sie die Zielscheibe war.«

»Ach.«

»Was soll das denn heißen?«

Er ignorierte ihre Frage. »Was für eine Explosionsvorrichtung wurde verwendet?«

»Keine Ahnung, ich habe nicht gefragt«, sagte Kate. »Und ich bezweifle auch, dass Detective Hallinger es mir gesagt hätte.«

Er nickte. »Was hat er dir überhaupt gesagt?«

»Ich kann mich kaum erinnern.«

»Ja, das merke ich.«

Aufgebracht fuchtelte sie mit dem Finger vor seiner Nase herum. »Du brauchst mich gar nicht so anzuschnauzen. Das ist doch kein Verhör, und ich bin keine Verdächtige.«

Er verzog das Gesicht, als ob er lachen wollte.

»Was ist daran so lustig?«

»Du glaubst also, ich verhöre so Verdächtige?«

»Dein Tonfall ließ darauf schließen.«

Ohne auf ihre sarkastische Bemerkung einzugehen, fuhr er

fort: »Du hast in deinem Wagen gesessen, als das Gebäude in die Luft geflogen ist?«

»Ja. Einer der Sanitäter hat mir gesagt, die Feuerwehr hätte mich mit einem Dosenöffner aus dem Wrack herausschweißen müssen. Zum Glück war ich bewusstlos. Ich glaube, es hätte mir nicht gefallen, wenn ich das ganze Metall um mich herum mitbekommen hätte. So, als ob ich in einem Stahlsarg aufgewacht wäre.«

»Ja, du hattest großes Glück.«

Am liebsten hätte er die Arme um sie geschlungen, aber in ihrer gegenwärtigen Laune würde sie ihn wahrscheinlich vor seine verletzte Schulter stoßen. Wenn sie die wichtigen Fragen abgehandelt hatten, musste er unbedingt herausfinden, warum sie so gereizt ihm gegenüber war. Aber im Moment konnte er damit leben, dass sie unbedingt so tun wollte, als ob sie einander kaum kennen würden.

Sein Schweigen machte sie nervös. Unruhig schlug sie die Beine übereinander.

Dylan glaubte nicht an Zufälle, und er glaubte auch nicht, dass es sich lediglich um eine Pechsträhne handelte, wenn man zweimal kurz hintereinander beinahe in die Luft geflogen wäre. Wenn man einmal am falschen Ort war – okay, das ließ er gelten. Aber zweimal? Auf keinen Fall.

»Hat Detective Hallinger dir seine Karte gegeben?«, fragte er. »Ich möchte gerne mit ihm sprechen.«

»Ja, warte, ich hole sie dir.«

Kiera stand am Spülbecken und wusch frisches Gemüse aus dem Garten. Isabel faltete Leinenservietten.

»Kiera, wo hast du Detective Hallingers Karte hingetan?«, fragte Kate.

Kiera wies mit dem Kinn auf den Kühlschrank. »Sie steckt unter dem Kuhmagneten.«

»Ups. Oh, Kate, sei jetzt bloß nicht sauer auf mich«, begann Isabel.

»Was ist denn?«

»Ich habe ganz vergessen, dir zu sagen, dass Detective Hallinger angerufen hat.«
»Wann war das?«
»Etwa vor einer Stunde. Er würde gerne vorbeikommen.«
»Hat er gesagt, warum?«
»Nein, eigentlich nicht, und ich habe vergessen, ihn zu fragen.«
»Isabel, du musst endlich lernen, Nachrichten vernünftig weiterzugeben.«
»Abendessen ist fertig«, verkündete Kiera.
Kate ging mit der Visitenkarte ins Wohnzimmer und reichte sie Dylan.
»Du brauchst ihn nicht anzurufen«, sagte sie. »Er kommt vorbei. Und es gibt jetzt Abendessen. Ich zeige dir, wo du dir die Hände waschen kannst.«
Dylan hatte gerade seine Mailbox abgehört. Er legte das Handy weg und stand auf.
Kate ging ihm voraus. »Mir wäre es lieb, wenn wir beim Abendessen nicht über die Explosionen reden. Ich möchte nicht, dass Kiera und Isabel sich Sorgen machen. Wenn sie glauben, dass es …«
»Was?«
»Dass es ein Problem gibt«, sagte sie, »dann werden sie nicht fahren wollen.«
»Du schützt sie.«
»Ja. Und außerdem ist es kein geeignetes Thema fürs Abendessen.«
Er lachte. »Steht das so in den Benimmregeln?«
Das Abendessen verlief angenehm, und sie unterhielten sich angeregt.
Anschließend räumte Isabel den Tisch ab, und Kate und Kiera machten den Abwasch. Dylan hatte seine Hilfe angeboten, aber Isabel lehnte sie vehement ab.
»Bei uns in den Südstaaten rührt der Gast keinen Finger.«
Kiera erklärte ihm, Widerspruch sei zwecklos, also bedankte

er sich noch einmal fürs Abendessen, stand auf und ging ins Arbeitszimmer hinten im Haus, um zu telefonieren. Kate fiel es sofort auf, dass er die Tür hinter sich schloss.

Ein paar Minuten später läutete es an der Tür.

»Ich wette, das ist Detective Hallinger«, sagte Isabel. Sie eilte aus der Küche. »Kiera«, rief sie im Gehen, »du hast noch genug Zeit, um nach oben zu laufen und ein bisschen Lippenstift aufzulegen.«

Kiera ließ gerade heißes Wasser nachlaufen. »Sie hört einfach nie auf, was?«, sagte sie zu Kate.

Kate lachte. »Besser du als ich.«

»Auf dich konzentriert sie sich im Moment nur nicht, weil sie glaubt, du hättest deinen Seelengefährten gefunden.«

»Dylan?«

»Genau. Ich glaube, ich verstehe auch, warum sie unbedingt jemanden für mich finden will. Sie will nicht, dass ich einsam bin … oder Angst habe.«

»Was eigentlich auf sie zutrifft.«

»Ja«, sagte Kiera nachdenklich. »Sie hat es im vergangenen Jahr viel schwerer gehabt als wir. Sie und Mom haben sich so nahegestanden. Wir müssen uns viel mehr um sie kümmern, damit sie nicht das Gefühl hat, alleine zu sein. Ich werde sie jeden Tag anrufen, bis sie sich eingelebt hat, aber du, Kate, wirst auch öfter übers Wochenende hinfahren müssen, vor allem an den Besuchswochenenden. Wenn ich freihabe, komme ich natürlich auch.«

»Okay«, sagte Kate, »das machen wir. Ist dir übrigens aufgefallen, dass Dylan Isabel über Reece ausgefragt hat?«

»Ja«, erwiderte Kiera. »Das hat er sehr geschickt gemacht.«

»Ich glaube, er telefoniert gerade, um Reece überprüfen zu lassen. Du weißt schon, ob er vorbestraft ist oder so.«

»Ach du lieber Himmel, wie aufregend!«

Kate trocknete sich die Hände ab, reichte Kiera das Handtuch und ging zur Tür, um Detective Hallinger zu begrüßen.

Dylan hatte den Detective bereits hereingelassen.

»Wie lange bleiben Sie in der Stadt, Detective?«, fragte Hallinger den Kollegen.

»Nennen Sie mich Dylan. Eine Zeit lang. Ich weiß noch nicht genau, wie lange.«

Die beiden Männer maßen einander mit Blicken. Wie Hähne im Hühnerhaus, dachte Kate, aber dann stellte sie fest, dass der Vergleich für sie und ihre Schwestern nicht besonders schmeichelhaft war.

»Wo wohnen Sie?«

»Ich weiß noch nicht«, erwiderte Dylan.

»Ich hoffe doch, Sie bleiben bei uns«, warf Isabel ein. Sie wandte ihre Aufmerksamkeit Detective Hallinger zu. »Schön, Sie wiederzusehen.«

»Ja, ebenfalls«, erwiderte er.

»Gehen Sie doch dort hinein.« Isabel zeigte auf die Tür zum Wohnzimmer.

Die beiden Männer gingen hinein. Dylan sagte etwas, aber seine Stimme war so leise, dass Kate ihn nicht verstehen konnte.

Der Detective zog seinen Notizblock heraus und begann zu schreiben.

»Hast du ihnen etwas zu trinken angeboten?«, fragte Isabel.

»Du hast doch die ganze Zeit neben mir gestanden. Außerdem sind sie nicht als Gäste hier.«

»Hat er dir gesagt, was so wichtig ist?«

»Wie meinst du das?«

Isabel zog sie zum Treppengeländer und sagte leise: »Als Detective Hallinger angerufen hat, hat er gesagt, er wolle über etwas Wichtiges mit dir reden. Ich fand, er klang irgendwie ganz grimmig. Kate, wenn du in Schwierigkeiten steckst, fahre ich nirgendwo hin. Ich will wissen, was der Detective sagt. Vielleicht könnten wir uns ja zu den beiden setzen und zuhören. Ich werde auch bestimmt nicht stören.«

»Der Detective braucht nur noch ein paar Informationen«, erwiderte Kate. »Nichts, was du nicht schon gehört hast.« Das war natürlich gelogen, und Isabel machte nicht den Eindruck, als ob sie ihr glauben würde.

»Woher willst du das wissen? Du hast ja noch gar nicht mit ihm geredet.«

»Dylan hat es mir gesagt«, erwiderte Kate ausweichend. »Und ihm vertraust du doch, oder?«

»Ja, klar«, erwiderte Isabel. »Aber wie ist das denn möglich? Er hat doch Detective Hallinger gerade erst kennengelernt.«

»Du liebe Güte, du bist vielleicht misstrauisch. Dylan hat natürlich schon mit dem Präsidium geredet.«

»Ach so … Ja, okay.«

Es entsetzte Kate, wie leicht es ihr fiel zu lügen. Sie wurde langsam ein bisschen zu gut darin.

Isabel wirkte jedoch erleichtert. Es war Kate gar nicht klar gewesen, wie sehr ihre kleine Schwester sich um sie sorgte. Letztendlich heiligte in diesem Fall wohl also der Zweck die Mittel.

»Es ist alles in Ordnung«, versicherte sie ihr. »Und jetzt biete ich den Männern etwas zu trinken an, okay?«

»Mutter würde auch darauf achten, dass du gute Manieren zeigst.«

»Ich weiß.«

Sie wandte sich zum Wohnzimmer, aber Isabel hielt sie zurück. »Noch was, und bitte, sei nicht böse.«

Kate seufzte. »Wer hat noch angerufen?«

»Carl.«

»Wann?«

»Heute Nachmittag.«

»Was wollte er?«

»Er wollte nur hören, wie es dir geht. Er war ganz außer sich und meinte, es sei ihm schrecklich unangenehm, dass du gerade bei seiner Party in die Luft geflogen wärst.«

»Ich bin nicht in die Luft geflogen.«

»Na ja, beinahe«, gab Isabel nach. »Ich soll dir auf jeden Fall von Carl ausrichten, wie leid ihm alles tut, und er hofft inständig, dass du ihm verzeihst. Er ist ein bisschen dramatisch, oder?«

»Ja, manchmal«, erwiderte Kate. »Ich rufe ihn an, wenn ich die Zeit finde.«

»Oh, jetzt erreichst du ihn sowieso nicht. Ich soll dir sagen, er sei an einen Ort gefahren, wo niemand ihn stören kann. Wo das ist, wollte er mir nicht sagen.«

»Dann warte ich eben, bis er sich wieder bei mir meldet. Sonst noch was?«

Isabel warf ihr einen schuldbewussten Blick zu. »Ja, die Schachtelfrau hat angerufen. Sie sagte, sie müsse dich etwas Wichtiges fragen.« Hastig fuhr sie fort: »Aber das brauchte ich dir nicht zu sagen, weil sie meinte, sie ruft später noch mal an.« Wie auf ein Stichwort klingelte das Telefon. »Siehst du?«, sagte Isabel.

Kate warf einen Blick auf Dylan und Nate, die sich angeregt zu unterhalten schienen, und ging ans Telefon.

Haley George war am Apparat. Ihren Kunden gegenüber bezeichnete sie sich nur als die »Schachtelfrau«. Sie war eine der wertvollsten Zulieferer für Kate. Ihre kleine Firma, die Spezialbehälter produzierte, hatte von Anfang an die achteckigen Schachteln für Kates Produkte hergestellt. Sie hielt immer ihre Termine ein, und Kate verließ sich blind auf ihre Tüchtigkeit.

»Es tut mir leid, dass ich Sie so spät noch stören muss«, entschuldigte sich Haley. »Mir ist klar, dass im Moment nicht produziert wird, aber ich wollte Sie möglichst schnell über die Sache informieren, damit später keine Verzögerungen entstehen. Ich weiß ja, wie wichtig Details sind.«

»Das ist ganz richtig, Haley«, erwiderte Kate. »Was gibt es denn?«

»Heute sind die neuen Bänder gekommen. Ihre Initialen sind wie immer in Silber gedruckt, aber statt des üblichen Mintgrüns sind die Bänder eher dunkelgrün. Wenn ich sie zurückschicke, könnte es einen weiteren Monat dauern, bis sie in der richtigen Farbe geliefert werden, deshalb wollte ich Sie lieber vorher fragen, was ich tun soll.«

Kate seufzte.

Angesichts all ihrer anderen Probleme stand die Farbe der Bänder im Moment ganz unten auf der Liste der Prioritäten. Allerdings waren Design und Farbe ihrer Verpackung ein Markenzeichen für Kate MacKenna geworden, und außerdem war sie eine Perfektionistin, wenn es um Konsistenz und Qualität ging.

»Schicken Sie sie zurück«, sagte sie zu Haley. »Und danke, dass Sie mir Bescheid gesagt haben.«

»In Ordnung, mache ich«, antwortete Haley.

Kate legte auf. Vielleicht war eine leichte Abweichung in der Farbe nicht besonders wichtig, aber solange diese Firma ihr gehörte, würde sie darauf achten, dass die hohen Standards eingehalten wurden.

Isabel steckte den Kopf durch die Tür. »Dylan fragt nach dir«, sagte sie.

»Ich komme«, antwortete Kate.

»Versuch nett zu ihm zu sein, Kate. Er ist immerhin Jordans Bruder«, ermahnte ihre Schwester sie. »Du könntest ihm wenigstens ein bisschen Zuneigung zeigen.«

Ein bisschen Zuneigung? Wenn sie wüsste, dachte Kate. Ihre Zuneigung hatte in Boston eine völlig neue Ebene erreicht.

Kate ging zu den Männern und entschuldigte sich, weil sie sie hatte warten lassen, aber das schien keinem von beiden aufgefallen zu sein. Sie hatten sich jedenfalls angeregt unterhalten.

Hallinger hatte seine Notizen auf dem Couchtisch ausgebreitet.

»Nate hat mir berichtet, dass das FBI und das ATF mittlerweile in die Ermittlungen involviert sind, was keine große Überraschung ist«, sagte Dylan.

»Das bedeutet, dass am Tatort die Hölle los ist. Jeder will die

Verantwortung tragen, und sie treten sich gegenseitig auf die Füße.«

»Und in der Zwischenzeit geben sie keine Informationen weiter«, warf Dylan ein.

»Und wo bleiben Sie, Detective?«, fragte sie Hallinger.

»Vermutlich am Ende der Nahrungskette«, antwortete er lächelnd. »Und bitte, nennen Sie mich Nate.«

Sie nickte. »Was wollen Sie tun?«, fragte sie.

»Meinen Job.«

»Ganz gleich, wie viele Bundesbehörden eingeschaltet wurden, das ist immer noch sein Fall«, fügte Dylan hinzu.

Die beiden Männer hatten sich rasch verbündet, und Kate glaubte auch zu verstehen, warum. Sie wollten einfach keine Außenseiter dabeihaben. Es hatte wohl etwas mit Territorialansprüchen zu tun.

»Das FBI macht mir am meisten Probleme«, sagte Nate. »Durch die Bank arrogante Besserwisser.«

Kate blickte Dylan an, um zu sehen, wie er auf Nates Kommentar reagierte. Er lächelte.

»Hast du Nate erzählt, dass zwei deiner Brüder beim FBI sind?«

Nate zuckte zusammen. »Im Ernst? Hör mal, es tut mir leid …«

Dylan hob die Hände. »Ist schon okay. Nick und Alex sind tatsächlich arrogante Besserwisser.«

»Was wisst ihr denn bisher? Gibt es irgendwelche Spuren? Irgendwelche Verdächtigen?«, fragte sie.

»Wir wissen bereits, dass der Sprengstoff in einem Blumenkorb steckte. Die Ermittler können den Ursprung der Explosion genau bestimmen«, erklärte er. »Der Korb stand auf dem Boden vor einem Tisch hinten im Zelt. Ihrem Tisch«, stellte er sachlich fest.

Kate zeigte nach außen hin keine Reaktion. Sie nickte nur.

»Ich kann mich an die Blumen erinnern. Sie waren wunderschön. Ich weiß allerdings nicht, wer sie geliefert hat«, fuhr sie fort und nahm damit Nates nächste Frage vorweg. »Ich bin kurz in die Galerie gegangen, und als ich wieder ins Zelt zurückkam, waren sie da.«

»Ich komme gerade vom Flughafen«, sagte Nate, »weil ich diesen berühmten Experten, Sutherland, abgeholt habe. Er leitet das nationale Sicherheitsteam im Osten. Wie es aussieht, ist er ein echt netter Typ. Er hat mir wichtige Informationen gegeben. Das ist zwar inoffiziell, weil die Untersuchungen natürlich noch nicht abgeschlossen sind, aber er sagt, er weiß, wer es ist. Er sei schon lange hinter dem Kerl her.«

»Er weiß, wer der Bombenleger ist?« Erleichterung stieg in Kate auf.

»Nein, er erkennt seine Handschrift«, korrigierte Nate sich.

Da sie nicht wusste, was er damit meinte, blickte sie Hilfe suchend zu Dylan.

Der erklärte rasch: »Jeder Bombenleger hat eine eigene Handschrift. Es sind Gewohnheitstiere, die man an bestimmten Merkmalen erkennt. Manchmal ist es der Sprengstoff, manchmal der Ort, an dem er deponiert wird.«

»Blumenkörbe«, warf Nate ein. »Sie nennen ihn den Floristen.«

»Na reizend«, flüsterte Kate.

»Er liebt Explosionen im großen Stil. Gebäude sind ihm am liebsten, aber Autos und Häuser tun es auch. Das Besondere bei ihm ist, dass nie jemand darin ist. Er gibt sich die größte Mühe, niemanden zu verletzen.«

»Bis jetzt«, sagte Dylan. Er nickte, als Nate ihn fragend ansah.

An Kate gewandt fügte er hinzu: »Sie haben eine gute Feuerwache in dieser kleinen Stadt. Sie wissen, was sie tun, und einem der Männer sind die Ähnlichkeiten mit Charleston aufgefallen. Deshalb hat er bei der Polizei in Charleston angerufen und gefragt, wer die Ermittlungen geleitet hat. Und so habe ich herausgefunden, dass Sie am Lagerhaus waren. Und, Kate, es hat zwar jemand die Gasleitung beschädigt, aber das war nicht die eigentliche Ursache. Wir haben es überprüft und festgestellt, es war ...«

Ihr war sofort klar, was er damit sagen wollte. »Noch eine Bombe«, ergänzte sie.

»Ja, und Sie sind das einzige Bindeglied zwischen den beiden Vorfällen«, antwortete Hallinger. »Und jetzt fragen wir uns natürlich: Wer hat ein Interesse an Ihrem Tod?«

18

Sie ließen ihr ein paar Minuten Zeit, um die Information zu verdauen. Nate war erleichtert, dass sie nicht zusammenbrach. Er hatte sie nicht für hysterisch gehalten, und er hatte recht. Nach außen hin war sie ruhig und beherrscht.

Innerlich jedoch schrie Kate. Mein Leben ist ein einziges Chaos, dachte sie. Laut sagte sie: »Das passt mir alles gerade gar nicht in den Kram.«

Dylan lächelte. »Wann ist schon ein guter Zeitpunkt, um in die Luft gejagt zu werden?«

»Wir stehen mit den Ermittlungen noch am Anfang«, sagte Nate. »Die Spuren könnten uns in alle möglichen Richtungen führen, aber zu Ihrer Sicherheit müssen wir davon ausgehen, dass Sie das Ziel sind, und die notwendigen Vorsichtsmaßnahmen ergreifen.«

»Was schlagen Sie vor?«

Nate blickte Dylan an. »Wie lange bleiben Sie?«

»Solange es nötig ist. Aber ich brauche eine Waffe.«

»Ja, sicher. Ich kläre das mit Bob Drummond, dem Polizeichef hier in Silver Springs. Er wird natürlich mit Ihnen sprechen wollen, und ich warne Sie, er ist ein harter Bursche. Er steht kurz vor der Pensionierung, und deshalb ist es ihm egal, ob er jemanden beleidigt. Leicht werden wir es nicht mit ihm haben, aber …«

»Warten Sie«, unterbrach Kate ihn. »Das ist doch alles verrückt.«

Nate wandte sich wieder an sie.

»Fällt Ihnen jemand ein, der Rachegelüste gegen Sie haben könnte? Würde irgendjemand davon profitieren, wenn es Sie nicht mehr gäbe? Zum Beispiel ein Partner in Ihrer Firma?«

»Ich habe keinen Partner. Ich habe zwar eine Lebensversicherung, aber die Nutznießer sind meine Schwestern. Außerdem ist sie nicht besonders hoch. Der Einzige, der etwas gegen mich haben könnte, ist Reece Crowell.«

Nate nickte. »Dylan hat mir von ihm erzählt.«

»Das Ganze muss ein Irrtum sein«, sagte Kate. »Ich war fast ein ganzes Jahr weg und bin gerade erst nach Hause zurückgekommen. Ich war noch gar nicht lange genug wieder hier, um mir Feinde gemacht zu haben.«

Kates Rücken begann zu pochen. Sie hatte angespannt auf der Stuhlkante gesessen.

Im Gegensatz zu ihr lümmelte Dylan sich völlig entspannt auf dem Sofa.

»Wem gehörte das Lagerhaus?«, fragte Dylan.

»Einer Eigentümergemeinschaft«, antwortete Nate. »Ich habe noch keine Namen. Wie sind Sie denn darauf gekommen?«, fragte er Kate.

»Eine Maklerin hat mich angerufen. Sie hat mir verschiedene Räumlichkeiten gezeigt, aber das Lagerhaus schien perfekt für meine Bedürfnisse.«

»Woher wusste die Maklerin denn, dass Sie nach etwas Größerem Ausschau hielten?«, fragte Dylan.

»Carl Bertolli hat die Verbindung hergestellt.«

»Das ist interessant«, sagte Dylan.

»Er hat sie auch gebeten, früher zum Empfang zu kommen«, warf Nate ein. »Nicht wahr?«

»Ja«, sagte sie. »Nein, warten Sie. Meine Tante Nora hat eine Nachricht entgegengenommen, und ich nahm an, sie sei von Carl, aber das kann eigentlich nicht sein, denn als ich ankam und zum Zelt ging, rief Carl mich auf dem Handy an und fragte, ob ich etwas früher kommen könnte. Er schien überrascht zu sein, dass ich schon da war.«

»Vielleicht wollte er ja nur überprüfen, ob Sie tatsächlich gekommen waren«, erwiderte Nate.

»Haben Sie ihn verhört?«, fragte Dylan.

»Ja klar. Und ich kann Ihnen sagen, das war nicht einfach. Er ist ziemlich emotional.«

»Ach ja?«

»Er hat nichts gehört, nichts gesehen und sagt, er sei unterwegs gewesen, um den Ehrengast abzuholen. Ich habe das überprüft, und die Zeit stimmt. Aber wenn das FBI und das ATF mit ihm durch sind, werden ich ihn noch mal vernehmen.«

»Dazu müssen Sie ihn zuerst einmal finden«, sagte Kate.

»Ihn finden?«, fragte Nate.

»Carl hat eben angerufen, und Isabel gesagt, er fahre weg. Wenn sein Leben zu stressig wird, zieht er sich ab und zu zurück«, fügte sie hinzu. »Und wenn er dann wiederkommt, ist er erholt.«

»Ich habe nicht vor zu warten, bis er erholt wiederkommt«, erklärte Nate. »Ich werde ihn schon finden.«

»Wie oft wird denn das Leben zu stressig für Carl?«, wollte Dylan wissen.

»Drei- oder viermal im Jahr«, erwiderte Kate. »Vielleicht redet ihr am besten mit seiner Verlobten. Ihr sagt Carl immer, wo er ist. Sie hat einen Laden, deshalb kann sie nicht so oft weg wie er.«

Sie gab Nate den Namen und die Telefonnummer und fügte hinzu: »Sie ist nett, aber ein bisschen … übernervös. Machen Sie ihr also bitte keine Angst, ja?«

»Sie ist übernervös, und dann ist sie mit Bertolli verlobt?« Nate schüttelte den Kopf. »Na, das scheint ja ein tolles Paar zu sein.«

»Ich glaube, sie verschwenden Ihre Zeit mit Carl«, sagte Kate. »Er kann ja sowieso nichts gesehen haben, und wenn sie ihn so gut kennen würden wie ich, wäre ihnen klar, wie nett, sensibel und anständig er ist. Er hat so viel für diese Stadt getan.«

»Erzählen Sie mir von dem Mann, der Sie angerufen und zum Lagerhaus bestellt hat. Hatten Sie seine Stimme schon einmal gehört?«

»Würden Sie sie wiedererkennen?«

»Ich habe ihn ja kaum verstanden, weil die Hintergrundgeräusche so laut waren. Ich glaube nicht, dass ich ...«

Isabel unterbrach sie, indem sie Kates Namen von der Treppe aus rief.

»Oh, oh«, sagte Kate. »Detective, kann ich Ihnen etwas zu trinken anbieten? Wasser, Eistee?«

»Ja, ein Eistee wäre gut.«

»Entschuldigen Sie die Störung.« Isabel stand in der Diele und lächelte die Männer an. Kate fiel auf, dass sie Lipgloss aufgelegt und sich die Haare gebürstet hatte.

Kate entschuldigte sich und ging zu ihrer Schwester.

»Willst du etwas Bestimmtes?«, fragte sie.

Isabel machte einen Schritt aufs Wohnzimmer zu.

»Detective Hallinger? Es ist doch alles in Ordnung, oder? Kate hat gemeint, Sie brauchen nur noch ein paar Informationen. Es ist doch nichts Ernstes, oder?«

»Ich habe dir doch schon gesagt, dass alles in Ordnung ist«, sagte Kate.

»Kate hilft dem Detective nur bei seinen Ermittlungen«, erklärte Dylan. »Nichts, worüber Sie sich Sorgen zu machen brauchten, Isabel.«

»Genau«, warf Nate ein.

»Und jetzt hörst du damit auf«, befahl Kate.

»Ich muss mir ja Sorgen machen. Ständig hast du Unfälle ...«

Kate ließ sie erst gar nicht ausreden. »Detective Hallinger möchte ein Glas Eistee.«

»Ja? Ich bringe es ihm sofort.«

Kate folgte ihr in die Küche.

Als sie wieder zu den beiden Männern kam, sagte sie zu Nate: »Sie verstehen doch, warum ich nicht möchte, dass Kiera und Isabel von dem Ganzen erfahren, oder? Sie verlassen Silver Springs morgen.«

»Ja, das hat Dylan mir erzählt, und ich bin ganz Ihrer Meinung«, erwiderte Nate. »Wir behalten es lieber für uns.«

Isabel brachte ein Tablett mit Gläsern voller Eistee. Dann sagte sie Gute Nacht, wobei sie zu Kates Entsetzen Dylan auf die Wange küsste. »Ich hoffe, sie bleiben eine Zeit lang in Silver Springs«, sagte sie.

»Danke für den Tee«, rief Nate ihr nach, als sie das Zimmer verließ. »Das war sehr freundlich von Ihnen, Isabel.«

Sie drehte sich um und strahlte ihn an.

Nate wartete, bis Isabel außer Hörweite war, und sagte dann: »Sie ist echt süß. Sie erinnert mich an meine erste große Liebe, Mary Beth Durstweiller.« Grinsend schüttelte er den Kopf. »Sie hat mir das Herz gebrochen.« Dann wurde er wieder ernst. »Okay, Kate. Sie haben gesagt, Sie seien erst seit Kurzem wieder zu Hause.« Er blätterte seinen Notizblock auf eine leere Seite um.

»Ja, das stimmt.«

»Dann dürfte es also nicht allzu schwierig sein, Ihre Schritte zu rekonstruieren und mir zu sagen, wo Sie waren, wohin Sie gegangen sind …«

Insgeheim dachte Kate, es würde sicher schnell gehen, dem Detective ihre Aktivitäten in Silver Springs aufzuzählen. Zehn, vielleicht fünfzehn Minuten.

Sie lag um eine Stunde daneben. Nate unterbrach sie immer wieder, um Fragen zu stellen. Wahrscheinlich hoffte er auf einen Hinweis.

Aber sie hatten kein Glück. Die einzige Spur führte zu Reece Crowell.

Dann wollte Nate Genaueres über ihre Firma wissen, und sie musste ihm von der finanziellen Katastrophe berichten, die sie vorgefunden hatte. Er war vor allem an den Konditionen der Hypothek interessiert.

»Allzu aufgebracht kommst du mir nicht vor«, bemerkte Dylan.

»Oh, anfangs war ich sehr aufgebracht. Ich hatte keine Ahnung, dass meine Mutter …«

»Ja?«

Sie wollte auf keinen Fall Dylan gegenüber etwas Negatives über ihre Mutter sagen.

»Dass meine Mutter so zu kämpfen hatte. Es war sehr unsensibel von mir, das nicht zu bemerken. Ich glaube auch, ihr war gar nicht bewusst, dass meine Firma dazugehörte, als sie ihren gesamten Besitz als Sicherheit verpfändete.«

»Und was willst du jetzt machen?«, fragte Dylan.

Sie hatte zwar schon Pläne, wollte sie aber vor den beiden Männern nicht diskutieren. So antwortete sie nur: »Ich muss ein paar Veränderungen vornehmen. Aber ich habe ja noch drei Wochen Zeit.«

Nate stellte ihr noch ein paar Fragen und dankte ihr dann für ihre Mithilfe. Dylan brachte ihn hinaus. In der Einfahrt redeten die beiden noch etwa zehn Minuten miteinander. Dann holte Dylan seine Reisetasche aus dem Kofferraum. Kate hielt ihm die Tür auf, als er wieder ins Haus kam.

»Wo schlafe ich?«, fragte er und wandte sich zur Treppe.

»Auf jeden Fall alleine«, erwiderte sie.

»Okay.«

Er stellte die Reisetasche ab, ergriff ihre Hand und zog sie ins Wohnzimmer. Dort ließ er sie zwar los, baute sich aber so vor ihr auf, dass sie nicht an ihm vorbeischlüpfen konnte.

»Was ist mit dir los? Und tu bloß nicht so, als wüsstest du nicht, wovon ich rede.«

Der Mann konnte sehr einschüchternd sein. Er bekam dann so einen Ausdruck in den Augen.

»Es ist … schwierig … nach Boston«, stammelte sie.

»Warum?«

»Warum? Weil du mich wahnsinnig machst.«

»Kate, das ist dummes Zeug. Wieso mache ich dich wahnsinnig?«

»Du bist hergekommen«, flüsterte sie. »Und das solltest du nicht. In Boston, an dem Abend, an dem du mir Gesellschaft geleistet hast, da habe ich dich bedrängt …«

Er zog eine Augenbraue hoch. »Du hast mich bedrängt?«

»Nicht so laut, bitte«, flüsterte sie. »Bedrängt, verführt, nenn es, wie du willst.«

Sie versuchte, ihm zu entwischen, aber er drängte sie nur noch näher an die Wand.

»Du hast mich verführt?«

»Ja«, erwiderte sie. »Absichtlich. Das hätte ich nicht tun sollen, aber ich habe es getan.«

Sie schob sich die Haare aus der Stirn und blickte ihn an. Er stand so dicht vor ihr, dass sie seine Hitze spüren konnte. Plötzlich überfiel sie das Verlangen, ihn zu küssen.

Vergiss es, sagte sie sich.

»Versuch doch, mich zu verstehen«, sagte sie. »Ich hatte all diese schrecklichen Nachrichten zu verdauen, und dazu kam das Gefühl, alles wächst mir über den Kopf. Und dann war da noch Jordans Operation, und ich hatte solche Angst um sie, und danach ...«

»Ja?«

»Ich bin eben ein bisschen durchgedreht. Du warst da und ich – verstehst du?«

»Du hast mich verführt?« Er unterdrückte ein Lächeln.

»Ja.« Warum verstand er denn nicht, was sie ihm sagte? Hatte er den Abend schon wieder vergessen?

»Ich habe den ersten Schritt getan und dich angemacht.«

»Und du sagst, du hast mich verführt, weil du so am Boden zerstört warst?«

Hatte sie das nicht gerade gesagt? »Ja.«

Jetzt lächelte er nicht mehr. »Wahrscheinlich war es ein großes Glück für mich, dass ich derjenige war, der mit Pizza vor deiner Tür stand. Sag mir doch: Wenn Nick an meiner Stelle gewesen wäre, hättest du ihn auch verführt?«

Sie schüttelte den Kopf. »Nein, natürlich nicht. Er ist ja verheiratet. Und du nicht.«

Sein Gesichtsausdruck verriet ihr, dass ihm nicht gefiel, was er hörte.

Blöd, dachte sie. Aber wenigstens war sie ehrlich gewesen.

»Was passiert ist, war ein Fehler«, fuhr sie fort. »Ich hätte dich nicht …«

»Anmachen dürfen?«

Sie nickte. »Genau.«

»Ich fand es toll. Du nicht?«

»Brauchst du eine Bestätigung?« Er blickte sie so finster an, dass sie versuchte, seine Stimmung zu heben. Sie war überrascht, als er nickte.

»Ja, ich denke schon.«

»Es war wundervoll, aber …«

»Jetzt bedauerst du es?«

»Dylan, versuch mich doch zu verstehen. Ich hätte dich nicht so anmachen dürfen. Du bist der Bruder meiner besten Freundin. Ich komme oft nach Boston, und ich möchte nicht, dass es peinlich ist, wenn wir uns begegnen.«

»Wie hast du dir das denn gedacht?«

Sie drückte gegen seine Brust in der Hoffnung, dass er zurückweichen würde, aber er rührte sich nicht vom Fleck.

»Antworte mir«, befahl er.

»Ich hatte gehofft, ich könnte nach Hause fahren und …«

»So tun, als ob es nie passiert wäre?«

»Ja.« Sie lächelte erleichterte. Endlich hatte er es kapiert.

»Du machst das nicht oft, oder?«, fragte er.

»Was? Mit Männern am ersten Abend ins Bett gehen? Nein. Ich gehe normalerweise etwas langsamer vor. Und du kannst wahrscheinlich die Zahl der Frauen, mit denen du geschlafen hast, schon nicht mehr zählen. Deshalb habe ich ja auch gedacht, dass es mit dir unproblematisch ist. Du weißt schon – keine Versprechen, kein Bedauern.«

»Und das findest du in Ordnung?«

»Jetzt bist du wütend, oder?«

»Nein.«

»Du guckst aber ganz finster.«

»Ich versuche nur, es zu verstehen. Ich finde es ein bisschen überraschend.«

»Was ist überraschend?«

»Deine Einstellung.«

»Warum?«

»Hast du etwa geglaubt, es bedeutet mir nichts, die Nacht mit dir zu verbringen und leidenschaftlichen Sex zu haben?«

Kate öffnete den Mund, um zu protestieren, aber er schüttelte den Kopf. »Du hast mich ausgesucht, mich benutzt, und jetzt soll ich einfach weitermachen, als sei nichts gewesen.«

»Ohne Schuldgefühle und Bedenken.«

Dylan trat einen Schritt zurück, lächelte und begann dann zu lachen.

»Pickles, du bist die Frau meiner Träume!«

19

Der Brief wurde um zehn Uhr abends von einem Boten gebracht. Alle hörten, wie es an der Tür läutete, obwohl sie sich gerade in unterschiedlichen Bereichen des Hauses aufhielten.

Isabel packte oben ihre Sachen; Kiera war in der Küche und faltete Wäsche, und Kate hatte die Papiere von der Steuerkanzlei auf dem Couchtisch ausgebreitet, um sich die Darlehensvereinbarung genauer anzusehen. Dylan hatte beschlossen, das Haus auf seine Einbruchssicherheit zu überprüfen und ging von Zimmer zu Zimmer, um Türen und Fenster zu inspizieren.

»Ich mache schon auf«, rief Isabel von oben.

»Nein, das übernehme ich«, erwiderte Dylan bestimmt. Er trat nach draußen und zog die Tür hinter sich zu. Isabel beobachtete ihn durch das Seitenfenster.

»Wer ist an der Tür?«, fragte Kate.

»Ein Mann mit einem Umschlag. Dylan hat sich gerade seinen Führerschein zeigen lassen. Bisschen merkwürdig, oder?«

»Es ist schon spät«, erwiderte Kate.

»Ich glaube, er hat Angst vor Dylan. Wenn du sein Gesicht sehen könntest …« Sie sprang hastig zurück, als Dylan wieder hereinkam.

»Einer von euch muss unterschreiben.«

»Wer schickt uns denn so spät am Abend noch etwas?«, fragte Isabel, während Kate das Formular unterschrieb.

Auf dem Umschlag stand »Eilsendung. Bitte sofort öffen.«

Das kann nichts Gutes bedeuten, dachte Kate.

Sie blickte auf den Absender und unterdrückte ein Stöhnen. Der Umschlag kam von einer Anwaltskanzlei, und das verhieß nun wirklich nichts Gutes.

»Von wem ist es?«, fragte Isabel.

»Smith & Wesson.«

»Der Handfeuerwaffenhersteller?«

»Nein, eine Anwaltskanzlei.«

Isabel riss Kate den Umschlag aus der Hand. Er enthielt bestimmt weitere schlechte finanzielle Nachrichten.

»Kiera soll ihn aufmachen«, sagte sie und lief in die Küche.

Kate folgte ihr nicht. Wenn es bloß eine weitere unangenehme Überraschung war, wollte sie dieses Mal nicht diejenige sein, die sie den anderen verkünden musste. Sie machte sich wieder an ihre Arbeit im Wohnzimmer. Bis jetzt hatte sie noch keine Darlehensvereinbarung gefunden. Gerade ging sie noch einmal alles durch, als Kiera hereinkam.

»Kate, sieh dir das an.« Sie hielt den Brief hoch. Ihr Gesicht war gerötet.

Isabel folgte ihr dicht auf den Fersen. »Es hat aber nichts mit dem Kredit zu tun, oder?«

»Nein, nein. Es kommt von einem Anwalt in Savannah, der Compton Thomas MacKenna vertritt.«

Isabel versuchte, einen Blick auf den Brief zu werfen, aber Kiera wedelte die ganze Zeit damit herum.

»Wer ist Compton Thomas MacKenna?«, fragte Isabel.

»Ich bin mir nicht sicher. Entweder der Vater unseres Vaters oder sein Onkel. Es könnte auch ein Cousin sein.«

Kiera setzte sich neben Kate aufs Sofa, und Isabel ließ sich auf der anderen Seite nieder.

»Jetzt lies mir den Brief endlich vor«, verlangte sie. »Ich sterbe vor Neugier.«

»In dem Brief steht, dass wir nach Savannah kommen sollen«, sagte Kiera. »Anscheinend will dieser Compton Thomas MacKenna uns sehen.«

»Ich fahre nicht dahin«, erklärte Kate.

»Was soll das heißen, du fährst nicht dahin?«, fragte Isabel. »Sollen wir nicht wenigstens darüber nachdenken?«

Ein Streit entbrannte, und gerade in diesem Moment kam Dylan ins Zimmer. »Kate, die Hintertür …«

»Es soll heißen, ich fahre nicht«, erwiderte Kate. »Ihr beide könnt tun, was ihr wollt, aber ich will mit diesen Leuten nichts zu tun haben. Unser Vater wurde enterbt, als er Mutter heiratete, und ich habe kein Interesse daran, irgendjemanden aus dieser Familie kennenzulernen.«

»Aber eine von uns muss dorthin fahren, und ich finde, das solltest du sein«, sagte Isabel hitzig. »Vielleicht will dieser Mann uns ja um Verzeihung bitten. Er hat schließlich geschrieben, es sei sehr wichtig. Und das scheint auch zu stimmen, denn er will uns schon morgen Nachmittag treffen.«

»Ach, wir sollen also alles stehen und liegen lassen und auf der Stelle nach Savannah fahren? Das glaube ich nicht. Ich fahre nicht.«

»Wohin?«, fragte Dylan.

Niemand antwortete ihm. Die Schwestern redeten alle gleichzeitig. Es war laut und chaotisch, ein bisschen so wie bei ihm zu Hause, deshalb fühlte er sich auch sofort heimisch. Er lehnte sich an den Türrahmen, verschränkte die Arme und wartete darauf, dass sie zum Ende kamen. Und dann würde er ihnen die Hölle heiß machen, weil sie die Türen nicht verschlossen. Sämtliche Türen, von der Hintertür bis zur Haustür, hatten offen gestanden.

Kiera gähnte.

»Ich kann nicht fahren«, sagte sie. »Isabel und ich haben keine Zeit mehr. Wir hätten gestern schon aufbrechen müssen.«

»Und wir sind nur wegen dir geblieben. Du musstest dich ja wieder in die Luft jagen lassen«, ergänzte Isabel.

»Soll das ein Scherz sein? Ich …«

Isabel warf Kiera einen Blick zu. »Könntest du mich nicht am College absetzen und wieder …«

Kiera schüttelte den Kopf.

»Ich habe keine Zeit. Ich muss zurück. Ich habe in Winthrop gerade noch genug Zeit, um dir bei der Suche nach deinem Zimmer zu helfen und die Sachen aus dem Auto auszuladen. Und danach muss ich rund um die Uhr arbeiten.«

»Siehst du, Kate? Du bist die Einzige von uns, die hinfahren kann.«

»Ich fahre aber nicht.«

»Du bist so stur«, murmelte Isabel. Sie schubste Kiera an. »Sag ihr, dass sie fahren soll.«

Kiera lachte. »Wie soll ich das denn machen?«

Isabel wandte sich zu Dylan. »Was ist mit Ihnen? Sie können sie bestimmt dazu bringen zu fahren.«

»Nein, das könnte er nicht«, sagte Kate mit Nachdruck.

»Wohin denn überhaupt?«, fragte Dylan noch einmal.

Schnell brachte ihn Isabel auf den neuesten Stand.

»Wir kennen niemanden aus der Familie unseres Vaters«, sagte sie. »Und das wäre eine wundervolle Gelegenheit, etwas über sie zu erfahren. Kate muss einfach dorthin fahren. Wir wissen ja noch nicht einmal, wie viele Tanten, Onkel und Vettern wir haben.«

»Warum sollte ich den Wunsch haben, sie kennenzulernen?«, meine Kate. »Es ist ja noch nicht einmal einer zu Dads oder Moms Beerdigung gekommen.«

»Tut mir leid, Isabel, aber ich bin auf Kates Seite. Wenn sie nicht dorthin fahren will, dann braucht sie das auch nicht«, warf Kiera ein. »Es sei denn …«

Isabel unterbrach sie. »Dieser Mann, dieser Compton MacKenna, vielleicht will er uns ja etwas geben, das unserem Vater gehört hat. Wenn du nicht hinfährst, werden wir nie erfahren, warum er unbedingt mit uns sprechen will.«

Kate ignorierte Isabel.

»Es sei denn, was?«, fragte sie Kiera.

»Bis jetzt wollte keiner von ihnen etwas mit uns zu tun haben, und auf einmal doch. Möchtest du nicht gerne wissen, warum? Außerdem wäre es eine großartige Gelegenheit, ein paar medizinische Daten zu erfragen. Wir wissen schließlich nicht, welche Erkrankungen in der Familie liegen.«

»Du kannst mir ja eine Liste vorbereiten, damit ich nicht vergesse, die richtigen Fragen zu stellen. Ich könnte mir auch die Zähne der Leute angucken und dir anschließend Bericht erstatten.«

»Nein, ich meine das ernst, Kate. Medizinisch gesehen wissen wir nichts über unsere Familie väterlicherseits. Es wäre wirklich gut, wenn wir uns ein bisschen schlaumachen könnten, aber wenn du absolut nicht hinfahren willst, dann lass es eben.«

Isabel hob frustriert die Hände und wandte sich zum Gehen. Aber Dylan hinderte sie daran.

»Setz dich hin«, sagte er. »Ich möchte mit euch reden. Und vor allem mit dir«, fügte er hinzu.

»Ja, Sir.«

»Bitte, überleg es dir, Kate«, bat Kiera. »Es könnte wirklich so viele Lücken in der Familiengeschichte schließen.«

Kate seufzte. »Okay, okay. Ich fahre.«

»Gut. Dann kann ich ja ins Bett gehen«, erklärte Kiera.

»Noch nicht«, sagte Dylan.

Niemand würde ins Bett gehen, bevor er ihnen nicht klargemacht hatte, dass sie viel mehr auf ihre Sicherheit achten mussten.

»Wolltest du etwas?«, fragte Kate.

»Ja, ich wollte etwas. Ich wollte euch drei zur Schnecke machen.«

Und genau das tat er.

20

Dylan rief Nate an und erzählte ihm von Kates Plänen, nach Savannah zu fahren.

»Mir gefällt die Vorstellung, dass sie Silver Springs verlässt«, sagte Dylan zu ihm, »auch wenn es nur für ein, zwei Tage ist. Es ist ein spontaner Entschluss, und nur wenige Personen wissen davon.«

»Ist der Brief ganz überraschend gekommen?«

»Ja. Kate und ihre Schwestern haben von diesem Verwandten nie etwas gehört, also ist es schon merkwürdig, dass er sich gerade jetzt meldet.«

»Ich lasse ihn überprüfen und sage Ihnen Bescheid, wenn ich was finde. Halten Sie mich auf dem Laufenden. Und ich rufe Chief Drummond an und kündige Sie an. Sie stehen dann allerdings unter seinem Kommando.«

»Das wird zur Abwechslung mal ganz interessant sein. Was ist mit dem FBI?«

»Ich sage dem zuständigen Agenten, wo Sie hinfahren.«

»Wissen Sie nicht, wer zuständig ist?«

»Nein, es kommen drei Kandidaten infrage, aber wahrscheinlich ist es dieser Kline aus Georgia.«

Man merkte Nate deutlich an, dass er Vorbehalte gegen das FBI hatte. Dylan konnte es ihm nicht verdenken. Kein Detective mochte es, wenn man ihn aus seinen eigenen Ermittlungen hinausdrängte.

Kate saß auf der Treppe und wartete, bis Dylan seinen Anruf beendet hatte. Sie war so erschöpft, dass sie kaum die Augen aufhalten konnte.

Er überprüfte noch einmal die Türschlösser und ergriff dann seinen Kleidersack.

»Was sitzt du da?«, fragte er.

Sie gähnte. »Ich will dir zeigen, wo das Gästezimmer ist.«

»Du siehst völlig erledigt aus. Du hast wohl nicht viel geschlafen letzte Nacht, oder?«

»Letzte Nacht war ich im Krankenhaus.«

»Ach so, ja. Kate, du solltest wirklich ins Bett gehen.«

Sie führte ihn die Treppe hinauf ins Gästezimmer. Es war die erste Tür rechts, direkt gegenüber ihrem Zimmer. Sie öffnete die Tür und trat einen Schritt zur Seite, damit er eintreten konnte. »Du hast dein eigenes Badezimmer. Es ist …«

»Ich finde es schon. Gute Nacht.«

Und damit schlug er ihr die Tür vor der Nase zu.

Kate blieb stehen und starrte auf die Tür. Was war das denn jetzt? Er war nicht ungezogen oder wütend gewesen. Nein, er hatte sogar gelächelt.

Sie kam sich plötzlich ziemlich blöd vor. Sie hatte erwartet, dass er versuchen würde, sie zu küssen, aber das war ihm anscheinend gar nicht in den Sinn gekommen.

Sie ging in ihr Zimmer und schloss die Tür. Na gut. Ihre Erklärung hatte offensichtlich ihren Zweck erfüllt. Und das hatte sie doch gewollt, oder? Warum hatte sie denn auf einmal so schlechte Laune? Und warum hatte er eigentlich nicht widersprochen, als sie zu ihm gesagt hatte, er sollte einfach wieder seiner Wege gehen? Kein einziges Wort des Protests war über seine Lippen gekommen.

Während sie sich die Zähne putzte und sich bettfertig machte, ging ihr sein Verhalten nicht aus dem Kopf. Frauen gab es wie Sand am Meer, und Dylan war ein solcher Playboy, dass er an jedem Finger zehn hatte.

Kate versuchte, seine Eroberungen mit Abscheu zu betrachten, aber es gelang ihr nicht. Also versuchte sie es mit Zorn. Dylan war ein arroganter Blödmann. Wie konnte er es wagen, einfach so vor ihrer Tür aufzutauchen? Für wen hielt er sich? Er kam einfach und riss alles an sich.

Allerdings musste sie zugeben, dass sie sich sicherer im Haus fühlte, seitdem er da war. Und was er zu Isabel über Sicherheit gesagt hatte, hatte seine Wirkung auf sie nicht verfehlt. Zuerst hatte er ihnen allen einen Vortrag darüber gehalten, wie sträflich leichtsinnig sie sich verhielten, aber dann hatte er sich besonders an Kates jüngere Schwester gewandt. Als er fertig war, wusste Isabel alles über Riegel und Schlösser, was man wissen musste. Von nun an würde sie nicht mehr sorglos über den Campus spazieren, ohne auf ihre Umgebung zu achten. Er hatte sich absolut klar ausgedrückt, ihr jedoch keine Angst gemacht. Kate hatte beobachtet, wie gebannt Isabel seinen Ausführungen gelauscht hatte.

Eigentlich war er sogar sehr lieb gewesen. Das machte es für sie nicht einfacher. Wie sollte sie diese Beziehung jemals auf einer platonischen Ebene halten und ihn vergessen, wenn er sich so liebevoll um sie und ihre Schwestern kümmerte?

Warum hatte sie bloß mit ihm geschlafen? Das war ein großer Fehler gewesen. Und zu allem Überfluss hatte sie dann auch noch ihre tolle »Es-hat-mir-nichts-bedeutet«-Rede gehalten.

Sie ging ins Bett und zog die Decke hoch.

Und wie hatte er darauf reagiert? Sie sei die Frau seiner Träume, hatte er gesagt.

»Na toll«, flüsterte sie. »Ich bin die Frau seiner Träume.«

21

Kieras Plan, um sieben auf dem Highway zu sein, ging nicht ganz auf. Zwar war Isabel pünktlich, aber sie nicht. Es war schon fast acht, als sie endlich aufbrachen. Kate verabschiedete sich zum letzten Mal von ihnen und versicherte ihnen, dass alles gut werden würde.

»Ich hasse es, dich mit diesem finanziellen Chaos alleine zu lassen«, sagte Kiera.

»Das haben wir doch schon alles besprochen. Schließlich haben wir einen Plan, richtig? Also hör auf, dir Sorgen zu machen.«

»Du hältst mich aber auf dem Laufenden, oder? Ihr verschweigt mir nichts?«, sagte Isabel.

»Nein, du erfährst alles«, versprach Kate.

»Ich bin froh, dass Dylan hier ist«, sagte Kiera. »Du hattest so eine schreckliche Woche, und es ist schön, dass du nicht alleine nach Savannah fahren musst.«

Dylan schloss die Haustür ab, setzte sich auf die oberste Stufe der Veranda und wartete darauf, dass die Schwestern mit ihrer Verabschiedung fertig wurden, damit auch er und Kate endlich fahren konnten. Er hatte seinen Mietwagen bereits gepackt und wollte los.

Kate sagte etwas zu ihren Schwestern, und sie drehten sich alle lächelnd zu ihm um.

Dylan erwiderte ihre Blicke. Die Schönheit der drei Mädchen faszinierte ihn immer wieder.

Sie sahen einander zwar ähnlich, aber trotzdem hatte jede etwas Einzigartiges. Er hatte bereits mitbekommen, dass Isabel mit ihrer charmanten Art die Leute verzauberte. Sie war knapp eins sechzig, und ihr blondes Haar hatte honigfarbene Strähnen. Ihre Augen waren zwar ebenso groß und rund wie Kates, aber von einer anderen Farbe. Während Kates Augen strahlend blau waren und einen reizvollen Kontrast zu ihren dunkelbraunen Haaren bildeten, sahen Isabels Augen eher blaugrün aus, wie das Meer.

Kiera war die größte der Schwestern, und in der Sonne schimmerten ihre Haare rötlich. Genau wie Kate hatte sie Sommersprossen auf der Nase, aber ihre erstreckten sich auch über die Wangen. Dylan fand, sie sah aus wie das nette Mädchen von nebenan, das rein zufällig auch noch eine tolle Figur hatte. Sie war die Entspannteste der drei, und er hielt sie für den Friedensstifter in der Familie.

Kate war weder charmant, noch stiftete sie Frieden. Sie gab sich eher streitlustig, zumindest bei ihm. Sie wehrte sich, und das gefiel ihm. Das musste wohl so sein, denn sonst wäre er nicht zu ihr gefahren.

Kate hatte eine Art, die er anziehend fand. Sie war schwer zu knacken, aber hinter ihrer Härte glaubte er eine Verletzlichkeit zu entdecken, die sie liebenswert machte. Sie schien klug und eine clevere Geschäftsfrau zu sein, aber im Umgang mit Männern benahm sie sich seiner Meinung nach nicht besonders clever. Vielleicht hatte er sie deshalb so schnell ins Bett bekommen.

Ihm war klar, dass sie ihre gemeinsame Nacht bedauerte, aber für ihn galt das nicht. Im Gegenteil, er konnte nicht aufhören, daran zu denken.

Ein Gedanke führte zum anderen, und bald schon stellte er sich vor, wie sie nackt in seinen Armen lag.

Das ist keine gute Idee, dachte er.

»Kate, reiß dich los. Wir müssen aufbrechen!«

Sie ignorierte ihn und wartete, bis Kiera aus der Einfahrt gefahren war. Erst dann wandte sie sich ihm zu.

Sie hatte Tränen in den Augen und wusste, dass er es bemerkt hatte. Er sagte jedoch nichts, sondern trat ans Auto und hielt ihr die Beifahrertür auf.

»Ich habe das Gefühl, ich habe etwas vergessen. Meine Tasche …«

»Ist im Auto.«

»Was ist mit der Reisetasche? Ich habe sie bestimmt in der Diele stehen lassen.«

»Sie liegt im Kofferraum. Steig ein, Pickles.«

Sie warf ihm einen verweisenden Blick zu.

»Was ist mit …«

Er schubste sie leicht. »Das Bügeleisen ist ausgeschaltet.«

»Ich habe es doch gar nicht eingeschaltet, oder?«

»Kate, steig ein.«

Widerspruchslos gehorchte sie. Als sie sich angeschnallt hatte, sagte sie: »Warum müssen wir eigentlich so früh aufbrechen? Wir haben reichlich Zeit.«

»Nein, haben wir nicht.«

Erst als sie tatsächlich losgefahren waren, erklärte er ihr den Grund. »Wir müssen noch zur Polizeiwache, und ich weiß nicht, wie lange das dauert. Chief Drummond erwartet uns.«

Sie erklärte ihm den Weg zur Polizeistation, die ganz in der Nähe war. Sie parkten hinter einem zweistöckigen Ziegelgebäude, das alt und heruntergekommen aussah. Und charmant, fand Dylan, wenn man eine Polizeiwache überhaupt so bezeichnen konnte.

Efeu rankte sich fast bis zum Dach hoch, und aus dem gepflasterten Weg, der zur Eingangstür führte, waren Steine herausgebrochen.

»Gibt es dort drin Gefängniszellen?«, fragte er.

»Ich glaube schon, entweder hinten oder oben.«

Die Haustür war erst kürzlich gestrichen worden, glänzend schwarz mit weißen Fensterläden. So eine Polizeiwache hatte er noch nie gesehen.

»Das Haus sieht eher nach einer netten Frühstückspension aus.«

Drinnen jedoch befand er sich auf vertrautem Terrain. Die Böden waren aus hässlichem grauem Linoleum, die Wände schmutzig erbsengrün, und die Polizistin am Empfang war genauso alt und unfreundlich wie bei ihnen in Boston. Es roch sogar genauso. Er liebte es.

Chief Drummond kam aus seinem Büro, um sie zu begrüßen. Er war ein untersetzter Mann mit finsterem Gesicht und einem Händedruck wie ein Schraubstock, bot Kate eine Tasse Kaffee an und bat sie, im Vorraum zu warten.

Kate setzte sich auf die grauen Metallstühle, die an der Wand standen, und zog ihr Handy aus der Tasche. Haley hatte wieder angerufen, wahrscheinlich wegen der Bänder, die sie nachbestellen musste, dachte sie. Aber jetzt konnte sie sowieso nichts für sie tun, deshalb beschloss sie, sie vom Auto aus anzurufen.

Wenn sie die Aktenmappe dabeigehabt hätte, hätte sie die anderen Unterlagen durcharbeiten können. Hatte sie sie zu Hause gelassen, oder hatte Dylan sie in den Kofferraum gepackt?

Der Stuhl war hart und unbequem. Kate lehnte sich zurück, schlug die Beine übereinander und übte sich in Geduld. Warum dauerte das denn so lange? Dylan war seit mindestens einer Viertelstunde in Drummonds Büro. Sie stellte fest, dass die Polizistin am Empfang ihr wiederholt Blicke zuwarf.

Unwillkürlich überprüfte Kate, ob mit ihrer äußeren Erscheinung alles in Ordnung war. Schließlich sagte die Frau: »Ich mag Ihre Kerzen.«

»Danke«, erwiderte Kate. »Das freut mich.«

Die Polizistin errötete. »Ich wollte mir auch schon Ihre Körperlotion kaufen, kann mich aber nicht für einen Duft entscheiden. Können Sie mir etwas empfehlen?«

»Warten Sie, ich schaue mal nach, ob ich Proben dabeihabe.« Kate kramte in ihrer Tasche und fand drei. »Probieren Sie es aus«, sagte sie. »Es sind unterschiedliche Duftnoten: Isabel, Kiera und Leah.«

Die Frau freute sich. Sie stellte sich vor und schüttelte Kate die Hand. »Sie sind eine ziemliche Berühmtheit«, sagte sie.

»Ach ja?«, erwiderte Kate lächelnd. »Wegen meiner Kerzen?«

»Oh nein. Die sind natürlich auch hübsch, aber Sie sind berühmt, weil Sie sich mit dem alten Lagerhaus beinahe selbst in die Luft gesprengt hätten.«

Es klang so, als hätte Kate das absichtlich getan. Kate wollte gerade etwas erwidern, als die Tür aufging und Dylan und der Chief aus dem Büro traten. Sofort fiel ihr die Pistole auf, die Dylan in einem Holster an der Seite trug. Er hielt eine Schachtel in der Hand.

Vermutlich zusätzliche Munition, dachte sie. Davon kann man wohl nicht genug haben.

»Bei dem Jungen sind Sie in guten Händen, Miss MacKenna. Er hat eine beeindruckende Laufbahn hinter sich, und sein Vorgesetzter in Boston war mächtig betrübt, dass er für uns arbeiten will. Er hat zwar zugestimmt, aber nur für eine gewisse Zeitspanne. Sie wollen ihn zurückhaben«, fügte er nickend hinzu.

Kate konnte ihren Blick nicht von der Pistole wenden. Sie sah Dylan vor sich, wie er im Krankenhausbett gelegen hatte. Ihr war klar, dass er in seinem Job eine Waffe tragen musste, aber alleine der Anblick verursachte ihr Übelkeit. Sie lächelte den Chief an und sagte: »Ja, ich bin bei diesem Jungen in guten Händen.«

Drummond brachte sie zur Tür und hielt sie auf. »Und versuchen Sie, nicht wieder in die Luft zu fliegen, Miss MacKenna.«

»Die Leute hier scheinen mich für eine wandelnde Bombe zu halten«, beklagte sich Kate bei Dylan, als sie zum Auto gingen.

Dylan lachte.

»Ich glaube, du hast das Leben in Silver Springs ziemlich aufregend gemacht.«

Als sie losfuhren, fragte er: »In welche Richtung müssen wir fahren?«

»Der direkte Weg zum Highway führt über die Main Street.

Dann müsstest du jetzt links abbiegen, aber um diese Zeit herrscht viel Verkehr dort.«

»Im Vergleich zu Boston ist das gar nichts«, sagte er kurz darauf. »Und der Geräuschpegel ist auch viel niedriger. Das gefällt mir.«

Kate stellte das Gebläse so ein, dass es ihr nicht ins Gesicht pustete, und fragte: »Wie fandest du Chief Drummond?«

»Mürrisch«, sagte er. »Der Mann ist wirklich mürrisch. Ich glaube, er kann gar nicht lächeln. Zuerst habe ich geglaubt, er macht mir Probleme, aber selbst als er mich zu meinen Auszeichnungen beglückwünscht hat, hat er finster ausgesehen. Es hat eine Weile gedauert, bis ich mich daran gewöhnt habe.« Kopfschüttelnd fügte er hinzu: »Er erinnert mich irgendwie an meinen Vater.«

»Dein Vater ist nicht mürrisch. Er ist lieb. Er ist immer so nett zu mir.«

»Er mag dich.«

»Jordan und Sydney sagen immer noch Daddy zu ihm.«

»Seine Söhne nicht. Wir nennen ihn ›Sir‹. Er hat uns mit harter Hand erzogen, aber wahrscheinlich ging es nicht anders. Es war wohl nicht einfach, sechs Jungs von Problemen fernzuhalten.«

Kate erinnerte sich noch gut daran, wie angespannt Richter Buchanan im Krankenhaus mit ihnen gewartet hatte, als Dylan operiert wurde. Es mochte ja sein, dass er streng mit seinen Söhnen war, aber er liebte sie über alles.

»Ich hasse Krankenhäuser.«

Ihr war nicht klar gewesen, dass sie laut geflüstert hatte, bis Dylan sagte: »Ja, das kann ich mir vorstellen.«

Er legte seine Hand auf ihre. »Wie kommst du auf Krankenhäuser?«

Kate wollte nicht darüber sprechen. »Einfach so«, erwiderte sie ausweichend.

Auf dem Highway war nicht viel Verkehr, und Dylan fuhr entspannt.

»Ich habe heute früh mit Nate gesprochen«, sagte er. »Er wusste ja, dass wir nach Savannah fahren, und ich hatte ihn gebeten, ein paar Dinge zu überprüfen.«

Kate wandte sich zu ihm. »Ja?«

»Er hat uns doch gesagt, dass das Lagerhaus einer Unternehmensgruppe gehört, er aber Schwierigkeiten hatte herauszufinden, wer die Anteilseigner sind. Und jetzt weiß er es. Rate mal, wer der Haupteigner ist.«

»Wer?«

»Carl Bertolli.«

Den Namen hatte sie nicht erwartet.

»Carl? Bist du sicher? Das kann nicht sein.«

»Glaubst du, Nate hat das erfunden?«

»Nein, natürlich nicht, aber ausgerechnet Carl? Er hat nie etwas davon erwähnt. Warum sollte er es mir nicht sagen, wenn ihm das Lagerhaus gehört?«

»Offensichtlich wollte er nicht, dass du es weißt.«

»Wusste Jennifer es denn?«, fragte sie. »Ja, klar, als Maklerin muss sie es gewusst haben. Hat schon jemand mit ihr gesprochen?«

»Sie ist mit ihrer Familie zum Camping gefahren, aber morgen früh ist sie wieder da. Nate vermutet, dass Carl sie angewiesen hat, dir nichts zu sagen.«

Kate wurde aus dem Ganzen nicht schlau. Das machte keinen Sinn.

»Was hätte Carl denn davon gehabt, wenn sein Eigentum in die Luft fliegt? Selbst, wenn das Gebäude hoch versichert gewesen wäre?«

Ihre Gedanken überschlugen sich. »Er braucht das Geld doch gar nicht. Und was hätte er davon, mich zu töten? Nein, das macht überhaupt keinen Sinn.«

»Das FBI durchleuchtet mit Sicherheit Carls finanzielle Situation. Wenn es ein Motiv gibt, dann finden sie es.«

»Das FBI wird nichts finden.«

»Lass dich überraschen. Jeder hat Geheimnisse.«

Kate konnte es nicht fassen. »Darüber muss ich erst noch nachdenken.«

»Ich gebe dir noch was zum Nachdenken. Compton Thomas MacKenna war dein Großonkel.«

»War?«

»Genau. Er starb gestern Abend, exakt zwei Stunden bevor der Brief verschickt wurde. Laut seinem Anwalt, Anderson Smith, hat Compton detaillierte Anweisungen hinterlassen, wie seine Verwandten zu benachrichtigen seien.«

»Und warum?«

»Du und deine Schwestern seid zur Testamentseröffnung geladen.«

Enttäuschung stieg in ihr auf.

»Dann kann ich ihm ja gar keine Fragen stellen. Eigentlich brauchen wir nicht mehr hinzufahren. An dem, was der Mann hinterlassen hat, bin ich nicht interessiert.«

»Aber deine Schwestern vielleicht.«

»Ich gebe ihnen gerne die Telefonnummer des Anwalts, damit sie mit ihm sprechen können. Da vorne kommt die nächste Ausfahrt, dort können wir zurückfahren.«

»Kate, du und deine Schwestern habt nicht als Einzige einen Brief bekommen. Deine Vettern werden auch da sein. Interessiert dich das nicht?«

»Nur Vettern?«

»Das kann ich dir nicht sagen. Der Anwalt hat nur Vettern erwähnt. Smith meinte auch, sie wüssten nicht, dass du kommst. Sie wissen noch nicht einmal, dass es dich und deine Schwestern gibt.«

Kate wurde immer mutloser. »Ich bin wirklich nicht interessiert. Fahr langsamer, sonst verpasst du die Ausfahrt.«

Dylan fuhr vorbei.

»Dylan, ich habe dir doch gesagt, ich bin nicht interessiert. Es gibt gar keinen Grund für mich, zu dieser Testamentseröffnung zu gehen. Wenn diese Leute nichts von mir und meinen Schwestern wissen, können sie mir auch sicher keine meiner

Fragen beantworten, oder? Offenbar haben ihre Eltern ihnen doch nichts erzählt.«

Sie überlegte kurz. »Kiera würde natürlich gerne etwas über Erbkrankheiten erfahren und so, aber …«

»Kate, der Anwalt hat auch Fotos von deinem Vater und andere Erinnerungsstücke, die ihm gehörten.«

Sie nickte. »Okay, ich bin doch interessiert.«

22

Roger MacKenna kam mit einer 45er Magnum zur Testamentseröffnung.

Er traf zwanzig Minuten vor der vereinbarten Zeit in der angesehenen Anwaltskanzlei Smith & Wesson ein. Um die Mittagszeit waren die schicken Bistros in der Gegend voller Gäste, und so fand er erst drei Blocks weiter einen Parkplatz. Er stieg aus dem Auto, lehnte sich an die Tür und nahm einen letzten Zug aus seiner Zigarette. Sie war bis zum Filter heruntergeraucht, und die Hitze brannte an seinen Lippen, als er das Nikotin einsaugte. Er warf sie weg und steckte sich sofort eine neue an.

Er hatte das Gefühl, sein Kopf würde explodieren. Eigentlich war er nicht in der Verfassung, um zu Fuß zu gehen, aber er würde diesen Termin nicht versäumen, und wenn er hinkriechen musste.

An seinem Elend war er ganz alleine schuld. Als er erfahren hatte, dass sein Onkel endlich gestorben war, hatte er vor Freude laut aufgeschrien. Danach hatte er sich sinnlos betrunken. Seine kleine private Feier hatte bis weit nach Mitternacht gedauert.

In der heißen, feuchten Luft wurde ihm übel, und als er endlich an der Anwaltskanzlei angekommen war, war er völlig erschöpft, außer Atem und in kaltem Schweiß gebadet. Hastig riss er die Tür auf. Ein Schwall kühler Luft blies ihm ins Gesicht, aber zugleich lösten die Sicherheitssensoren einen Alarm aus, keinen lauten, durchdringenden Sirenenton, sondern ein stetiges, pulsierendes Piepen wie bei einem Herzmonitor.

Zwei bewaffnete Wachleute stürzten auf ihn zu, und ehe er sichs versah, stand er vor der Alternative, entweder das Gebäude zu verlassen oder seine Waffe abzugeben.

Er zog die Pistole aus der Westentasche und reichte sie einem Wachmann.

»Ist die geladen?«, fragte der Mann.

»Natürlich«, fuhr Roger ihn an. »Warum sollte ich mit einer ungeladenen Pistole herumlaufen?«

»Ist Ihnen klar, dass Sie die Waffe nicht gesichert haben?«, fragte er und legte den Hebel um. »Sie wollen doch sicher nicht, dass das Ding versehentlich losgeht, oder?«

Roger antwortete nicht. Der andere Wachmann fragte: »Sir, besitzen Sie einen Waffenschein?«

»Ja, gewiss«, antwortete Roger empört.

Das war eine Lüge. Sein Bruder Ewan hatte ihm die Pistole zu seinem Schutz geliehen. Ewan besaß ein ganzes Waffenarsenal, und es machte ihm nichts aus, ab und zu eine Waffe zu verleihen.

»Wenn ich gehe, möchte ich die Pistole zurückhaben.«

Zum Glück wollten sie seinen Waffenschein nicht sehen, sondern klopften ihn lediglich auf weitere Waffen ab. Roger war außer sich. Er war Multimillionär und wollte auch so behandelt werden.

»Wissen Sie eigentlich, mit wem Sie es zu tun haben?«

Anscheinend wussten sie es nicht, denn keiner von beiden antwortete. Aber immerhin ließen sie ihn durch.

Er schäumte vor Wut, als er an die Rezeption trat und laut seinen Namen nannte. Die Empfangsdame bat ihn, einen Moment zu warten, während sie oben anrief, um ihn anzukündigen.

»Mr Smith' Assistent, Terrance, wird sie gleich abholen und nach oben bringen«, sagte sie.

Roger brauchte nicht lange zu warten. Oben an der Treppe erschien ein junger Mann. Er trug einen eleganten, dunklen Anzug, ein weißes Hemd und Krawatte. Er stellte sich weder vor, noch schüttelte er Roger die Hand. Er sagte lediglich: »Mr MacKenna, wenn Sie mir bitte folgen würden.«

Roger ging hinter dem Assistenten her, die Treppe hoch und

einen Flur entlang zum geräumigen Vorzimmer des Anwalts. Es war edel eingerichtet und der Teppich dick, die Gemälde an den Wänden schienen echt zu sein.

Der Ort roch förmlich nach Geld, und Roger war beeindruckt. Er kannte zwar den Anwalt seines Onkels gar nicht, benutzte aber trotzdem den Vornamen, als er fragte: »Wo ist Anderson?«

»Mr Smith kommt sofort. Kann ich Ihnen in der Zwischenzeit etwas zu trinken anbieten?«

Roger bestellte sich einen doppelten Bourbon, und als der Assistent sich zum Gehen wandte, rief er hinter ihm her: »Bringen Sie gleich die ganze Flasche mit. Mein Bruder und ich möchten …«, beinahe wäre ihm herausgerutscht: »feiern«, aber im letzten Moment sagte er: »Auf unseren Onkel anstoßen.«

Kurz darauf wurde Bryce ins Büro geführt. Als er das Tablett auf dem Couchtisch erblickte, bediente er sich gleich selber. Er trank einen großen Schluck und stieß einen tiefen Seufzer aus. Erst dann begrüßte er seinen Bruder.

Sie hatten sich seit über sechs Monaten nicht mehr gesehen, und Roger stellte erschrocken fest, wie sehr sich sein Bruder verändert hatte. Er war so abgemagert, dass im Vergleich zu ihm ein Model dick war. Das Weiß in seinen Augen war gelblich, und sein Gesicht war teigig und aufgedunsen.

Leberzirrhose, dachte Roger. Kurz vor dem Exitus.

»Lange nicht gesehen«, sagte Roger.

»Ja«, stimmte Bryce zu. »Wann war das letzte Mal?«

»Auf Onkel MacKennas Geburtstagsparty.«

»Ah ja, stimmt.«

»Wie geht es dir, Bryce?«

Sein Bruder ging sofort in die Defensive. »Gut. Warum fragst du? Sehe ich etwa so aus, als ob es mir nicht gut ginge?«

Sollte er es wagen, ihm die Wahrheit zu sagen?

»Ich habe gehört …«

»Was? Was hast du gehört?«

»Vanessa hat erwähnt, dass du nicht so auf der Höhe wärst.«

»Meine Frau weiß nicht, was sie redet.«

Roger zuckte mit den Schultern. Wenn Bryce nicht zugeben wollte, dass seine Leber hinüber war, würde er sich nicht mit ihm streiten.

»Ist sie schon ausgezogen? Als wir das letzte Mal miteinander geredet haben, hat sie damit gedroht, dich zu verlassen.«

Bryce schenkte sich noch etwas zu trinken ein.

»Getrennte Schlafzimmer, getrenntes Leben«, sagte er. »Aber um Vanessa brauchst du dir keine Sorgen zu machen. Ihr fehlt es an nichts. Seit ein paar Monaten kümmert sich jemand um ihre Bedürfnisse. Sie glaubt natürlich, ich wüsste von nichts, aber ich kann hören, wie sie sich mitten in der Nacht am Telefon mit ihm verabredet. Ich nehme es ihr nicht übel. Und für uns scheint es so zu funktionieren. Wir sind beide zu faul, um etwas zu ändern, und wenn sie ginge, könnte sie nicht mehr ständig an mir herumnörgeln, weil ich zu viel trinke.«

»Wenn sie immer noch versucht, dich davon abzubringen, muss ihr noch was an dir liegen.«

»Sie liebt mich auf ihre eigene komische Art«, sagte er. »Und was ist mit dir, Roger? Wie geht es dir?«

»Ich habe große Pläne«, erwiderte er. »Investitionen.« Hoffentlich wollte Bryce keine Details wissen. »Ich werde ein paar Veränderungen in meinem Leben vornehmen.«

Sein Bruder schien nicht an seiner Zukunft interessiert zu sein. »Hast du in der letzten Zeit mit Ewan geredet?«

»Kurz, aber es ist schon eine Weile her.«

Er erwähnte nicht, dass er ihn in einer Bar getroffen hatte, um sich eine Pistole von ihm zu leihen. Bryce war immer so von oben herab, und Roger wusste, dass es unweigerlich Streit geben würde, wenn er von der Waffe erführe. Bryce mochte betrunken sein, aber er konnte immer noch unglaublich arrogant reagieren.

»Wie geht es ihm denn so?«, fragte Bryce, obwohl ihn auch

das nicht wirklich interessierte. Er wollte nur die Zeit totschlagen, bis der Anwalt das Testament eröffnete.

»Er hat mir nichts Neues erzählt.«

»Macht er immer noch Bodybuilding?«

»Ich habe ihn nicht gefragt, aber ich nehme es an.«

»Wenn man vom Teufel spricht.«

Die Brüder drehten sich um, als Ewan das Zimmer betrat. Bryce begrüßte ihn, indem er das Glas hob.

Roger fand, dass Ewan fitter denn je aussah. Er war tief gebräunt, weil er im Studio regelmäßig auf die Sonnenbank ging. Von der Taille abwärts war er schlank, aber sein Brustkorb und seine Oberarme waren muskelbepackt. Natürlich stemmte er noch Gewichte.

Allerdings war ihr jüngster Bruder nicht angemessen gekleidet. Er trug eine Khakihose und ein kurzärmliges Polohemd, das aussah, als ob es an seinem Oberkörper festklebte. Ewan hatte nie erwachsen werden wollen. Anscheinend hing er immer noch so an seiner Collegezeit, dass er sich kleidete wie ein Student.

Ob er wohl mit seinen Kumpels noch Leute mit der Wasserpistole nass spritzte?, fragte sich Roger, aber er hütete sich, den Gedanken laut zu äußern. Ewan war äußerst reizbar, und Roger hatte keine Lust, mit ihm aneinanderzugeraten.

Ewan blieb gerade mal dreißig Sekunden lang höflich.

»Schön, euch wiederzusehen.« Bevor jedoch seine Brüder etwas erwidern konnten, fuhr er fort: »Wer von euch beiden stinkt?«

»Vermutlich Roger«, antwortete Bryce.

Bevor Roger protestieren konnte, fuhr Bryce fort: »Du dünstest das Nikotin aus jeder Pore aus. Du solltest diese schreckliche Angewohnheit wirklich langsam aufgeben.«

Die erste Runde war eröffnet.

Mitten in den Streit hinein platzte Vanessa. Sie trug einen hellgrauen Hosenanzug aus Seide und war es gewohnt, dass sich alle nach ihr umdrehten, wenn sie einen Raum betrat. Die schwarzen Haare zu einem Knoten geschlungen, machte sie den Eindruck einer Frau, die weiß, wie schön sie ist.

»Na, was für eine reizende Versammlung«, sagte sie sarkastisch. Dann blickte sie auf die Uhr und fuhr fort: »Wir sind alle da. Wo ist der Anwalt?«

Bryce blickte ebenfalls auf seine Armbanduhr und sagte: »Bis dreizehn Uhr sind es noch zehn Minuten.«

Vanessa versuchte, die Verbindungstür zum Büro des Anwalts zu öffnen, aber sie war verschlossen.

»Anscheinend will er nicht, dass wir uns an seinen Akten vergreifen«, sagte sie.

»Er sollte uns nicht warten lassen. Das ist ungeheuerlich«, murrte Roger. »Meinen Anteil am Geld wird diese Kanzlei nicht verwalten, das verspreche ich euch.«

»Was schätzt du, wie viel überhaupt da ist?«, fragte Bryce.

»Millionen«, antwortete Roger.

»Das ist keine Antwort auf die Frage. Wie viele Millionen?«, wollte Ewan wissen.

»Ich nehme an, so um die sechzig Millionen«, sagte Bryce.

»Das ist aber hoch geschätzt«, entgegnete Ewan.

»Schätzen ist sowieso zwecklos«, warf Vanessa ein.

Ewan blickte sie finster an. »Warum bist du eigentlich hier?«

»Ihr zwei seid noch nie miteinander klargekommen, was?«, sagte Roger.

»Das ist noch untertrieben. Ich verabscheue sie«, erklärte Ewan. »Sie tut immer so heilig. Sie ist nichts als ein Snob, und mit solchen Leuten kann ich nichts anfangen.«

»Die Zuneigung beruht auf Gegenseitigkeit«, versicherte sie ihm.

»Ich wiederhole meine Frage: Warum bist du hier?«, sagte Ewan.

»Bryce und ich haben jeder einen Brief bekommen.«

»Und du konntest nicht mit deinem Ehemann fahren?«

»Ich hatte einen Termin im Kunstbeirat. Das ist etwas Kulturelles, das verstehst du sowieso nicht.«

Ihre herablassende Art machte ihn wütend. An Bryce gewandt sagte er: »Wie hältst du sie nur aus?«

Bryce lächelte seine Frau an. »Die Frage sollte eher lauten, wie sie mich aushält.«

»Oh, bitte. Dein Selbsthass ist mir schon vor Jahren auf den Wecker gegangen«, schnauzte Ewan seinen Bruder an.

Weitere gehässige Bemerkungen von Ewan blieben Vanessa erspart, denn die Tür ging auf, und Anderson Smith trat in Begleitung seines Assistenten in den Raum.

Der Anwalt sagte kein Wort, aber sofort wandten sich ihm alle zu. Er stellte sich und Terrance vor und schüttelte jedem die Hand. Bei Vanessa fing er an.

Der ältere Gentleman hatte eine charismatische Ausstrahlung. Amüsiert stellte Vanessa fest, dass sich selbst die Brüder auf einmal tadellos benahmen. Terrance schloss die Tür auf, und sie betraten das Heiligtum des Anwalts.

Als Roger die Videoausrüstung sah, fragte er überrascht: »Wofür ist das? Sehen wir uns einen Film an?«

»Ich würde es nicht als Film bezeichnen«, erwiderte Anderson. »Bitte, machen Sie es sich bequem. Wir beginnen in wenigen Minuten.«

»Warum können wir nicht sofort anfangen?«, fragte Ewan.

Anderson trat an die Bürotür und zog sie zu. Dann antwortete er: »Wir sind noch nicht vollzählig.«

23

Dylan vergewisserte sich, dass ihnen niemand folgte, und als sie sich Savannah näherten, verließ er die Autobahn und fuhr auf weniger befahrenen Straßen in die Stadt hinein.

Er verfuhr sich natürlich sofort, aber als männlicher Buchanan kam er überhaupt nicht auf die Idee, nach dem Weg zu fragen. Kate informierte ihn über einige historische Fakten der Schwesterstadt von Charleston und achtete nicht darauf, wo er entlangfuhr.

»Savannah wird auch das Juwel des Südens genannt«, sagte sie. »Aber das weißt du vermutlich schon.«

»Hm.«

»Hörst du mir überhaupt zu?«

»Aber sicher. Du bist ein Juwel.«

»Nein, Savannah ist das Juwel.«

»Ja«, stimmte er zu. »Aber du auch, Pickles.«

Sie warf ihm einen strengen Blick zu, ergriff ihr Handy und checkte ihre neuen Nachrichten.

Dylan hatte immer noch nicht den richtigen Weg gefunden. An diesem Park war er bestimmt schon ein paarmal vorbeigekommen.

Entschlossen fuhr er nach Westen. Einige Blocks weiter musste er anhalten, um Fußgänger über die Straße zu lassen. Zufällig blickte er auf die Hausnummer des Hauses auf der anderen Straßenseite.

Donnerwetter, sie waren genau da, wo sie hinwollten.

Die Anwaltskanzlei stand an einem großen Platz, der von einem Park umgeben war. In der Mitte stand das Monument eines Politikers, der in den Südstaaten verehrt wurde. Uralte Eichen, von denen Moosflechten hingen, spendeten Schatten.

In den Gebäuden hatten früher die wohlhabendsten Bürger Savannahs gewohnt. Manche waren immer noch in Privatbesitz, aber andere waren mittlerweile renoviert und in Wohnungen, Büros und Geschäfte aufgeteilt worden.

Dylan hatte das Glück, dass sofort ein Parkplatz frei wurde. Er setzte rückwärts hinein.

»In Ordnung«, sagte er.

»Sind wir schon da?« Kate blickte ihn erstaunt an.

»Ja, wir sind da. Wir haben es schnell geschafft«, erwiderte er.

Sie blickte auf die Uhr am Armaturenbrett.

»Wir sind zwanzig Minuten zu früh.«

»Eher fünfzehn Minuten.« Er schnallte sich ab und wollte die Tür öffnen.

Kate packte ihn am Arm. »Ich möchte nicht vor der Zeit dort erscheinen.« Sie klang ein wenig ängstlich.

»Ja, okay. Wir sind schon nicht zu früh da.«

»Warte.«

»Ja?«

»Kann ich noch schnell einen Anruf machen? Ich muss mit Haley wegen der Bänder sprechen. Es dauert nicht lange.«

»Kein Problem. Ich telefoniere in der Zwischenzeit mit Nate.«

Kate war plötzlich nervös. Sie konnte sich nicht mehr an Haleys Telefonnummer erinnern und musste nachschauen.

Haleys Assistentin war am Apparat und erklärte, Haley sei zum Mittagessen verabredet.

Kate hinterließ ihr, dass sie für ein paar Stunden nicht zu erreichen sei, aber Haley auf jeden Fall heute Nachmittag noch anrufen würde.

Dylan hingegen hatte Nate direkt am Telefon. Es war offensichtlich ein einseitiges Gespräch, und als er schließlich sein Handy zuklappte und Kate fragte, ob es Neuigkeiten gäbe, antwortete Dylan nur einsilbig.

Er nahm sein Jackett vom Rücksitz und zog es an, damit

man die Pistole nicht sehen konnte. Dann stieg er aus, kam um das Auto herum und öffnete ihr die Tür.

Er benahm sich wie ein Bodyguard, dachte sie. Er blickte die Straße auf und ab und sagte zu ihr: »Bleib dicht bei mir.«

»Das habe ich vor«, erwiderte sie. Sie nahm ihre Tasche und ergriff seine Hand.

Sie überquerten die Straße und gingen um die Ecke. Kate wollte nicht an den bevorstehenden Termin denken. Am liebsten wäre sie weggelaufen. Sie brauchte dringend ein paar Minuten, um sich zu sammeln.

»Sieh dir den Park an«, sagte sie. »Ist er nicht hübsch? Wusstest du, dass es in Savannah über zwanzig Plätze gibt? Und alle haben einen Park in der Mitte.« Sie blieb stehen und fügte hinzu: »Das ist mein Lieblingsplatz.«

Dylan schien eher an Menschen und Autos interessiert zu sein. Er machte es unauffällig, aber er sorgte ständig dafür, dass er sie mit seinem Körper abschirmte.

»Lass uns weitergehen«, sagte er.

Kate blieb stehen. »Wir legen in Silver Springs auch gerade so einen Park an.«

Dylan nickte. »Ja, das habe ich auf dem Weg zur Polizeiwache gesehen.«

Kate setzte sich so langsam wie möglich in Bewegung. »Und es sind noch drei weitere in Arbeit. Wenn sie fertig sind, sollen sie untereinander verbunden werden. Allerdings sind die Gebäude bei uns nicht so prächtig.«

Direkt vor ihnen tauchte das Messingschild auf, auf dem Smith & Wesson stand. Kate blieb wieder stehen. »Komm, wir setzen uns noch eine Weile auf eine Parkbank.«

»Okay«, gab Dylan nach, »dann kommen wir eben nicht zu früh. Wir suchen uns was zum Hinsetzen.«

»Danke«, sagte Kate erleichtert. Sie blickte sich um und sah einen Coffeeshop schräg gegenüber der Anwaltskanzlei. »Wollen wir einen Kaffee trinken? Sie haben bestimmt auch Eistee.«

Kurz darauf saßen sie an einem winzigen Tisch ganz hinten im Lokal. Es gab keine Klimaanlage, Vorder- und Hintertür standen weit offen. Zwei Deckenventilatoren drehten sich.

»Es ist Mittagszeit«, sagte Kate. »Wir haben Glück, dass wir überhaupt einen Tisch bekommen haben.«

»Es ist heiß hier drin, deshalb haben wir einen Tisch bekommen. Sieh dich doch mal um. Wir sind die Einzigen.«

»Wir könnten ja irgendwo anders hingehen, wenn dich die Hitze stört.«

»Nein, ist schon in Ordnung.«

Sie bestellten Eistee, und dann fragte Kate: »Was hat Nate gesagt?«

»Sie haben Carl noch nicht gefunden. Es gibt immer mehr belastendes Material gegen ihn.«

»Wieso das denn?«

»Er hat Probleme mit der Finanzbehörde.«

»Ist das dein Ernst?«

»Über so etwas mache ich keine Witze. Er steckt in Schwierigkeiten.«

»Aber er ist reich. Er hat ein Vermögen geerbt.«

»Wenn das so ist, hat er es durchgebracht. Hat er dir gegenüber nie etwas von Geldsorgen erwähnt?«

»Du liebe Güte, nein. Carl ist ein Gentleman durch und durch. Er würde nie mit mir über Geld sprechen. Das gehört sich nicht.«

Die Kellnerin hatte nur Augen für Dylan, als sie die Gläser mit dem Eistee auf den Tisch stellte. Kate dankte ihr, trank einen Schluck und sagte: »Ich kann mir das gar nicht vorstellen. Der arme Carl! Er versucht immer, anderen zu helfen.«

»Und wie hilft er?«

»Er gibt große Partys, um Künstler zu unterstützen. Und er hat mir auch geholfen, meine Firma zu promoten.«

»Er hat dich um diese Geschenkkörbe für seine Party gebeten, nicht wahr?«

»Ja. Er meinte, das wäre sicher gute Werbung für mich. Oh, ich sehe schon, du hast wieder diesen Ausdruck in den Augen. Dylan, Carl hat versucht zu helfen. Ich versichere dir, er ist ein guter Mensch. Er wollte sich sogar an meiner Firma beteiligen. Er hat sicher gedacht, ich bräuchte finanzielle Unterstützung, und da er das Thema nicht offen ansprechen wollte, bot er mir an, Partner zu werden. Wenn er in solchen Schwierigkeiten steckt, wo sollte er denn dann das Geld hernehmen, um mir zu helfen?«

»Wann hat er versucht, sich an deiner Firma zu beteiligen? Du liebe Güte, Kate, warum hast du mir das nicht erzählt?«

»Ich habe es nicht für relevant gehalten.«

»Wann?«, wiederholte Dylan.

»Vor über einem Jahr.«

Dylan blickte auf die Uhr, zog seine Brieftasche heraus und legte Geld auf den Tisch. »Trink aus. Wir müssen gehen.«

»Wir haben Zeit«, erwiderte sei. »Was hat Nate noch erzählt?«

»Er überprüft deine Verwandten, und ich hatte gehofft, dass er mittlerweile etwas herausgefunden hat.«

»Aber du hattest kein Glück?«

»Noch nicht. Er hatte einen Termin, aber er hat seine Leute darangesetzt.«

»Wir lernen sie schon noch früh genug kennen.«

Viel zu früh, dachte sie. Warum war sie nur nach Savannah gekommen? Wahrscheinlich hatte sie ihr schlechtes Gewissen Isabel und Kiera gegenüber getrieben.

»Ich möchte nicht blindlings irgendwo hineingeraten. Ich möchte schon vorher wissen, mit wem ich es zu tun habe. Kannst du das verstehen?«

Oh Mann, und wie! »Ja.«

»Du hast Angst davor?«

»Ja.«

»Warum?« Als sie nicht sofort antwortete, fügte er hinzu: »Was macht dir solche Sorgen?«

»Ich mache mir keine Sorgen«, erwiderte sie. »Ich hoffe nur …«

»Ja?«

Es gab eigentlich keinen Grund, es ihm nicht zu erzählen. Er wusste ja über ihre finanzielle Situation und die verheerenden Entscheidungen ihrer Mutter Bescheid.

»Ich hoffe nur, dass mich nicht schon wieder eine Überraschung erwartet, die meine Mutter mir hinterlassen hat. Ich glaube, eine weitere Enttäuschung würde ich nicht überstehen.«

»Warum hältst du das denn für möglich? Mir kommt das ziemlich unwahrscheinlich vor. Du hast mir doch erzählt, dass deine Mutter die Familie ihres Mannes nie erwähnt hat«, erwiderte Dylan.

»Als der Brief mit dem Boten kam … Ich habe gedacht, Mutter hat sich vielleicht Geld von diesem Onkel geliehen, und jetzt wollen die Erben es zurückhaben.«

Er blickte sie an und sagte dann: »Wie lange willst du ihr eigentlich noch böse sein?«

»Ich bin nicht böse. Ich bin enttäuscht.«

»Ja, klar.«

Gereizt entgegnete sie: »Das ist die Wahrheit.«

»Nein, ist es nicht. Du bist wütend auf sie.«

Kate erstarrte. Tränen traten ihr in die Augen, und sie konnte sie nicht zurückhalten. Sie hatte schon einmal vor ihm geweint; es sollte nicht noch einmal passieren.

»Ja, ich bin wütend«, sagte sie mit zitternder Stimme. »Sie hat uns alle angelogen und ein einziges Chaos hinterlassen.«

Er legte seine Hand auf ihre. »Ach Katie. Es geht doch gar nicht ums Geld.«

Sie zog ihre Hand weg. »Ach nein? Worum dann?«

»Deine Mutter wurde krank, und dann starb sie, und sosehr du es auch versucht hast, du konntest es nicht verhindern.«

»Das ist doch Unsinn.«

»Ja«, sagte er und stand auf. »Und vielleicht solltest du ihr langsam mal verzeihen.«

Sie wollte ihm widersprechen, ihm erklären, dass seine Amateuranalyse hinten und vorne nicht stimmte, aber irgendetwas hielt sie davon ab. Und wenn nun doch ein Körnchen Wahrheit darin steckte? Benutzte sie die Wut als Schutzschild, damit sie den Schmerz über den Tod der Mutter nicht so spürte?

Er zog sie hoch.

»Na komm, Pickles. Es wird Zeit, dass du deine Verwandtschaft kennenlernst.«

24

Die Anwaltskanzlei Smith & Wesson befand sich in einem dreistöckigen Privathaus aus dem frühen neunzehnten Jahrhundert, das zu einem eleganten Bürogebäude umgebaut worden war.

In der großen Empfangshalle fiel sofort das bunte Bodenmosaik ins Auge. Eine prächtige Treppe führte zu einer umlaufenden Galerie, die auf weißen dorischen Säulen ruhte.

Dylan erwartete beinahe, dass eine Südstaatenschönheit im Reifrock die Treppe herunterrauschte, aber stattdessen lächelte ihnen hinter einem Mahagonischreibtisch eine Empfangsdame im dunklen Kostüm mit Seidenbluse und Perlenkette entgegen.

Als Dylan eintrat, ging natürlich sofort der Alarm los, aber nachdem er seinen Ausweis gezeigt hatte, hörte das pulsierende Geräusch auf. Kate, die geduldig neben ihm gewartet hatte, bis er überprüft worden war, brauchte ihren Namen nicht zu sagen. Die junge Frau am Empfang wusste, wer sie war.

»Guten Tag, Miss MacKenna. Mr Smith kommt sofort.«

Kurz darauf kam der Anwalt die Treppe heruntergeeilt. Das Lächeln, mit dem er sie bedachte, wirkte aufrichtig. Aber er war Anwalt, und dazu noch ein sehr erfolgreicher, rief Kate sich ins Gedächtnis. Er konnte seine wahren Gefühle sicher gut verstecken.

Er streckte ihr die Hand entgegen.

»Ich bin Anderson Samuel Smith, und es freut mich sehr, Sie kennenzulernen, Miss MacKenna. Es freut mich außerordentlich.«

Kate fand ihn sofort sympathisch.

»Ich bin seit sieben Jahren der Anwalt Ihres Großonkels

Compton«, fuhr er fort, »und ich glaube, er war in unserer Kanzlei in besten Händen. Er war ein sehr interessanter Mann. Vielleicht ergibt sich ja die Gelegenheit, dass ich Ihnen bei einem Abendessen erzähle, was ich über ihn weiß.«

»Kannten Sie seinen Bruder?«, fragte Kate.

»Ja, Miss MacKenna. Allerdings hat unsere Kanzlei ihn nicht vertreten.«

»Bitte, nenne Sie mich Kate.«

Wieder lächelte er sie strahlend an.

»Kate. Ein schöner Name. Und Sie müssen mich unbedingt Anderson nennen.«

»Wenn es Ihnen nichts ausmacht, möchte ich mich gerne ein wenig frisch machen.«

»Gute Idee«, warf Dylan ein.

Gute Idee? Was sollte das denn heißen? Entweder sah sie furchtbar aus, oder er wollte mit dem Anwalt alleine sprechen.

Anderson führte sie zur Damentoilette und kehrte dann zu Dylan in die Eingangshalle zurück.

Kate wusch sich die Hände und musterte sich im Spiegel. Okay, sie sah ein bisschen zerzaust aus, aber so schlimm nun auch wieder nicht. Sie würde sich rasch ein wenig zurechtmachen, beschloss sie. Sie kramte in ihrer Tasche und holte ihr Rouge und ihren Lippenstift heraus, um ihr Make-up aufzufrischen.

Okay, jetzt ging es wieder. Aufmunternd lächelte sie ihrem Spiegelbild zu. Vielleicht würde sie ihre Verwandten ja sogar mögen.

Sie straffte die Schultern, flüsterte: »Los geht's!«, und öffnete die Tür.

Dylan war ins Gespräch mit dem Anwalt vertieft, der ihm mit ernster Miene etwas erklärte.

Kate wollte die beiden nicht stören und wartete am Empfangstisch, bis sie fertig waren.

Als Anderson sie erblickte, lächelte er wieder. »Lassen Sie uns nach oben gehen«, schlug er vor und ging voran.

Kate flüsterte Dylan zu: »Du machst ja so ein finsteres Gesicht. Was ist denn los?«

Sollte er sie warnen? Oder war es besser, wenn sie den Vipern, die Anderson ihm gerade beschrieben hatte, unbefangen gegenübertrat?

Er beschloss, sie ein wenig vorzuwarnen. »Ich glaube nicht, dass dir deine Vettern gefallen werden.«

»Vielleicht doch«, erwiderte sie, entschlossen, sich wenigstens einen letzten Rest Optimismus zu bewahren.

»Nein, eigentlich bin ich mir ziemlich sicher, dass du sie nicht mögen wirst.«

Kate blieb stehen, und als er ihren mutlosen Blick sah, wünschte er, er hätte gar nichts gesagt.

»Bleib einfach ganz gelassen«, flüsterte er.

Sie hatten gerade die letzte Stufe erreicht, als sie einen Mann eine grobe Obszönität schreien hörten. Kate blieb wie angewurzelt stehen und blickte Dylan an. Er zuckte mit den Schultern.

Anderson warf ihnen einen peinlich berührten Blick zu.

»Einen Augenblick, bitte«, sagte er.

Er eilte den Flur entlang.

Offensichtlich wollte er seine Mandanten bitten, sich zurückzuhalten, aber der Schaden war bereits angerichtet. Kate hatte Angst bekommen.

Sie packte ihn am Arm.

»Hat Anderson dir gesagt, warum ich einen Brief bekommen habe?«

»Du weißt doch, warum. Das Testament wird eröffnet.«

»Ja, aber hat er sonst noch etwas gesagt?«

»Über das Testament haben wir gar nicht gesprochen«, antwortete Dylan. »Er hat mir lediglich deine Cousins beschrieben, damit ich mich vorbereiten konnte. Und er lässt dir übrigens ausrichten, dass er keinen von ihnen vertritt.«

Sie gingen weiter den Flur entlang. Ein weiterer obszöner Ausruf ertönte, und Kate flüsterte: »Ach, du lieber Himmel!

Wo bin ich denn da hineingeraten? Vielleicht sollte ich besser keinen von ihnen kennenlernen.«

Sie sollte ihnen vor allem nicht mit einem besorgten Gesicht entgegentreten, dachte Dylan und drückte ihr aufmunternd den Arm.

Feindseligkeit lag in der Luft, aber zumindest hörte das Geschrei auf, als sie ins Zimmer traten.

Roger war der Erste, der seine Überraschung überwand.

»Was zum …«, murmelte er. »Wer ist das, Anderson?«

»Wen interessiert das schon? Sie gehören auf jeden Fall nicht hierher«, sagte Ewan und trat drohend einen Schritt auf sie zu.

Glaubte er vielleicht, er könne ihr Angst einjagen? Kate blickte ihm direkt in die Augen und wich keinen Zentimeter zurück.

Anderson hob die Hände.

»Wenn Sie sich endlich beruhigen wollen, möchte ich Sie miteinander bekannt machen. Kate, darf ich Ihnen Vanessa MacKenna vorstellen?«

Die attraktive Frau war im Gegensatz zu den Männern nicht wütend.

Sie musterte Kate neugierig.

»Hallo«, sagte Vanessa höflich.

»Vanessa«, fuhr Anderson fort, »ist mit Bryce MacKenna verheiratet.«

Der Mann, auf den Anderson wies, sagte nichts, sondern nickte nur knapp.

»Neben Bryce steht Roger MacKenna, und rechts davon Ewan MacKenna. Und das hier ist Ihre Cousine Kate MacKenna.«

»Unsere Cousine?«, brüllte Ewan. »Sie muss eine Betrügerin sein. Wir haben keine Cousinen.«

»Ewan hat recht«, sagte Bryce. »Wir haben keine Cousinen.«

»Anscheinend doch«, warf Vanessa amüsiert ein.

Die Brüder ignorierten sie.

»Und wer ist er?«, fragte Roger. »Auch ein Cousin?«

»Er gehört zu Kate«, antwortete Anderson ohne weitere Erklärung.

»Denken die beiden etwa, sie bekämen auch ein Stück vom Kuchen ab? Wie absurd«, sagte Bryce.

Anderson hob erneut die Hände.

»Ihr Onkel hat mir versichert, dass er in seinem Video alles zu Ihrer Zufriedenheit erklären wird. Alle Ihre Fragen werden beantwortet werden. Außerdem wird jeder von Ihnen eine Kopie des Videos bekommen. Terrance, bitte verteilen Sie sie.«

Er stellte fest, dass Sonnenlicht auf den Fernsehschirm fiel, und trat an die Fenster, um die Jalousien zu schließen.

»Ist das Gerät bereit?«

»Ja, Sir. Alles ist bereit«, antwortete Terrance.

»Sollen wir dann anfangen?« Anderson bemühte sich, enthusiastisch zu klingen.

»Es wird langsam Zeit«, sagte Bryce.

»Nehmen Sie bitte Platz.« Sein Blick glitt zu Roger und Ewan. »Und versuchen Sie, nicht zu unterbrechen, wenn Ihr Onkel spricht.«

Roger sank auf seinen Stuhl. »Müssen wir uns den alten Kauz anhören, bevor wir unser Geld kriegen?«

Er hatte die Frage an Ewan gerichtet, der prompt antwortete: »Er versucht immer noch, uns zu kontrollieren, selbst vom Grab aus. Der Mistkerl!«

Vanessa wandte sich an Ewan.

»Dein Onkel kann sich nicht mehr verteidigen. Das ist typisch für dich, dass du noch die Toten beleidigst.«

Ihre Verachtung ließ Ewan kalt. Er wandte sich an Roger und flüsterte so laut, dass ihn jeder verstehen konnte: »Nur ein Luder kann einen Mistkerl lieben.«

Kate kam sich vor wie in einem Horrorfilm. Wie um Himmels willen sollte sie Kiera und Isabel beibringen, dass die Vettern so gemeine, niederträchtige Menschen waren? Ihr wurde übel bei dem Gedanken, dass sie mit ihnen verwandt war.

Bryce schien es eilig zu haben, betrunken zu werden. Er kippte den Alkohol wie Wasser herunter, und je mehr er trank, desto grässlicher benahm er sich. Die anderen beiden Brüder schienen seinen seltsamen Humor zu schätzen und ermutigten ihn noch, indem sie über jeden seiner Witze lachten. Es war widerlich und unheimlich zugleich.

Verstohlen musterte sie Vanessa. Die attraktive, elegante Frau wirkte fehl am Platz in dieser Gesellschaft.

Anderson stand hinter Vanessas Stuhl. Er nickte Terrance zu, der sofort die Fernbedienung ergriff und auf die Starttaste drückte.

Die Brüder verstummten, als Compton Thomas MacKenna seine Zuhörer begrüßte, aber das Schweigen dauerte nicht lange an.

»Hat er gerade gesagt, er habe vor einiger Zeit sein Testament geändert? Warum haben wir davon nichts erfahren?«, wollte Ewan wissen.

»Halt den Mund und hör zu«, sagte Roger. »Reden können wir später noch.«

»Fangen Sie von vorne an«, knurrte Bryce. »Ich habe nichts verstanden, weil meine Brüder nicht die Schnauze halten.«

Und erneut begannen sie miteinander zu streiten.

Kate wusste nicht, wie lange sie das noch ertragen konnte.

»Meine Güte«, flüsterte sie.

Dylan hatte sie gehört. Er legte beschützend seinen Arm um ihre Stuhllehne und fragte leise: »Möchtest du gehen?«

Oh ja, das wollte sie am liebsten, aber sie hoffte auch auf Kinderfotos ihres Vaters, und außerdem wollte sie wissen, warum sie und ihre Schwestern zu dieser Freakshow eingeladen worden waren.

Anderson sorgte erneut für Ruhe, und wieder begann das Video zu laufen.

Kate lauschte aufmerksam, als ihr Großonkel von den Vorfahren ihres Vaters erzählte. Aber dann kam er zu ihrer Mutter, und Kates Neugier verwandelte sich in Empörung.

Nicht besser als eine Bettlerin auf der Straße, hatte er gesagt. Und das war nicht die einzige Beleidigung. Seine Verachtung für ihre Mutter war in jedem Satz zu spüren.

War sie hierher eingeladen worden, damit sie sich das anhören sollte?

Sie erstarrte, als er ihre Schwestern erwähnte, und stellte fest, dass er sie alle überprüft hatte. Das war ja unglaublich! Aber am meisten erstaunte Kate seine Beurteilung von ihr. Sie sollte ihm am ähnlichsten sein? Du lieber Himmel, wie kam er bloß darauf? Und er lächelte dabei auch noch, als sei es eine Auszeichnung, sein Ebenbild zu sein.

Kate dachte, dass kaum noch weitere Überraschungen folgen konnten. Aber sie irrte sich.

»Der Großteil meines Vermögens, achtzig Millionen Dollar, geht an Kate MacKenna.«

Nein, nein, das konnte nicht stimmen. Sie wollte aufstehen, sank aber wieder auf den Stuhl zurück. Die DVD rutschte ihr vom Schoß. Die letzten Sätze ihres Onkels hörte sie nicht mehr, und sie bekam auch nichts von dem Tumult mit, der um sie herum losbrach. Sie saß da wie gelähmt.

Nicht besser als eine Bettlerin. Wie konnte er es wagen, so etwas über ihre Mutter zu sagen.

Sie schüttelte den Kopf. »Nein«, sagte sie. »Nein.«

Sie fielen über sie her wie die Wölfe. Sie hatte gar nicht gemerkt, wie gefährlich die Situation geworden war. Aber Dylan stand rasch auf und stellte sich vor sie.

Bryce stieß Flüche und Verwünschungen aus; Roger schrie und weinte, aber Ewan war die wahre Bedrohung im Zimmer. Sein Gesicht sah ganz verzerrt aus vor Wut. Er schoss aus seinem Stuhl und wie ein wild gewordener Bulle auf Kate zu.

»Wie ist dir das gelungen? Wie hast du den dementen alten Mann dazu gebracht, sein Testament zu ändern?« Er versuchte, Dylan beiseitezustoßen, und als Dylan sich nicht von der Stelle bewegte, schrie er ihn an: »Geh mir aus dem Weg!«

Ruhig antwortete Dylan: »Setzen Sie sich wieder hin.«

Ewan versuchte, ihm einen Fausthieb zu versetzen, aber Dylan schob seine Faust beiseite und sagte: »Ich möchte mich lieber nicht mit Ihnen schlagen. Ich habe meinen guten Anzug an und bin mit meiner Freundin in diesem schönen Büro.«

»Glaubst du etwa, du kannst mich besiegen?«

Er benahm sich wie ein Sechzehnjähriger, aber Dylan fand es nicht komisch. »Setzen Sie sich sofort hin!«, befahl er.

Ewan brüllte wütend und holte aus. Dylan fing den Schlag ab, aber jetzt war es mit der Freundlichkeit vorbei. Als Ewan erneut ausholte, versetzte er ihm einen rechten Haken in den Bauch. Als der Mann sich krümmte, schubste er ihn auf das Sofa. Roger rutschte automatisch zur Seite, sodass Ewan neben ihm in die Polster fiel.

Dylan lächelte. »Okay. Jetzt hat er sich endlich gesetzt.«

»Rufen Sie die Polizei, Anderson«, keuchte Ewan. »Lassen Sie diesen Mann verhaften. Ich erstatte Anzeige wegen Körperverletzung. Warum rufen Sie nicht endlich an? Die Polizei soll kommen.«

»Habe ich etwa vergessen, Detective Buchanan richtig vorzustellen? Er zeigt Ihnen sicher gerne seinen Ausweis.«

Anderson genoss es sichtlich, dass die Neffen seines Mandanten ihre gerechte Strafe bekamen. Er strahlte förmlich.

Vanessa hatte bisher kein Wort gesagt. »Ich kann es nicht glauben. Achtzig Millionen?«

»Geht es Ihnen gut, meine Liebe?«, fragte Anderson.

Ewan wandte sich seiner Schwägerin zu und sagte gehässig: »Vielleicht findet dein neuer Liebhaber dich jetzt nicht mehr so aufregend. Du erbst schließlich bloß ein Haus und magere hunderttausend.«

»Ich liebe dieses Haus, und Compton wusste das. Ich freue mich, dass er es mir vermacht hat.«

Bryce verzog höhnisch das Gesicht. »Du bist schrecklich selbstgefällig.«

»Warum nicht? Euer Verhalten ihm gegenüber war eine Schande.«

»Vergiss sie«, schrie Roger. »Was zum Teufel sollen wir tun?«

»Wir klagen«, sagte Bryce. »Wir fechten das Testament an.«

»Das könnte Jahre dauern«, meinte Ewan.

Verzweifelt sagte Roger: »Ich kann nicht warten. Ich brauche das Geld sofort.«

Im Raum brach das Chaos aus, als die Brüder sich gegenseitig anschrien.

Kate vernahm das dumpfe Brüllen wie durch einen Filter. In ihrem Kopf kreisten immer nur dieselben Worte: achtzig Millionen, achtzig Millionen, achtzig Millionen.

Sie konnte ihr Unternehmen retten. Sie konnte Isabels Schulgeld bezahlen. Sie konnten das Haus behalten, und alle ihre Probleme wären gelöst. Das war die Antwort auf ihre Gebete, oder? Sie ergriff ihre Tasche und stand auf.

»Ich will es nicht«, sagte sie zu Anderson. Im Zimmer wurde es plötzlich still.

»Ich kann verstehen, dass Sie unter Schock stehen, Kate«, sagte Anderson. Er trat an seinen Schreibtisch und legte seine Hand auf einen dicken Aktenordner. »Sie begreifen sicher langsam, dass Ihr Großonkel Compton alles bis ins kleinste Detail geplant hat.« Er klopfte leicht auf den Aktenordner. »Diese Aufstellung haben seine Finanzberater gemacht. Sie werden sie heute mitnehmen, damit Sie sich mit den einzelnen Vermögenswerten vertraut machen können. Er wollte, dass Sie sein Lebenswerk verstehen und schätzen. Morgen Nachmittag um drei Uhr treffen Sie sich hier mit seinen Finanzberatern. Sie werden Ihnen alle Fragen beantworten und Ihnen ihre Dienste anbieten, damit die Übergabe so reibungslos wie möglich verläuft.«

»Sie verstehen nicht«, sagte Kate. »Ich will das Geld nicht. Nichts davon.«

»Denken Sie in Ruhe darüber nach«, mahnte Anderson sie. »Treffen Sie keine überstürzten Entscheidungen.«

»Sie haben doch gehört, was sie gesagt hat«, warf Roger ein. »Sie will das Geld nicht.«

»Und was passiert, wenn sie das Erbe nicht annimmt?«, fragte Ewan.

Zögernd antwortete Anderson: »Ihr Onkel hat lediglich vorgesehen, dass sein Besitz an Kate übergeht, und er vertraute darauf, dass sie das Erbe annehmen würde. Einen Erbnachfolger hat er nicht eingesetzt.«

»Wenn sie es also nicht nimmt, dann fällt das Vermögen an die nächsten Verwandten, nicht wahr?«

Anderson antwortete nicht, sondern wandte sich erneut an Kate.

»Sie können es sich bis morgen überlegen. Bitte, nehmen Sie den Aktenordner und schauen Sie ihn durch. Dann sprechen wir noch einmal darüber.«

»Das wird nicht nötig sein«, antwortete Kate ruhig. »Ich werde das Erbe nicht annehmen. Ich will nichts von diesem Mann.«

Dylan war neben ihr stehen geblieben, um eingreifen zu können, wenn einer der Brüder auf sie losgehen wollte, aber er spürte, dass sie die Dinge im Griff hatte, und das beeindruckte ihn.

Vanessa wandte sich zum Gehen. Sie blieb vor Kate stehen und sagte: »Er wollte, dass Sie es bekommen. Ich glaube, das sollten Sie bedenken, bevor sie es ablehnen.« Sie lächelte und fügte leise hinzu: »Viel Glück.«

»Warum bewegen Sie sich nicht endlich, Anderson?«, schrie Ewan. »Setzen Sie die Papiere auf, damit sie ihre Ablehnung unterschreiben kann.«

Der Anwalt schüttelte den Kopf. »Das kann ich nicht. Ich muss die Wünsche Ihres Onkels nach bestem Wissen und Gewissen ausführen.« Er ergriff den Aktenordner und blickte Kate an. »Ich kann Sie nicht zwingen, das Erbe anzunehmen, aber ich bitte Sie, sich wenigstens diese Unterlagen anzusehen, bevor Sie eine endgültige Entscheidung treffen.«

»Legen Sie den Aktenordner wieder hin, Anderson. Sie will es nicht.«

Kates Geduld war am Ende. Sie lächelte Anderson an und sagte: »Es ist sehr freundlich von Ihnen, dass Sie sich solche Gedanken machen, und mir ist durchaus bewusst, dass Sie nur Ihre Pflicht tun. Aber ich werde meine Meinung nicht ändern. Wenn ich Dokumente unterschreiben muss, um das Erbe abzulehnen, dann setzen Sie sie bitte auf.«

Anderson war klar, dass jeder weitere Protest jetzt nur vergeudete Zeit war. Sie musste erst einmal zur Ruhe kommen.

»Nun gut«, sagte er. »Es wird einen oder zwei Tage dauern, um alle Dokumente zusammenzustellen. Ich lasse Sie wissen, wann sie fertig sind.«

»Darf ich jetzt die Fotos meines Vaters haben?«, fragte Kate.

»Selbstverständlich«, erwiderte er und holte einen großen braunen Umschlag für sie aus der Schreibtischschublade.

»Danke«, sagte sie. »Können wir gehen?«, fragte sie Dylan.

»Ja, klar«, erwiderte er. Er ließ sie vorgehen und behielt die Brüder im Auge, als er ihr folgte. Man sah ihnen die Freude über ihren Sieg nur zu deutlich an.

»Ich bringe Sie zur Tür«, bot Anderson an.

Die drei eilten zur Treppe.

»Ich melde mich bei Ihnen«, sagte Anderson, als er sie durch die Eingangshalle begleitet hatte. »Schlafen Sie noch einmal darüber. Vielleicht ändern Sie Ihre Meinung doch.«

»Es wird schwierig werden, das alles meinen Schwestern zu erklären. Ich wusste zwar, dass ich unsere Verwandten kennenlernen würde, aber das habe ich natürlich nicht erwartet.«

Anderson lächelte.

»Ich weiß. Man kann sie kaum beschreiben, oder?«

Kate musste lachen.

»Ja. Zumindest habe ich … Oh, ich habe die DVD vergessen.« Sie drehte sich um und lief zurück ins Vorzimmer, bevor Dylan sie aufhalten konnte.

Sie hörte Lachen und Gläser klingen. Gerade wollte sie nach dem Türknauf greifen, als sie mitten in der Bewegung erstarrte. Die Brüder feierten offensichtlich schon. Sie lachten dröhnend, als einer von ihnen eine abfällige Bemerkung über ihre Familie machte.

Kate blieb an der Tür stehen und lauschte ein paar Sekunden lang. Mehr Zeit brauchte sie nicht.

Als sie die Tür öffnete und ins Zimmer marschierte, brach das Gelächter ab. Sie würdigte ihre Vettern keines Blickes. Schnurstracks ging sie auf ihren Stuhl zu und ergriff die DVD, die dort lag. Dann drehte sie sich um und nahm den Aktenordner vom Schreibtisch.

»Was tun Sie da?«, fragte Roger.

»Sie haben meine Meinung geändert. Anscheinend habe ich das gebraucht«, sagte Kate und schaute sie an.

Dann ging sie an die Tür, wo Dylan bereits auf sie wartete.

Beim Hinausgehen warf sie ihnen noch einen Blick über die Schulter zu und sagte ruhig: »Ach, und lasst euch von mir nicht stören, Cousins. Bitte, redet ruhig weiter. Einer von euch hat meine Mutter gerade eine Hure genannt.«

25

»Was zum Teufel war das denn?«, fragte Dylan, als sie durch die Eingangshalle gingen.

Anderson Smith, der strahlte wie ein stolzer Vater, dessen Kind sich erfolgreich geschlagen hatte, lief hinter ihnen her. »Miss MacKenna – Kate, Kate, bitte warten Sie.«

Für den Bruchteil einer Sekunde überlegte Kate, ob sie einfach weglaufen sollte. Sie wollte all diese merkwürdigen Verwandten nicht mehr sehen, aber den Anwalt traf natürlich keine Schuld. Er konnte ja nichts dafür, dass sein Klient ein so verbitterter alter Mann gewesen war. Und die Verwandtschaft konnte sie ihm auch nicht in die Schuhe schieben, schließlich schien Anderson von ihrem Benehmen genauso schockiert und angewidert zu sein wie Dylan und sie.

Sie zwang sich zu einem Lächeln und blieb stehen.

»Ja?«

»Es freut mich, dass Sie Ihr Erbe doch annehmen. Darf ich Sie morgen Nachmittag um drei also erwarten? Die Finanzberater Ihres Onkels werden Ihnen alle Fragen beantworten, die Sie bestimmt haben werden, wenn Sie sich den Bericht angeschaut haben. Außerdem bezeugen Sie Ihre Unterschrift.« Er holte tief Luft und fügte hinzu: »Und ich werde selbstverständlich mein Bestes tun, um Sie durch diesen Prozess zu führen, bis Sie eine neue Kanzlei benennen, die Sie vertritt.«

»Ich habe nicht die Absicht, Sie zu ersetzen, Anderson«, versicherte sie ihm.

Offensichtlich war er von ihrer Entscheidung ganz begeistert. Er ergriff ihre Hand. »Wundervoll, wundervoll …«

»Aber die achtzig Millionen …«

»Ihr Onkel hat einen zu niedrigen Wert genannt.«

Kate blinzelte. »Wie bitte?«

»Es sind weitaus mehr als achtzig Millionen.«

»Oh … und Sie …« Ihre Stimme erstarb.

»Kommen Sie morgen um drei?«

Es ging alles zu schnell für sie.

»Ich brauche Zeit zum Lesen … heute Abend und morgen …« Hilfe suchend blickte sie Dylan an. Sie bekam kein vernünftiges Wort heraus.

»Kann Kate Sie wegen des Termins noch einmal anrufen? Sie sagt Ihnen morgen früh Bescheid, ob sie den Termin einhalten kann.«

Kate nickte eifrig. »Ja, ich rufe Sie an.«

Anderson deutete auf den Aktenordner.

»Sie haben einiges durchzuarbeiten. Ich habe auch die Arrangements für die Beerdigung Ihres Onkels ausgedruckt, falls Sie teilnehmen möchten. Allerdings würde ich es Ihnen nicht empfehlen.« Er tätschelte ihr die Hand und trat einen Schritt zurück. »Als Ihr Anwalt bin ich jederzeit für Sie zu sprechen, Tag und Nacht. Meine Karte mit sämtlichen Telefonnummern steckt im Aktenordner.«

»Danke«, sagte Kate.

Sie wandte sich zum Gehen, blieb aber noch einmal stehen. »Dieser Termin …«

»Ja?«

»Sind meine Cousins auch dabei?«

»Ja, leider«, erwiderte der Anwalt mitfühlend. »Die Anweisungen Ihres Onkels waren in dieser Hinsicht unmissverständlich. Ich nehme an, die Brüder sollten mit eigenen Augen sehen, was sie verloren haben. Allerdings ist ihre Anwesenheit nicht zwingend notwendig, da sie ihre Anteile schon ausbezahlt bekommen haben. Das Gleiche gilt für Ihre Schwestern Kiera und Isabel. Sie sind die Einzige, die Dokumente unterzeichnen muss. Wenn Sie das Erbe abgelehnt hätten, wären die drei Neffen die Nächsten in der Erbfolge. In seinem Testament ist das, was er Ihren Schwestern vermacht, ausdrücklich begrenzt, deshalb könnten sie keinen Anspruch auf den Gesamtbesitz erheben. Es verbleibt also alles bei Ihnen.«

Mehr an Dylan gewandt fügte er hinzu: »Ich möchte noch einmal darauf hinweisen, wie wichtig es ist, dass Sie weiterhin vorsichtig sind.« Er ergriff Kates Hand. »Sie brauchen sich keine Sorgen zu machen, dass einer Ihrer Verwandten eine Waffe zum Termin mitbringen könnte. Ich habe einen sehr guten Sicherheitsdienst.«

Dann wandte er sich wieder an Dylan.

»Meine Sicherheitsleute haben mich informiert, dass die Seriennummer auf der Pistole, die sie konfisziert haben, tatsächlich registriert ist.«

»Das überrascht mich nicht«, erwiderte Dylan. »Ist überprüft worden, ob er einen Waffenschein besitzt?«

»Ja. Die Polizei ist schon unterwegs.«

»Gut zu hören.«

Schließlich ließ Anderson sie gehen. Als sie die Eingangshalle durchquerten, sah Dylan den Sicherheitsbeamten, der nervös in der Nähe des Eingangs wartete.

»Warte mal«, sagte Dylan zu Kate, als der Mann auf sie zukam.

»Detective Buchanan, hat Mr Smith Ihnen gesagt, was wir über die Pistole herausgefunden haben?«

»Ja.«

»Was soll ich Ihren Kollegen sagen? Sie müssen jeden Augenblick hier sein.«

»Sie brauchen ihnen nur die Pistole zu geben. Mit Roger MacKenna werden sie schon alleine fertig«, beruhigte er ihn.

»Soll ich sie nicht vor ihm warnen?«

»Sie wissen schon, was sie tun. Halten Sie sich einfach im Hintergrund.«

»Ja, Sir.«

»Anderson versucht, sie alle in seinem Büro festzuhalten, bis die Polizei kommt, aber wenn Roger unbedingt gehen will, wird er ihn nach unten begleiten. Sie werden ihm nicht alleine gegenüberstehen.« Da der Wachmann immer noch besorgt wirkte, fügte er hinzu: »Sie könnten ja auch in Ihrem Büro warten.«

Erleichtert antwortete der Mann: »Ja, das werde ich tun, wenn Sie das für richtig halten, Sir.«

Dylan nickte. »Okay, Kate. Lass uns gehen.«

Sie rührte sich nicht von der Stelle und blickte ihn so verblüfft an, dass er beinahe laut gelacht hätte.

»Hat dich die Pistole überrascht?«, fragte er.

Überrascht? Seitdem sie im Büro des Anwalts gewesen war, überraschte sie nichts mehr. Die Brüder wurden immer schlimmer.

»Roger hatte eine Pistole dabei? Wer nimmt denn eine Pistole mit, wenn er zu einer Testamentseröffnung geht?«

»Offensichtlich Roger MacKenna. Die Polizei wird ihn mit zur Wache nehmen und sich ein bisschen mit ihm unterhalten. Hoffentlich lassen sie Roger in der Zelle schmoren. Das wäre doch ganz gut, oder?«

»Musst du nicht auf die Polizei warten? Sie haben doch vielleicht Fragen.«

»Nein, wir warten nicht. Wir verschwinden so schnell wie möglich, es sei denn, du willst dich von deinen Vettern mit Küsschen verabschieden.«

Kate schauderte bei dem Gedanken. »Nein danke«, sagte sie höflich. »Ich möchte gerne gehen.«

Dylan grinste. »Das dachte ich mir.«

Draußen donnerte es. Dunkle, schwere Wolken hingen über der Stadt, und es tröpfelte bereits. Gleich würde es anfangen, heftig zu regnen.

»Sollen wir laufen?«, fragte er.

Er wartete ihre Antwort gar nicht erst ab, sondern ergriff ihre Hand und sprintete los.

Es war nicht leicht, mit ihm Schritt zu halten. »Mir wäre es lieber, du würdest das Auto holen», keuchte sie.

»Auf gar keinen Fall, Pickles«, erwiderte er. »Du bleibst in meiner Nähe.«

Sie liefen durch den Park, wobei Dylan ständig die Umgebung im Auge hatte. Eine Hand lag auf dem Knauf seiner Waffe.

Kate schwankte auf ihren hohen Absätzen, aber ihr Stolz hielt sie davon ab, sich zu beklagen.

Als sie am Auto ankamen, öffnete Dylan ihr die Tür und schob sie einfach hinein. Er zog sein Jackett aus, und als er es ihr reichte, öffneten sich sämtliche Schleusen des Himmels. Er schaffte es so gerade auf die Fahrerseite, ohne völlig durchnässt zu werden.

Kate faltete sein Jackett und legte es auf die Rückbank. Den dicken Aktenordner und den Umschlag mit den Bildern legte sie auf den Boden hinter sich, dann lehnte sie sich zurück und atmete tief durch.

Dylan blickte die Straße auf und ab. Passanten waren vor dem Regen unter Vordächer und in Hauseingänge geflüchtet. Zwei Pick-ups fuhren vorbei, aber die Fahrer blickten nicht in ihre Richtung. Für den Augenblick waren sie in Sicherheit.

Ein Streifenwagen fuhr vorbei und bog um die Ecke. Vor Smith & Wesson hielt er an.

Dylan startete den Motor. »Okay, lass uns losfahren.«

Kate achtete zuerst nicht darauf, wohin er fuhr, aber dann stellte sie fest, dass er nicht zum Highway abgebogen war. Als sie ihn darauf hinwies, nickte er nur.

Es kam ihr so vor, als ob er an jeder Ecke rechts oder links abbiegen würde. Bald schon verlor sie die Orientierung.

»Wohin fährst du?«

»Im Moment nirgendwohin. Ich vergewissere mich nur, dass uns niemand folgt.«

Rasch drehte sie sich um und blickte durch das Rückfenster. »Ich sehe niemanden.«

»Ich auch nicht.«

»Warum machst du dann …«

»Ich bin nur vorsichtig.«

Der Regen ließ bereits nach. Dylan hielt auf einem Parkplatz, der neben einem Baseballfeld lag. Die Sonne kam durch, und es wurde heiß und feucht. Dampf stieg vom Asphalt auf.

Dylan schnallte sich ab und lockerte seine Krawatte. Er holte tief Luft und atmete langsam wieder aus.

Kate wartete einen Moment. Dann sagte sie: »Dylan? Weißt du noch, dass ich zu dir gesagt habe, ich wüsste niemanden, der mich umbringen wollte?«

Er lächelte leise. »Ja, daran kann ich mich erinnern.«

»Ich glaube, jetzt könnte ich dir ein paar Namen verraten.«

26

Kate verstand es, immer die richtigen Worte im richtigen Augenblick zu finden. Und mit ihrem Lächeln durchbrach sie die Anspannung.

Dylan wusste, dass sie Angst haben musste. Sie war bereits durch die Hölle gegangen, weil jemand versucht hatte, sie zu töten, aber trotzdem ließ sie sich nicht unterkriegen. Sie war eine erstaunliche Frau.

Und er war ein hoffnungsloser Fall.

Ihr Onkel hatte Kate in eine sehr gefährliche Lage gebracht. Wissentlich oder unwissentlich hatte Compton MacKenna seinen Neffen mehr als achtzig Millionen Gründe geliefert, sich ihrer zu entledigen.

Allein der Gedanke, dass ihr jemand etwas antun könnte, machte ihn wütend. Und besorgt. Das war nicht gut. Überhaupt nicht gut. Er war mittlerweile in die ganze Sache gefühlsmäßig tief verstrickt. Fühlte sich viel zu sehr zu ihr hingezogen.

Kate musterte Dylan von der Seite. Er blickte finster durch die Windschutzscheibe.

»Dylan?«, setzte sie an.

»Ich werde nicht zulassen, dass jemand dir etwas antut.« Seine Stimme bebte, und Kate schloss daraus, dass er Bestätigung brauchte.

»Glaubst du etwa, ich mache mir Sorgen, du könntest mich nicht ausreichend beschützen, weil du im Dienst angeschossen worden bist?«

Mann, sie kapierte aber auch gar nichts. Beinahe hätte er laut aufgelacht.

»Ja, klar, das ist meine Hauptsorge.«

»Ich kenne deine Fähigkeiten«, sagte sie. »Und ich weiß, wie hervorragend du bist. Ich mache mir überhaupt keine Sorgen.«

»Das freut mich«, erwiderte er trocken.

»Ich stecke wirklich tief in der Tinte, was?«, fragte sie.

»Ja.« Er nickte.

»Was meinst du, wie lange das alles dauert?«

»Das kann ich dir nicht sagen.«

Das wusste sie natürlich, aber es war wichtig, dass die Ungewissheit endlich ein Ende nahm. Vorher würde sie nichts zustande bringen, weder privat noch beruflich.

Plötzlich wurde ihr klar, wie dumm diese Gedanken waren. Am allerwichtigsten war es, dass sie am Leben blieb.

Dylan ergriff sein Handy und öffnete die Tür.

»Ich rufe Nate an. Anderson hat ihm die Namen der Verwandten übermittelt und sie überprüfen lassen. Mittlerweile müsste er eigentlich etwas wissen. Du bleibst, wo du bist.«

Er ließ den Motor an, damit die Klimaanlage funktionierte.

Nate hatte Dylans Anruf schon erwartet. Er nahm beim ersten Läuten ab und teilte Dylan rasch mit, was er über die Brüder herausgefunden hatte.

»Ich fange mal mit dem jüngsten an, Ewan«, sagte er. »Er ist Bodybuilder und hat ein sehr reizbares Temperament. Er musste insgesamt schon dreimal wegen Körperverletzung vor Gericht erscheinen. Vor einem Jahr ist ein Mann wegen ihm auf der Intensivstation gelandet, einem anderen hat er den Kiefer zertrümmert, und einen Barkeeper schlug er zusammen, weil er ihn unterbrochen hatte. Seine Anwälte haben sich ganz schön anstrengen müssen, um ihn vor dem Gefängnis zu bewahren, und er schuldet ihnen größere Summen. Vor zwei Jahren wollte er mit ein paar Investoren zusammen ein neues Trainingsgerät herstellen und verkaufen, aber das Unternehmen ist den Bach runtergegangen. Deshalb baut er auf das Erbe. Wenn er es nicht bekommt, kann er möglicherweise demnächst im Knast trainieren.«

Dylan hörte Papier rascheln, als Nate die Seite umblätterte.

»Lass sehen«, fuhr Nate fort. »Bryce – das ist der Älteste, oder?«

»Ja«, bestätigte Dylan.

»Keine Vorstrafen. Aber er hat schon auf dem College angefangen zu trinken, und als er Examen machte, war er bereits Alkoholiker. Er lag schon siebenmal wegen Leberproblemen im Krankenhaus, hörte aber nie auf mit dem Alkohol«, sagte Nate. »Vor anderthalb Jahren hat er versucht, auf die Lebertransplantationsliste zu kommen, aber das hat natürlich nicht geklappt, weil er immer noch trinkt. Man hat mir gesagt, eine Zeit lang wäre Bryce fast verrückt geworden und hätte sogar versucht, sich eine Leber zu kaufen. Er ist genauso durchgeknallt wie Ewan. Und er hat Schulden bis über beide Ohren. Dass seine Frau letztendlich für seine Schulden geradestehen muss, scheint ihn nicht zu stören. Anderson Smith hat gesagt, die Ärzte geben Bryce noch etwa sechs Monate.«

»Was ist mit seiner Frau?«, fragte Dylan. »Mir ist aufgefallen, dass sie keinen Ehering trägt. Leben sie nur getrennt, oder sind sie geschieden?«

»Nein, sie sind noch verheiratet«, erwiderte Nate. »Sie wollte sich scheiden lassen, aber als man ihr sagte, dass Bryce bald sterben würde, wollte sie bis zum Ende bei ihm bleiben.«

»Weißt du das ebenfalls von Anderson?«

»Ja«, erwiderte Nate. »Er respektiert … Wie heißt sie noch mal?«

»Vanessa«, antwortete Dylan.

Erneut hörte Dylan, wie Nate umblätterte. Einige Sekunden vergingen, und dann sagte Nate: »Ah, da ist sie. Keine Vorstrafen, noch nicht einmal ein Strafzettel wegen Geschwindigkeitsüberschreitung. Sie hat einige Auszeichnungen für ihre ehrenamtliche Tätigkeit bekommen und führt einen kleinen Inneneinrichtungsladen. Der Onkel mochte sie anscheinend ganz gerne.«

»Was ist mit Roger MacKenna?«

»Ich habe mir das Beste bis zuletzt aufgespart. Sie haben

doch alle diese Leute kennengelernt, oder? Sie waren doch mit Kate beim Anwalt?«

»Ja.«

»Ich wette, das war hochinteressant. Kate hat alles abgelehnt, habe ich gehört.«

»Das Geld?«

»Ja«, sagte Nate. »Na, ich hätte ja für mein Leben gerne die Reaktionen der Brüder gesehen.«

»Sie wollte das Geld nicht. Sie wollte darauf verzichten, aber dann hat sie gehört, wie Bryce, Roger und Ewan über ihre Familie hergezogen sind. Da hat sie ihre Meinung geändert.«

Eine lange Pause entstand, dann brach Nate in Lachen aus. Die Neuigkeiten freuten ihn offensichtlich.

»Und was haben Sie nun über Roger herausgefunden?«, fragte Dylan ein wenig ungeduldig. Er marschierte auf dem Parkplatz auf und ab, während Nate die Informationen über den mittleren Bruder heraussuchte.

Kate beobachtete ihn vom Auto aus. Leider verstand sie kein Wort, weil die Klimaanlage so laut war. Außerdem wandte er ihr den Rücken zu.

Dann drehte er sich um und lächelte sie an. So schrecklich waren die Neuigkeiten von Nate wohl nicht. Wenn er schreckliche Dinge erfahren würde, würde er doch sicher nicht lächeln.

Aber das Lächeln hielt nicht lange an. Sie blickte nur ein paar Sekunden lang weg, als sie ihr Handy aus der Tasche zog, und als sie wieder zu ihm hinüberschaute, war er auf einmal so wütend, dass er ins Telefon brüllte.

»Ach du liebe Güte«, flüsterte sie.

Sie glaubte, den Namen eines Mannes zu hören – Jack – und fragte sich, wer das wohl sein mochte. Missbilligend runzelte sie die Stirn. Es war nicht besonders professionell, einen armen, überarbeiteten Detective anzubrüllen, und das würde sie ihm auch sagen, wenn er wieder ins Auto kam.

Kurz darauf brüllte sie selbst ins Telefon, und es war ihr völlig egal. Sie hatte gerade eine Nachricht von Haley auf ihrer Mailbox abgehört und glaubte, ihren Ohren nicht zu trauen.

»Wir verpassen einander ständig«, sagte Haley. »Bitte, rufen Sie mich zurück. Diese Frau, diese Verrückte, kommt ständig in meinen Laden und redet auf mich ein. Ihr Name ist Randy Simmons, und sie behauptet, die neue Eigentümerin Ihrer Firma zu sein. Ich habe es zunächst für einen schlechten Scherz gehalten. Wenn Sie sehen könnten, wie sie angezogen ist, dann würden Sie verstehen, warum ich sie für eine Betrügerin halte. Sie ist sehr ...«, Haley machte eine Pause, »ordinär. Sie wollte nicht weggehen, Kate, und als ich ihr sagte, dass ich erst kürzlich mit Ihnen telefoniert hätte, Sie aber nichts vom Verkauf Ihrer Firma erwähnt hätten, erwiderte sie, natürlich hätten Sie nichts gesagt, weil es Ihnen peinlich wäre. Sie hat gesagt, Sie hätten Ihren Kredit nicht bezahlt.«

An diesem Punkt hatte Kate angefangen zu schreien. Sie stand völlig unter Schock.

»Sie können sich meine Reaktion vorstellen«, fuhr Haley fort. »Ich war sprachlos, aber ich glaube, Randy hat es nur amüsiert. Oh, und sie sagte mir, ich solle mir keine Sorgen machen, sie habe nicht vor, mich zu entlassen, solange ich täte, was sie wollte. Ich erinnerte sie daran, dass ich selbst ein Unternehmen und Kunden hätte, und erklärte ihr in einfachen Worten, sie könne mich nicht entlassen, weil ich nicht für sie arbeitete. Ich glaube allerdings nicht, dass sie es verstanden hat. Sie meinte, sie fände es so aufregend, ihre eigene Firma zu haben, dass sie vielleicht ein wenig übereifrig sei. Sie wolle endlich anfangen und plane große Veränderungen. Und denken Sie nur, sie sagte, Ihre Farben wären zu ruhig.

Schließlich habe ich ihr gesagt, bevor sie irgendwelche Veränderungen vornähme, müsse sie beweisen, dass sie die neue Eigentümerin sei. Sie versicherte mir, ihr Mann kümmere sich um alles und sie könne mir spätestens bis Ende des Monats die Dokumente vorlegen. In der Zwischenzeit solle ich nichts mehr für Sie bestellen, das nicht zurückgeschickt werden könne. Kate, rufen Sie mich bitte an und sagen Sie mir, was ich tun soll. Ach, und übrigens, ich weiß nicht, wie sie es herausgefunden hat, aber sie hat den Namen der Firma in Erfahrung gebracht, die Ihre Bänder machen, und sie hat sie angerufen, um die Bestellung zu annullieren. Sie hat ihnen gesagt, sie sei die neue Besitzerin und sie wolle eine Farbe, die mehr Aufmerksamkeit erregt. Welche Farbe die Schachteln haben sollen, weiß sie noch nicht genau, aber die Bänder sollen auf jeden Fall hellblau mit violettem Rand sein. Die Vertriebsfrau hat mich angerufen. Bitte, melden Sie sich so schnell wie möglich bei mir. Ich brauche wirklich Hilfe!«

Kate schrie noch immer, als Dylan zum Auto zurückkehrte. Er sah, dass sie mit niemandem telefonierte, weil sie das Telefon auf Armeslänge von sich weghielt und einfach nur kreischte.

»Kate, hör mir zu …« Weiter kam er nicht.

»Sie hat meine Bänder geändert. Ist das zu fassen? Sie erzählt den Leuten, dass ihr meine Firma gehört. Der Kredit, der Kredit – sie wusste über den Kredit meiner Mutter Bescheid. Es ist dieser schmierige Steuerberater, Simmons, sie muss seine Frau sein.«

Sie zitterte vor Wut.

»Du musst mir zuhören«, sagte Dylan. »Vergiss den Anruf für einen Moment.«

»Nein, das werde ich nicht tun. Ich rufe einen Anwalt an und werde dieses schmierige kleine Frettchen an die Wand nageln! Wie kann er es wagen … und sie … mein Band zu verändern! Sie will violett! Ist das zu fassen?«

Dylan nahm ihr das Handy ab und legte es auf das Armaturenbrett. Noch einmal versuchte er, sie anzusprechen, aber sie achtete gar nicht auf ihn.

»Glaubst du, der Bankangestellte steckt auch mit drin? Wenn ja, dann geht er mit dem Frettchen ins Gefängnis. Wie können sie es wagen …«

Er umfasste ihr Gesicht mit beiden Händen und zwang sie,

ihn anzuschauen. »Kate! Du hast größere Probleme als die Bänder.«

Als er sie losließ, sank sie zurück auf den Beifahrersitz. Verlegen entschuldigte sie sich: »Es tut mir leid. Ich hätte nicht so schreien dürfen. Es war der Schock, weißt du. Sie versuchen, mir die Firma zu stehlen, diese hinterhältigen …«

Rasch unterbrach er sie, bevor sie sich erneut aufregte. »Aber das lässt du nicht zu.«

»Nein, das lasse ich nicht zu.« Sie hatte sich wieder in der Gewalt.

»Hörst du mir jetzt zu?«

»Ja. Was hat Nate dir gesagt?«

»Von keinem der Vettern gibt es etwas Gutes zu berichten. Bryce hat riesige Schulden, die nach seinem Tod auf seine Frau übergehen. Er hat Leberzirrhose, und die Ärzte geben ihm noch etwa sechs Monate.«

»Das erstaunt mich nicht«, sagte sie. »Er sah aus, als würde er jeden Moment tot umfallen.«

»Er ist erst fünfunddreißig und hat schon jetzt seine Leber mit Alkohol zerstört.«

Er berichtete ihr von Ewan, und auch bei ihm wunderte sich Kate nicht, als sie von seinem gewalttätigen Verhalten hörte. Er hatte auf sie auch den Eindruck gemacht, dass er bei der kleinsten Provokation ausrastete.

»Roger ist ein Spieler.«

»Ja«, sagte Kate. »Im Video hat Compton erwähnt, dass er etwa vierhunderttausend verspielt hat. Aber das war sicherlich eine Übertreibung.«

»Nein, das war wohl eine ziemlich präzise Summe«, erwiderte Dylan. »Und mittlerweile schuldet er einem Kredithai siebenhunderttausend.«

»Nein«, flüsterte sie. »Bist du sicher? Siebenhundert? Das ist ja Wahnsinn.« Sie schüttelte den Kopf. »Kein Wunder, dass er geweint hat.«

»Die wirklich schlechten Nachrichten kommen noch. Roger

hat sich das Geld von Johnny Jackman geliehen. Er ist der eigentliche Schurke. Er hat unglaubliche Verbindungen und ist dafür bekannt, dass er sein Geld immer bekommt.«

»Das klingt so, als ob du ihn kennen würdest.«

»Ich bin ihm noch nie begegnet, aber ich habe alles über ihn gehört. Die Kollegen vom FBI werden sich über diese Entwicklung freuen. Sie versuchen schon lange, ihm etwas nachzuweisen. Nate kann sie nicht mehr raushalten. Er braucht sie. Und wir auch.«

»Was geschieht jetzt?«

»Wir sorgen dafür, dass du am Leben bleibst.«

»Ich will nach Hause«, flüsterte sie.

»Du weißt, dass das nicht geht.«

Kate widersprach nicht. »Wie lange?«

»Das kommt darauf an.«

»Ich hätte das Erbe nicht annehmen dürfen«, stieß sie hervor. »Ich wollte das Geld doch gar nicht. Aber als ich dann gehört habe, wie sie so schreckliche Dinge über meine Familie gesagt haben, vor allem über meine Mutter. Ich wollte es ihnen einfach heimzahlen.«

»Es spielt sowieso keine Rolle. Wer immer dich aus dem Weg haben will, wäre nicht das Risiko eingegangen, dass du noch mal deine Meinung änderst. Dazu steht zu viel auf dem Spiel.«

»Also hat alles, was mir passiert, mit dem Geld zu tun?«

»Das müssen wir annehmen. Du hast ja gehört, was Compton gesagt hat. Er hat vor einiger Zeit sein Testament geändert, aber die Videobotschaft hat er offensichtlich erst vor ein paar Wochen aufgenommen. Da alle Explosionen danach stattgefunden haben, müssen wir uns die Frage stellen: Wer wusste von dem Video?«

»Du hast doch gesehen, wie aufgebracht und schockiert die Brüder waren.« Kate blickte ihn verwirrt an.

»Das stimmt. Also spielt entweder noch jemand mit, von dem wir nichts wissen, oder einer deiner Verwandten ist ein verdammt guter Schauspieler.«

27

Kate wollte nicht in Savannah übernachten. Sie mochte die Stadt zwar sehr, aber sie wollte so weit wie möglich von ihrer Verwandtschaft weg.

Dylan verstand sie. Er fuhr über Landstraßen in Richtung Nordwesten, wobei er sich keine Gedanken darüber zu machen schien, wo sie die Nacht verbringen sollten. Auch dass sie kaum noch Benzin im Tank hatten, schien ihn nicht zu stören.

»Der Tank ist gleich leer«, sagte Kate.

Er warf ihr einen kurzen Blick zu. »Macht es dir Sorgen?«

»Ja.«

»Okay, dann halten wir an. Hol bitte die Karte aus dem Handschuhfach und such nach Bucyrus. Auf dem Schild, an dem wir eben vorbeigefahren sind, stand, dass der Ort noch zehn Meilen entfernt ist.«

Das Schild hatte sie gar nicht bemerkt. Sie suchte den Ort auf der Karte und sagte ihm, in welche Richtung er fahren musste. Bucyrus lag in einem Tal, und auf dem Ortsschild stand, dass es 828 Einwohner hatte.

Sie fanden ein Restaurant an der Main Street. Dylan parkte vor dem Eisenwarenladen. »Hast du Hunger?«, fragte er sie, fuhr aber, ohne ihre Antwort abzuwarten, fort: »Ja klar. Ich jedenfalls bin am Verhungern.«

Er telefonierte, während Kate sich reckte und gegen aufsteigende Übelkeit ankämpfte. Sie war nicht krank, aber jedes Mal, wenn sie an ihre Verwandten dachte, wurde ihr schlecht.

Eigentlich hatte sie gar keinen Appetit, aber im Restaurant roch es so lecker nach frisch gebackenem Brot und Gewürzen, dass sie auf einmal spürte, wie hungrig sie war.

Der Besitzer des Restaurants hatte sich viel Mühe bei der Innendekoration gegeben, und anscheinend liebte er Streifen. An den Fenstern hingen gelb-weiß gestreifte Vorhänge. Die Tischdecken waren ebenfalls aus diesem Stoff, und auch die Stühle waren damit bezogen. Bis in die Nischen war er allerdings noch nicht vorgedrungen. Die Risse in den blauen Vinylpolstern waren notdürftig mit Klebeband geflickt.

Auf den Tischen standen Salz-und-Pfeffer-Sets in verschiedenen Tierformen. Auf dem Tisch, den Kate und Dylan sich aussuchten, waren es schwarz-weiß gefleckte Kühe.

Das Lokal war gemütlich und das Essen köstlich. Dylan aß nicht nur seine Portion, sondern auch noch die Hälfte von Kates Nudelgericht auf.

Da sie, abgesehen von der Kellnerin und dem Koch, die sich in dem kleinen Fernsehgerät über der Theke eine Serie anschauten, alleine im Lokal waren, beugte Dylan sich vor und sagte leise: »Erzähl mir von dem Frettchen und den Bändern.«

Stirnrunzelnd schüttelte Kate den Kopf. »Du weißt doch, dass meine Mutter unter anderem meine Firma als Sicherheit für einen Kredit eingesetzt hat.«

»Ja. Und?«, drängte Dylan.

»Anscheinend haben der Steuerberater, der die Finanzgeschäfte meiner Mutter geregelt hat, und seine Frau vor, sich das Unternehmen unter den Nagel zu reißen, wenn die Frist für die Rückzahlung abgelaufen ist.«

»Und was hat das mit den Bändern zu tun?«, fragte Dylan.

Kate berichtete ihm von ihrem Gespräch mit Haley. Als sie fertig war, schwieg Dylan ein paar Minuten lang. Er war tief in Gedanken versunken, und Kate sah ihm an, dass er alle Fakten ihrer Situation analysierte.

»Ich glaube, wir müssen uns um einiges kümmern«, sagte er schließlich. Er stand auf, ergriff ihre Hände und zog sie ebenfalls hoch.

Sie fuhren direkt zur nächsten Tankstelle, und während er

das Auto volltankte, versuchte Kate, Jordan zu erreichen. Sie war jedoch nicht da, und so hinterließ sie eine Nachricht auf dem Anrufbeantworter.

Als sie wieder im Auto saßen, blickte Dylan eine Weile auf die Karte, dann sagte er: »Okay, dann wollen wir mal.«

»Hast du ein bestimmtes Ziel?«

»Wie wäre es, wenn du dich überraschen lässt?«

»Solange die Zimmer sauber sind, habe ich nichts dagegen.«

»Nicht Zimmer«, sagte er. »Ein Zimmer. Du bleibst mit mir zusammen.«

Sie widersprach nicht. »Bekomme ich denn mein eigenes Bett?«

»Wenn du unbedingt willst.«

Aber wenn ich nun gar nicht weiß, was ich unbedingt will?, dachte sie.

Ihr fiel ein, was sie nach ihrer gemeinsamen Nacht zu ihm gesagt hatte. Sie wünschte, sie hätte den Mund gehalten.

»Wenn du noch jemanden anrufen möchtest, dann tu es jetzt, denn wenn wir erst einmal aus Bucyrus heraus sind, solltest du niemanden mehr von deinem Handy aus anrufen.«

»Warum darf ich es nicht mehr benutzen?«

»Vorsicht ist die Mutter der Porzellankiste.«

Eine ausführliche Erklärung war das nicht gerade.

»Ich müsste eigentlich Kiera und Isabel anrufen, ich habe es lange genug vor mir hergeschoben. Hoffentlich haben sie ihre Anrufbeantworter an. Sonst muss ich ihnen noch Einzelheiten erklären, und das möchte ich im Moment lieber nicht.«

Kate hatte Glück. Bei beiden sprang die Mailbox an, und sie hinterließ ihren Schwestern identische Nachrichten. »Die Verwandtschaft ist schrecklich«, sagte sie, »und ich kann euch ein Video von unserem Großonkel zeigen, den wir – Gott sei dank! – nicht gekannt haben. Ich erkläre euch morgen alles. Jetzt bin ich in Eile und nicht zu erreichen. Wenn ihr mich braucht, hinterlasst eine Nachricht.«

»Warum hast du nichts von dem Erbe gesagt?«

Kate zuckte mit den Schultern. »Das war nicht wichtig. Was findest du daran so erheiternd?«, fragte sie, als er lächelte.

»Nicht erheiternd – es ist so umsichtig von dir.«

Ein besorgter Gedanke durchzuckte sie. »Was ist mit Kiera und Isabel? Ihnen kann doch nichts passieren, oder? Ihr Erbe haben sie bereits bekommen. Aber trotzdem ...«

»Anderson hat uns versichert, dass sie in der Erbfolge nicht berücksichtigt sind. Aber ich habe schon mit Nate über deine Schwestern gesprochen. Er sorgt dafür, dass ihnen nichts passiert. Mach dir keine Sorgen. In Ordnung?«

»Ja«, sagte sie. »Danke.«

»Wenn du noch mehr Anrufe machen musst, dann sofort«, mahnte er sie.

Kate rief rasch Haley an, die jedoch wieder nicht da war. Sie hinterließ eine lange Nachricht, in der sie erklärte, dass ihr die Firma immer noch gehöre und sie bald alles in Ordnung bringen würde. In der Zwischenzeit solle sie, wenn möglich, nicht mit dieser Simmons reden.

»Sagen Sie ihr bitte nicht, dass wir miteinander gesprochen haben. Ich arbeite an einer Überraschung für sie und ihren Mann. Bald erkläre ich Ihnen alles«, versprach sie.

Danach versuchte sie noch einmal Jordan zu erreichen, hinterließ eine weitere Nachricht und schaltete ihr Handy aus.

»Ich habe versucht, deine Schwester zu erreichen, aber bisher hat sie noch nicht zurückgerufen. Das sieht ihr gar nicht ähnlich«, sagte sie zu Dylan.

»Du versuchst es schon, seit ich bei dir aufgetaucht bin, oder?«

»Ja, du hast recht. Das war mir gar nicht bewusst.«

»Wahrscheinlich will sie dir einfach nur Zeit geben, dich zu beruhigen. Sie glaubt bestimmt, du seist sauer auf sie, weil sie sich eingemischt hat.«

»Indem sie dich zu mir geschickt hat?«

»Ja.«

»Ich muss zugeben, dass ich eine Zeit lang sehr irritiert war.

Ich fand es einfach nicht gut, dass Jordan mir ihren Bruder geschickt hat, damit er sich um mich kümmert. Ich weiß – sie hat dich geschickt, weil du Detective bist und weißt, wie du dich in dieser Situation zu verhalten hast, aber ich werde ihr trotzdem die Meinung sagen. Dass sie dir das aufgehalst hat …«

»Ich lasse mir von Jordan nichts vorschreiben.«

Ha. Natürlich tat er das, aber das würde Kate ihm besser nicht unter die Nase reiben.

Genau wie ihre Schwester Sydney erreichte Jordan bei ihren Brüdern alles, was sie wollte. Wenn Betteln nicht half, versuchte sie es mit Schuldgefühlen. Sie beherrschte auch noch andere Techniken, aber Schuldgefühle funktionierten am besten.

Kate war dankbar, dass Dylan bei ihr war. Oh, natürlich waren Nate und die anderen Detectives in Charleston fähige Männer, aber sie fühlte sich einfach wohl bei Dylan. Sie vertraute ihm voll und ganz.

Dylans Handy klingelte. Er warf einen Blick auf das Display, und als er die Nummer sah, lächelte er. Das war vermutlich eine seiner Frauen, seinem idiotischen Grinsen nach zu urteilen.

Mürrisch schaute Kate aus dem Fenster. Innerlich jedoch schimpfte sie sich aus. Was hatte sie mit seinem Liebesleben zu schaffen?

Anscheinend weit mehr, als sie wollte, musste sie zugeben.

»Hi, Süße, was gibt's?«, sagte er ins Telefon.

Süße? Er nannte sie Süße? Kate hätte ihm am liebsten das Handy aus der Hand gerissen und es aus dem Fenster geworfen. Ob das der Süßen wohl gefallen hätte?

Sie verschränkte die Arme und blickte aus dem Fenster, als ob sie gar nicht zuhören würde. Meistens redete die Frau, aber ab und zu warf Dylan ein aufmunterndes oder lobendes Wort ein.

»Das freut mich … und jetzt denkst du … ja, natürlich, du

kannst mich jederzeit anrufen … nein, nein, du machst das toll. Ich rufe dich bald wieder an. Und pass gut auf dich auf.«

Kate hätte sich am liebsten übergeben. Wie viele Frauen saßen wohl ständig neben dem Telefon und warteten sehnsüchtig auf seinen Anruf? *Ich rufe dich bald wieder an.* Wie oft hatte er das schon versprochen? Tat er es dann auch? Wahrscheinlich nicht.

Du liebe Güte, sie war ja eifersüchtig!

»Kate?«

»Ja?« Sie fuhr herum.

»Isabel lässt dich grüßen.«

»Wie?« Wenn sie gestanden hätte, wäre sie umgefallen. »Wieso Isabel?«

»Sie lässt dich grüßen. Was ist los mit dir? Warum bist du so schreckhaft?«

Wenn er wüsste. »Nein, es ist alles in Ordnung.«

»Dein Gesicht ist ganz rot.«

»Warum hat Isabel dich angerufen?«

»Ich hatte ihr meine Handynummer gegeben«, erwiderte er. »Und sie wollte mir nur sagen, dass sie den Riegel an der Tür ausgewechselt hat.« Lächelnd fügte er hinzu: »Er war wohl kaputt, und sie ist in einen Eisenwarenladen gegangen und hat alles gekauft, was sie brauchte. Ihre Zimmergenossin war ganz beeindruckt, weil sie den Riegel alleine ausgetauscht hat.«

»Oh. Ich dachte …«

»Was?«

Das würde sie ihm im Leben nicht sagen.

»Warum hat sie mich nicht angerufen? Ich habe ihr doch eben erst eine Nachricht hinterlassen. Hat sie sie erwähnt?«

»Ja, ich soll dir ausrichten, es täte ihr leid, dass sie nicht gastfreundlicher waren.«

Kate lachte.

»Gastfreundlich? Das sieht Isabel ähnlich, so etwas zu sagen. Sie denkt wahrscheinlich, sie wären netter gewesen, wenn ich ihnen etwas zu trinken angeboten hätte.«

»Unterschätz sie nicht, Kate. Unter ihren blonden Haaren steckt ein scharfer Verstand. Und sie wird bestimmt mal jede Menge Herzen brechen.«

»Ich mache mir Sorgen um sie«, gestand Kate. »Sie ist zu vertrauensselig.«

»Wäre es dir lieber, sie würde zynischer?«

»Ach, meinst du, so wie ich?«

»Du bist nicht zynisch. Du hast Angst.«

»Wovor?«

»Vor mir.«

»Ha!« Na, das war ja mal eine intelligente Antwort. »Warum hast du mir nicht gesagt, dass Isabel am Telefon war?«

Er grinste. »Weil ich nicht wollte.«

»Warum nicht?«

»Es hat mir zu viel Spaß gemacht zu sehen, wie du dich aufregst.«

War ihre Körpersprache so leicht zu lesen?

»Warum sollte ich mich denn aufregen?«, fragte sie leichthin.

»Du hast gedacht, ich rede mit einer Freundin.«

Kate schwieg. Sie sagte besser nichts mehr.

»Du gibst es also zu?«

Entschlossen, ihn zu ignorieren, schaute sie aus dem Fenster und tat so, als sei sie fasziniert von der Landschaft. Sie fuhren an einem alten, verlassenen Obststand vorbei, und kurz darauf kam ein kleiner See in Sicht.

»Weißt du, was ich interessant finde?«, sagte Dylan. »Du behauptest ständig, unsere Nacht in Boston wäre ein Fehler gewesen.«

»Das stimmt auch. Und es darf nicht noch einmal passieren. In Boston waren die Umstände ungewöhnlich, aber jetzt ist ja alles wieder normal.«

»Das findest du normal?« Er lachte.

»Anscheinend muss ich dir meine Handlungsweise noch einmal erklären«, sagte sie spitz.

Er stöhnte.

»Du willst mir doch nicht etwa schon wieder diesen Vortrag halten?«

Er machte sie langsam wütend.

»Müsste ich das denn?«, fragte sie.

»Na, du scheinst zumindest Spaß daran zu haben.« Bevor sie etwas erwidern konnte, fuhr er fort: »Interessant finde ich allerdings, dass ich dich zwar nicht anfassen darf, du dich aber aufregst, wenn du glaubst, ich würde mit einer Freundin telefonieren. Das ist doch ein Widerspruch, oder?«

Sie musste endlich aufhören, sich von ihm in die Defensive drängen zu lassen.

»Du flirtest eben gerne«, sagte sie. »Mir ist das egal. Aber du weißt ebenso gut wie ich, dass eine Beziehung mit mir eine Katastrophe wäre. Letztendlich würdest du dich schrecklich fühlen, weil du mich verletzt hast, und ich würde mich schrecklich fühlen, weil du mich verletzt hast, und es ist einfach den ganzen Aufwand nicht wert.«

»Dieses Mal hast du vergessen, Jordan zu erwähnen.«

Verwirrt fragte sie: »Was meinst du mit ›dieses Mal‹?«

»Als du mir das letzte Mal erklärt hast, dass eine Beziehung mit dir nicht funktionieren würde, stand Jordan ganz oben auf der Liste der Gründe.«

»Ich habe das alles schon einmal gesagt?«

»So in etwa.«

Das nahm ihr den Wind aus den Segeln.

»Dann sollte ich es wohl nicht mehr wiederholen. Ich schätze Jordans Freundschaft. Habe ich das erwähnt?«

»Ja, klar. Du hast mir auch gesagt, dass du keine Peinlichkeit zwischen uns wolltest.«

»Du hast also zugehört und alles verstanden?«

»Ja«, erwiderte er. »Und ich stimme dir zu. Wir werden besser kein Paar.«

Einerseits war sie erleichtert, weil er ihr zustimmte, aber musste es unbedingt so schnell gehen?

Ach, sie war unlogisch. Aber sie wusste nicht, was sie dagegen tun sollte.

Erschöpfung und Stress. Das waren die Hauptgründe für ihr widersprüchliches Verhalten.

»Kein Wunder!«

»Wie bitte?«

Na toll. Jetzt dachte sie auch noch laut.

»Ich bin gestresst, und das ist kein Wunder. Weißt du auch, warum?«

Bevor er dazu kam, etwas zu sagen, fuhr sie fort: »Weil irgendwo da draußen jemand versucht, mich um die Ecke zu bringen.«

»Katie!«

»Ich bin müde«, sagte sie. »Seit ich aus Boston gekommen bin, komme ich mir vor wie ein Sandsack. Ich glaube, es ist langsam an der Zeit zurückzuschlagen.«

Dylan nickte zustimmend. »Freut mich zu hören. Solange du weißt, wen du schlägst.«

»Oh, da könnte ich mir ein paar Personen vorstellen.«

Schweigend fuhren sie eine Zeit lang, dann fragte Kate: »Warum kann ich mein Handy nicht benutzen?«

»Ich bin vielleicht übervorsichtig, aber seit ich gehört habe, dass Jackman seine Finger in der Geschichte hat, will ich kein Risiko eingehen. Ein Handy ist leicht zu orten, und wenn man die richtige Ausrüstung hat, kann man Anrufe ohne Weiteres zurückverfolgen.«

»Du hast mir erzählt, Jackman sei ein Kredithai. Hat er denn so einen langen Arm?«

»Er ist mehr als nur ein Kredithai, und wenn er nicht ans Ziel kommt, dann greift er auf Leute zurück, die das für ihn erledigen.«

Der Mann klang wie ein Monster. Ein Schauer lief ihr über den Rücken. »Hast du jemandem gesagt, wo wir übernachten?«

»Nein, keiner Menschenseele. Ich dachte, wir fahren am

besten nach Charleston und ich suche uns ein Hotel am Stadtrand.«

»Je näher wir an Silver Springs sind, desto lieber ist es mir.«

»Wir müssen uns überlegen, wie wir es morgen machen wollen. Wir können nicht nach Savannah zurückfahren.«

»Nein, das können wir nicht«, stimmte Kate zu. »Aber bevor ich nicht die Papiere unterschrieben habe …«

28

Das Hotel war ausgebucht, aber es gelang Dylan trotzdem, ein schönes Zimmer für sie zu ergattern, und zwar ohne seinen Ausweis zu zeigen, soweit Kate sehen konnte. Sie wartete in der Lobby und beobachtete den Meister bei der Arbeit. Am Empfang stand eine junge Frau, und Dylan brachte sie in weniger als fünf Minuten dazu, ihm errötend die Schlüssel zu überreichen. Am liebsten hätte sie ihm wahrscheinlich noch ihre Telefonnummer gegeben.

Das Zimmer war schön eingerichtet und geräumig, und es bot einen atemberaubenden Ausblick aufs Meer. Es gab zwei breite Betten, die das Zimmermädchen für die Nacht bereits aufgeschlagen hatte.

Als sie alleine waren, fragte Kate: »Was hast du der Frau versprochen, damit sie dir dieses wundervolle Zimmer gegeben hat?«

»Ich kann Berufsgeheimnisse nicht ausplaudern«, meinte Dylan. Er zog den Reißverschluss an seinem Kleidersack auf und hängte seine Sachen in den begehbaren Kleiderschrank.

Kate grinste. »Du kannst einfach nicht anders, oder?«

Sie glaubte, er hätte sie nicht gehört. Er ging ins Badezimmer, stellte seine Toilettenartikel auf die Marmorablage und rief: »Das ist ja riesig. Was kann ich nicht anders?«

Er hatte sie also doch gehört. »Es ist einfach deine zweite Natur. Ich glaube, du bist mit diesem Talent auf die Welt gekommen. Nein, wahrscheinlich liegt es bei euch in den Genen. Deine Brüder haben es auch.«

Er stand in der Tür und schaute sie an. »Ich habe viele Talente, Pickles.«

»Ja, das stimmt.«

»Und was habe ich von Geburt an?«

Sie hätte dieses Gespräch besser gar nicht angefangen. Jetzt würde er keine Ruhe mehr geben.

»Jeder Tiger kommt mit Streifen auf die Welt, und du kannst einfach nicht anders als Flirten. Es ist schon okay«, fügte sie hastig hinzu. »Du gibst jeder Frau das Gefühl, etwas Besonderes zu sein. Das ist eine Gabe.«

»Aha?«

»Ja. Welches Bett willst du?«, fragte sie, um vom Thema abzulenken.

»Das an der Tür. Es klingt so, als ob dir diese Gabe gefällt.«

»Ich verstehe dich«, sagte sie. »Und es stört mich nicht.«

»Wenn ich also mit dir flirten würde oder so, dann würdest du nur …«

»Es würde mir überhaupt nichts ausmachen. Ich bin mittlerweile immun, Dylan.«

»Gut zu wissen«, knurrte er.

Kate ergriff ihre Toilettentasche und ihren Pyjama. »Ich würde gerne duschen und ins Bett gehen«, sagte sie.

»Kein Problem.«

Sie blickte auf die Uhr, die auf dem Nachttisch stand, und stellte schockiert fest, wie spät es schon war. Sie hatten unterwegs zum Abendessen angehalten, und es hatte offensichtlich länger gedauert, als sie erst dachten. »Es war ein langer Tag«, sagte Kate, als sie an Dylan vorbeiging. Da sie dachte, er hätte etwas geantwortet, blieb sie stehen und drehte sich um.

»Was?«

Er bewegte sich schnell. Seine Hand umfasste ihren Nacken, und dann senkten sich seine Lippen über ihre.

Sie dachte nicht daran, ihn wegzustoßen oder zurückzuweichen. Willig ergab sie sich in seinen Kuss. Ihr ganzer Körper begann zu prickeln.

Sie wollte gerade die Arme um seinen Hals schlingen, als er sich von ihr löste. Das Herz schlug ihr bis zum Hals, und sie war völlig außer Atem, aber Dylan wirkte ungerührt.

»Warum hast du das getan?«

»Dich geküsst?«

»Hast du mich nicht darum gebeten?« Seine Augen funkelten.

»Nein, natürlich nicht.«

Er versetzte ihr einen kleinen Klaps, damit sie ins Badezimmer ging. »Ich hätte schwören können. Tut mir leid, mein Fehler.«

Grinsend wandte er sich ab.

Kate schloss die Badezimmertür ab und stellte ihre Toilettentasche auf die Ablage. Es gab zwei Waschbecken. Sie entschied sich für das an der Wand, und während sie ihre Zahnbürste und die anderen Toilettenartikel herausholte, bemühte sie sich, nicht an den Kuss zu denken.

Als sie in den Spiegel blickte, zuckte sie erschreckt zusammen. Sie sah schrecklich aus. Ihre Haare hingen schlaff um ihr Gesicht, und unter den Augen hatte sie dunkle Schatten. Und er hatte sie geküsst.

Das sollte mir zu denken geben, dachte sie.

Entweder stellte Dylan keine großen Ansprüche, oder er machte sich an jede Frau heran, ganz gleich, wie schlimm sie aussah.

Nachdem sie heiß geduscht hatte, fühlte sie sich wieder halbwegs menschlich. Sie hatte gar nicht gemerkt, wie verspannt sie war und wie sehr die Muskeln an Nacken und Schultern schmerzten.

Dylans Schulter bereitete ihr Sorgen. Er hatte schon seit einer ganzen Weile keine Physiotherapie mehr gehabt. Hatte er Schmerzen? Am liebsten hätte sie ihn gefragt, aber er redete ja nicht über seine Verletzung.

Sie wusch sich die Haare, trocknete sie, putzte sich die Zähne und trug Feuchtigkeitscreme auf. Dann machte sie alles sauber. Dylan hasste Unordnung. Nach einem letzten Blick in den Spiegel öffnete sie die Tür.

»Du kannst herein.«

Er musterte sie von Kopf bis Fuß. Sein Blick fiel auf ihre Beine.

Kate schluckte. Warum war sie nur so nervös? Sie hatte doch schon mit ihm geschlafen. Schließlich hatten sie sich beide schon nackt gesehen.

Direkt vor ihr blieb er stehen. Er umfasste ihre Hüften und zog sie an sich. Dann beugte er sich zu ihr herunter, und sie dachte schon, er würde sie wieder küssen. Aber das sollte sie ihm nicht erlauben. Sie hob ihm ihr Gesicht entgegen.

»Dylan, ich glaube nicht …«

»Was? Ich wollte mir nur mal deine Prellungen aus der Nähe ansehen. Der blaue Fleck auf deiner Stirn wird langsam blasser.«

Er ließ sie los und trat einen Schritt zurück. Sie kam sich vor wie ein Idiot. »Ja, es ist schon besser«, stammelte sie.

»Noch was«, sagte er, als sie sich an ihm vorbeidrängen wollte.

»Ja?«

Sie blickte zu ihm auf. Und dann küsste er sie. Es war nur eine rasche Berührung, und doch durchfuhr es sie wie ein Stromstoß.

Sie wollte mehr. Aber sie ließ sich nichts anmerken. »Dieser Kuss …«

»Hat er dir nicht gefallen?« Er ließ ihr keine Zeit zum Antworten. »Ja«, sagte er. »Mir auch nicht.«

Und bevor sie wusste, wie ihr geschah, nahm er sie in die Arme und küsste sie wieder. Der Kuss war so leidenschaftlich, dass sie ihn einfach erwidern musste. Sie hatte das Gefühl, unter seiner Berührung zu zerschmelzen, und alles fühlte sich so richtig an.

Abrupt beendete er den Kuss. Sie taumelte rückwärts, aber er hielt sie fest und lächelte. »Der Kuss hat mir viel besser gefallen.«

Ein einziger Kuss, und sie konnte keinen klaren Gedanken mehr fassen. »Ich weiß nicht, wie du das machst«, flüsterte sie rau.

»Das ist ganz einfach. Ich drücke meine Lippen auf deine, und meine Zunge ...«

»Ach du liebe Güte. Ich habe dich nicht nach deiner Kusstechnik gefragt. Ich weiß nicht, wie du es immer schaffst, in mir ...«

»Solches Verlangen zu wecken?«

»Nein, solche Verwirrung zu stiften«, sagte sie erbost.

»Na, das ist ja interessant. Gut zu wissen.«

Er ging ins Badezimmer und schloss die Tür hinter sich. Sie versuchte, ihm wenigstens ein bisschen böse zu sein, aber es gelang ihr nicht. Unwillkürlich musste sie lächeln, und weil ihr plötzlich die Knie weich wurden, sank sie aufs Bett.

Es war lieb von ihm, dass er sich um Isabel kümmerte. Und er verhielt sich auch ihr gegenüber so fürsorglich. Sie dachte daran, wie er sie in den Armen gehalten hatte, als sie an seiner Schulter geweint hatte, wie er sie berührt hatte.

Er war stark und konnte doch sanft sein. Er war entschlossen, nahm sich aber trotzdem die Zeit zuzuhören. Er war freundlich, klug und sexy und ...

»Oh nein«, stöhnte sie.

Sie hatte sich verliebt.

Die Wahrheit erstaunte sie. Wann war das denn geschehen? Musste sie sich ausgerechnet den größten Casanova von allen aussuchen? Wieder stöhnte sie.

Sie griff zum Handy, um Jordan anzurufen. Es war eine automatische Reaktion, dass sie ihre beste Freundin anrufen wollte, um ihr Herz auszuschütten. Dann jedoch fiel ihr ein, dass sie niemanden anrufen durfte – und Jordan schon gar nicht, weil sie Dylans Schwester war.

Sie würde schweigend leiden müssen. Sie drehte sich auf den Bauch und vergrub ihr Gesicht in den Kissen.

»Kate, willst du dich ersticken?«

Das schien ihr ein guter Plan zu sein. Lachend setzte sie sich auf. »Wenn ich nachdenke, lege ich mir immer ein Kissen aufs Gesicht.«

Er trug Khakishorts, die tief auf seinen Hüften saßen. Sein Bauch war flach und hart. Er war sexy, keine Frage. Sie wich seinem Blick aus, sonst würde er am Ende noch merken, dass sie ihn attraktiv fand.

Sie ergriff einen Notizblock mit Stift, der auf dem Nachttisch lag. »Ich schreibe die Namen der Leute auf, die mich gerne umbringen möchten.«

Er streckte sich auf dem Bett aus und verschränkte die Arme hinter dem Kopf. »Würde es nicht schneller gehen, wenn du die Namen der Leute aufschreibst, die dich nicht töten wollen?«

»Das ist nicht komisch«, erwiderte Kate. »Die Menschen sind gerne in meiner Gesellschaft. Doch«, beharrte sie, als er ihr einen skeptischen Blick zuwarf.

Aber sie war jetzt nicht zu Neckereien aufgelegt. Sie begann Namen aufzuschreiben, und in null Komma nichts hatte sie zwei Seiten gefüllt und begann mit der dritten. Sie hielt inne. Sicher, der Notizblock war nicht groß, aber zweieinhalb Seiten? Ach du liebe Güte!

»Kate, was ist los?«

»Mir ist gerade aufgefallen, was ich hier mache. Wenn mir jemand vor einem Monat gesagt hätte, dass ich so eine Liste schreiben würde, hätte ich ihm nicht geglaubt. Du meine Güte, Dylan«, rief sie, »sieh dir bloß alle diese Namen an.«

Er drehte sich um und blickte sie an. »Du wirst doch jetzt nicht panisch, oder? Hier kann dir nichts passieren. In dieser Minute bist du in Sicherheit. Konzentrier dich darauf.«

Sie verdrehte die Augen. »Ich drehe nicht durch, deshalb brauchst du auch gar nicht auf mich einzureden wie auf einen kranken Gaul. Es hat mich gerade nur überwältigt. Zwei Schocks an einem Abend.«

»Wieso zwei?«

Das war ja klar, dass ihm das auffiel. Die Entdeckung, dass sie sich in ihn verliebt hatte, war für sie ein größerer Schock gewesen als ihre lange Liste von Verdächtigen.

»Kate?«

»Es hat was mit der Arbeit zu tun«, log sie. Sie ließ den Kugelschreiber zwischen den Fingern kreisen, während sie sich wieder auf die Liste konzentrierte. »Ich werde erst schlafen können, wenn ich zumindest einen Namen von dieser Liste ausstreichen konnte. Du könntest mir helfen«, schlug sie vor. Dylan hatte sich auf den Rücken gedreht und schaute schläfrig zur Decke.

»Du könntest diese Künstlerin, Cinnamon, wegstreichen«, schlug er vor.

»Sie wäre bestimmt am Boden zerstört, wenn sie wüsste, dass die Explosion nicht ihr gegolten hat. Sie ist ganz versessen darauf, Aufmerksamkeit zu erregen«, erklärte Kate. Dann seufzte sie. »Aber ich hatte sie gar nicht auf die Liste gesetzt, deshalb kann ich sie auch nicht ausstreichen.«

Sie las ihm die Namen vor, die sie aufgeschrieben hatte. Darunter waren alle MacKenna-Brüder und sogar Anderson und sein Assistent, dessen Name ihr nicht mehr einfiel.

»Terrance«, half Dylan ihr.

»Ich glaube ehrlich gesagt nicht, dass Anderson, Terrance oder Vanessa etwas damit zu tun haben, aber ich habe sie draufgeschrieben, weil sie ja schließlich auch das Video gesehen haben. Carl habe ich auch auf die Liste gesetzt, aber ihn kann ich doch sicherlich ausstreichen, oder?«

»Nein. Er ist schuldig, solange seine Unschuld nicht erwiesen ist.«

»Funktioniert das nicht eher andersherum?«

»Nicht, wenn es um dein Leben geht. Irgendwas hat er damit zu tun«, fügte Dylan nachdenklich hinzu. »Ich weiß nur noch nicht, was.«

Kate schob sich eine Haarsträhne hinter die Ohren und studierte ihre Liste.

Sie hatte tatsächlich Jackman vergessen. Rasch schrieb sie seinen Namen auf und wollte den Kugelschreiber gerade weglegen, als Dylan hinzufügte: »Und seine Partner.«

Kate wurde immer frustrierter. »Ich möchte einen Namen aufschreiben und ihn dann wegstreichen. Kapiert? Was ist mit Reece? Soll ich ihn auch auf die Liste setzen.«

Ihre Stimme war ganz schrill. Sie musste unbedingt ruhiger werden. Sie wusste nur nicht, wie.

»Warum bist du eigentlich so entspannt?«, fragte sie.

»Warten ist immer schwer. Ich habe gute Leute, die Informationen für mich zusammentragen. Ich muss geduldig sein und du auch.«

»Leichter gesagt als getan«, meinte Kate. »Bedauerst du, dass du in die Angelegenheit hineingezogen worden bist?«

»Nein.«

Das klang barsch, und Kate überlegte, ob sie ihn beleidigt hatte.

»Was ist mit der Frau von dem Frettchen, die dir deine Bänder stehlen will? Würde es dir besser gehen, wenn du sie auf die Liste setzt und wieder ausstreichst?«

»Sie hat nicht meine Bänder gestohlen«, erwiderte Kate. »Sie und ihr Mann versuchen, meine Firma zu stehlen.«

»Aber du weißt schon, wie du sie davon abhalten kannst, oder?«

Sie musste unwillkürlich lächeln. »Ja. Und wenn ich mit ihnen fertig bin, dann wollen sie mich umbringen, das versichere ich dir.«

Er lachte, weil sie so fröhlich klang. »So ist es richtig.«

Sie legte Block und Kugelschreiber auf den Nachttisch und machte das Licht aus. Nur noch das Mondlicht drang durch die Vorhänge.

»Gute Nacht«, flüsterte sie.

Er antwortete nicht. War er schon eingeschlafen? Oder tat er nur so, damit sie ihn endlich in Ruhe ließ und nicht mehr redete?

Sie wusste, dass sie kein Auge zutun würde. Sie musste ständig an Dylan denken. Sie wollte mit ihm schlafen. Ein oder zwei Minuten lang redete sie sich ein, dass sie nur jemanden brauchte, der sie in den Armen hielt, aber sie machte sich etwas vor, und sie wusste es. Sie wollte ihn in sich spüren und ihn berühren.

Sie dachte an seinen heißen, sexy Mund, und was er alles damit machen konnte …

»Kate?«

Vor Schreck wäre sie fast aus dem Bett gefallen. »Ja?«

»Was ist los?«

»Nichts.«

»Ich meine, ich hätte dich stöhnen gehört.«

»Oh. Ja, vielleicht. Ich kann nicht schlafen.«

»Du hast doch gerade erst das Licht ausgemacht. Meinst du nicht, du solltest dir ein paar Minuten Zeit lassen, bevor du glaubst, nicht schlafen zu können? Kann ich irgendetwas für dich tun?«

Wenn er wüsste. »Was denn zum Beispiel?«

»Das musst du mir schon sagen.«

Sie war sich ganz sicher, dass er amüsiert klang. Ob er wohl wusste, was seine Nähe bei ihr anrichtete?

Warte nur, dachte sie. Was war mit ihm? Empfand er das Gleiche? Schließlich war er der Sexbesessene, nicht sie. Jedenfalls bis vor Kurzem, bis sie diese Nacht mit ihm verbracht hatte. Spielte er nur mit ihr?

»Nein. Ich wüsste nicht, was du für mich tun könntest.«

Sie wartete auf seine Reaktion und war enttäuscht, als er schwieg. Schließlich sagte er: »Katie?«

»Ja, Dylan?«

»Soll ich auf deine Seite kommen, oder kommst du zu mir?«

29

Der Morgen kam viel zu schnell, und als sie erwachte, empfand sie kein Bedauern. Sie fühlte sich vielleicht ein bisschen verlegen, wenn sie daran dachte, was sie alles miteinander gemacht hatte, aber Bedauern? Nein, Bedauern empfand sie nicht.

Sie war dankbar dafür, dass sie vor ihm aufwachte. Er schlief auf dem Bauch, und ein Arm hing aus dem Bett. Auf dem Boden lagen Kissen, Laken und Decken. Es war eine wilde Nacht gewesen. Und eine wunderschöne.

Die ersten Sorgen kamen, als Kate unter der Dusche stand. Hatte sie in einem leidenschaftlichen Moment etwas gesagt, was sie besser nicht gesagt hätte? Hatte sie ihm etwa gesagt, dass sie ihn liebte? Du lieber Himmel, nein, oder? Sie konnte sich nicht erinnern. Hoffentlich hatte sie es nicht gesagt. Aber wenn doch – was dann? Am besten tat sie vielleicht so, als ob sie gar nichts gesagt hätte. Was für Politiker funktionierte, musste schließlich auch bei ihr klappen.

Okay, es war endlich so weit. Dylan hatte sie völlig verrückt gemacht.

Wenn sie nicht aufhörte, an ihn zu denken, würde sie nie aus der Dusche herauskommen. Dabei musste sie heute so viel erledigen. Sie hatte Anderson versprochen, den Aktenordner durchzuschauen. Vermutlich wollte er, dass sie verstand, wie der Onkel sein Vermögen gemacht hatte. Und seine Finanzberater würden ihr sämtliche Fragen beantworten können. Nein, dachte sie, sie hatte keine andere Wahl. Sie musste das Ding lesen.

Da waren auch noch die Fotos von ihrem Vater. Gestern Abend war sie zu erschöpft gewesen, um sie sich anzuschauen.

Rasch zog Kate sich an. Sie packte Schminkzeug und Zahnbürste in ihre Tasche und öffnete die Tür.

Dylan stand gerade auf. Allerdings sah er noch nicht besonders wach aus. Seine Haare waren zerzaust, und er war nackt. Als er auf sie zukam, flatterten erneut Schmetterlinge in ihrem Bauch.

»Guten Morgen«, sagte sie fröhlich.

Statt einer Antwort grunzte er nur. Offensichtlich war er kein Morgenmensch.

Er packte sie am Arm und küsste sie. Sie schmolz dahin. Sein Körper war so warm und …

Sie löste sich von ihm. »Ich muss die Akte lesen, und du musst wach werden.«

Sie trat an den Tisch und ergriff den Aktenordner und den Umschlag mit den Fotos. Als sie hörte, wie die Badezimmertür geschlossen wurde, entspannte sie sich. Jetzt war sie erst einmal in Sicherheit, und wenn er aus dem Bad kam, war er hoffentlich angezogen.

Sie trat ans Bett, schlüpfte aus ihren Schuhen und lehnte sich mit dem Rücken ans Kopfende. Dann schlug sie den Ordner auf und begann zu lesen. Fast augenblicklich wurde ihr dabei übel. Dieser schreckliche alte Mann hatte jede Akquisition mit prahlerischen Randbemerkungen versehen, und nachdem sie fünfzehn Seiten hintereinander gelesen hatte, hatte sie das Muster verstanden und überflog den Rest nur noch.

Er hatte sein Vermögen gemacht, indem er Unternehmen aufgekauft, sie auseinandergenommen und den Rest weiterverkauft hatte.

Wenn Anderson ihr gesagt hätte, Compton sei ein tüchtiger Geschäftsmann gewesen, der sein Vermögen vermehrt hätte, indem er Besitztümer gekauft und wieder verkauft hatte, wäre Kate wahrscheinlich beeindruckt gewesen. Viele erfolgreiche Menschen waren auf diese Art und Weise zu Reichtum gekommen, und Kate hätte angenommen, dass auch Compton zu ihnen gehören würde. Aber als sie jetzt schwarz auf weiß sah, wie er es geschafft hatte, nämlich mit falschen Versprechungen und Lügen, empfand sie Abscheu. Er hatte so viele Leben zerstört, so viele Träume, die Jobs und die Sicherheit langjähriger Angestellter vernichtet. All das bedeutete ihm nichts. Mit Menschen hatte er nichts am Hut, und Mitgefühl war ihm fremd.

Das Einzige, was je für Compton MacKenna gezählt hatte, war Geld.

Er hatte zwar keine kriminellen Handlungen begangen, aber was er getan hatte, war unmoralisch. Und er schien auch noch stolz darauf gewesen zu sein. Hatte er ihr diese Sammlung seiner Eroberungen hinterlassen, um sie zu beeindrucken?

Du lieber Gott, und er hatte tatsächlich geglaubt, sie wäre wie er.

Die Lektüre seiner Finanzgeschichte bestärkte sie in ihrer ursprünglichen Entscheidung. Sie würde keinen einzigen Dollar seines Geldes für sich, ihre Familie, ihre Firma oder ihre Zukunft ausgeben.

Compton MacKenna war ein egoistischer, grausamer Mann. Sie war nicht wie er, und das wollte sie beweisen. Sie würde sich überlegen, was sie mit dem Geld machen wollte, und Compton sollte sich im Grab umdrehen.

Sie legte den Aktenordner beiseite und öffnete den Umschlag. Sofort besserte sich ihre Laune. Zehn Schwarz-Weiß-Fotos fielen heraus. Ihr Vater war ein hübscher Junge gewesen, wie er in seiner Schuluniform strahlend lächelte.

Er ist schon ein privilegiertes Kind gewesen, dachte sie, als sie ein Foto betrachtete, auf dem er in Polokleidung stolz vor seinem Pferd stand.

Auf einem anderen Foto war er etwa vier oder fünf Jahre alt, stand auf dem Rasen und lächelte in die Kamera. Im Hintergrund war ein Haus, nein, kein Haus, ein Schloss. Hatte er dort gewohnt?

Es gab keine Fotos von ihm mit seinen Eltern oder anderen

Verwandten, was Kate merkwürdig fand. Sie würde Anderson danach fragen.

Sie steckte gerade das letzte Foto wieder in den Umschlag, als Dylan ans Bett trat.

»Bist du fertig?«, fragte er.

»Beinahe.«

Sie packte den Umschlag und den Ordner in ihre Reisetasche.

Dylan, der die Bettdecke wieder aufs Bett legte, warf ihr einen Blick zu. »Willst du den Aktenordner nicht lieber mit ins Auto nehmen? Dann kannst du ihn durcharbeiten.«

»Das habe ich schon getan.«

»Und? Warst du beeindruckt?«

»Nein.«

Sie schaute noch einmal im Badezimmer nach, um sich zu vergewissern, dass sie auch nichts vergessen hatte, aber Dylan hatte bereits alles aufgeräumt. Sogar die Handtücher hatte er gefaltet.

Sie frühstückten im Hotel, aber keiner von beiden hatte besonders viel Hunger, und sie waren froh, als sie im Auto saßen und nach Silver Springs fuhren.

»Ich muss Anderson anrufen«, sagte sie. »Er soll sich nicht darauf einrichten, dass ich um drei Uhr komme.«

»Vielleicht siehst du ihn doch noch«, erwiderte Dylan. »Es hängt alles davon ab, wie sich die Dinge entwickeln.«

»Wir fahren wieder nach Savannah? Ist das nicht zu gefährlich? Ich warne dich: Wenn ich in den nächsten Tagen irgendwo eine Vase mit Blumen sehe, dann weiß ich nicht, was ich tue. Schließlich kann ich nicht zulassen, dass ich ständig in die Luft gejagt werde. Nein, Dylan, wir können nicht dorthin fahren. Das geht nicht.«

Dylan machte gar nicht erst den Versuch, Kates Tirade zu unterbrechen. Als sie schließlich schwieg, sagte er: »Du musst nicht dorthin fahren. Vielleicht kann er mit den Papieren zu uns kommen.«

»Oh«, sagte Kate. »Wenn du das früher gesagt hättest, hätte ich mich nicht so aufgeregt.« Sie griff hinter ihren Sitz und holte ihre Aktentasche hervor, um zwei Folder herauszunehmen.

»Was ist das?«, fragte Dylan.

»Unterlagen für den Kredit, den meine Mutter aufgenommen hat. Ich möchte sie mir noch einmal anschauen. Die andere Mappe ist von einem der Krankenhäuser. Im letzten Jahr ihres Lebens hat sie dort mehr Zeit verbracht als zu Hause.«

In den nächsten zwanzig Minuten studierte Kate jedes einzelne Dokument, jede Rechnung und jede Quittung, und schließlich verstand sie, was in ihrer Mutter vorgegangen war. Die kleine Versicherungssumme, über die sie verfügt hatte, war aufgebraucht gewesen, und in ihrer Verzweiflung hatte sie alles verpfändet, damit ihre Töchter nicht mit ihren Schulden belastet waren.

Die Krankenhausrechnungen waren astronomisch hoch. Und sie hatte ihre Angst und ihre Sorge ganz alleine getragen, ohne sich jemandem anzuvertrauen.

Tränen strömten Kate über das Gesicht. Rasch wandte sie sich ab, damit Dylan es nicht sah.

»Kate, willst du mir nicht sagen, was los ist?«

»Ich brauche Informationen, und zwar schnell«, entgegnete Kate und putzte sich die Nase. »Glaubst du, ich kann Anderson trauen? Wenn er mein Anwalt werden soll, muss ich wissen, ob er Skrupel hat. Kannst du das herausfinden?«

»Ich lasse ihn bereits überprüfen. Bald wissen wir mehr.«

»Ich mag ihn. Aber er hat Compton MacKenna vertreten, und das bereitet mir Sorgen.«

»Er ist Anwalt und offensichtlich ein guter, sonst hätte dein Onkel ihn nicht engagiert. Anderson muss ihn ja nicht gemocht haben.«

»Außerdem möchte ich noch andere Leute überprüfen lassen. Kann uns jemand einen guten Privatdetektiv empfehlen?«

»Das kann ich für dich übernehmen. Es geht um deine Firma, oder?«

»Ja«, erwiderte Kate. »Aber du hast schon genug um die Ohren, und ich brauche die Informationen schnell.«

Dylan widersprach nicht. »Lass mich darüber nachdenken«, sagte er.

Sie steckte die Mappen wieder in ihre Aktentasche und lehnte sich zurück. Es gab so viel zu bedenken.

»Was willst du eigentlich mit dem ganzen Geld machen?«, fragte Dylan.

Bei der Frage fiel ihr noch etwas ein, was sie erledigen musste. »Ich muss zu einer Bank in Silver Springs«, erklärte sie.

Dylan glaubte, sie wolle ihr Geld dorthin transferieren. »Das macht Anderson schon für dich«, sagte er.

»Nein, das meine ich nicht. Ich brauche einen Kredit.«

30

Dylan hatte das unbehagliche Gefühl, etwas übersehen zu haben. Immer wieder ging er jedes Detail im Kopf durch, aber er fand nicht heraus, was ihn störte.

Irgendetwas fehlte, aber was? Was sah er nicht?

Kate ließ ihn in Ruhe, und über eine Stunde sagte keiner von beiden ein Wort. Allerdings war es kein peinliches Schweigen, da jeder seinen eigenen Gedanken nachhing.

Sie waren am Stadtrand von Silver Springs angekommen, und als Dylan unerwartet abbog, fragte sie ihn, wohin sie fuhren.

»An einen sicheren Ort«, antwortete er. »Wo es ruhig ist.«

»In meinem Haus ist es mittlerweile sehr ruhig«, sagte sie. »Wir können doch dorthin fahren.«

Er schüttelte den Kopf und fuhr die Main Street entlang zur Polizeiwache. Dort parkte Dylan.

»Was machen wir hier?«, fragte Kate.

»Ich muss mich melden«, sagte Dylan.

Er stieg aus und kam auf ihre Seite, um die Beifahrertür zu öffnen. »Das verstehe ich nicht«, meinte Kate. »Warum musst du dich melden?«

»Ich mache diesen Job zwar nur zeitweilig, aber ich arbeite für Chief Drummond. Und da er mein Vorgesetzter ist, muss ich ihn auf dem Laufenden halten. Außerdem habe ich gedacht, dass er dir bei den Problemen mit deiner Firma helfen kann.«

»Wie denn?«

»Du wolltest doch einen Privatdetektiv engagieren, der das Frettchen überprüft. Drummond kann dir bestimmt jemanden empfehlen. Du musst ihm zwar die Sachlage erklären, aber er wird die Information auf jeden Fall vertraulich behandeln.«

»Es wäre wundervoll, wenn ich wenigstens diese Angelegenheit in Ordnung bringen könnte. Danke«, sagte Kate.

»Drummond hat auch für mich einige Leute überprüft«, erklärte Dylan. »Hoffentlich weiß er schon etwas.«

Kate lächelte. »Du musst ihn wirklich beeindruckt haben. Kannst du dich noch erinnern, was Nate über den Chief gesagt hat?«

»Nein, was?«

»Er meinte, er sei ziemlich schwierig. Und weil er bald pensioniert würde, sei es ihm egal, wen er beleidige.«

»Ich weiß nicht, wie alt er ist oder wie lange er seinen Job schon macht«, erwiderte Dylan, »aber er ist immer noch gut. Ich habe mich über ihn erkundigt, weil ich wissen wollte, ob ich ihm vertrauen kann.«

»Und?«

»Ja«, sagte Dylan mit Nachdruck. »Er hat wirklich eine beeindruckende Laufbahn hinter sich, und er ist ein guter Mann. Ich respektiere ihn, und ich vertraue ihm absolut.«

»Okay. Dann vertraue ich ihm auch.«

Sie wandten sich zum Gehen, aber Kate drehte sich noch einmal um. »Ich hole rasch noch meine Aktentasche aus dem Auto. Der Chief möchte vielleicht die Unterlagen meiner Mutter sehen. Falls er Zeit hat, mir zu helfen.«

»Bestimmt«, versicherte Dylan ihr.

»Bist du denn sicher, dass er die Angelegenheit vertraulich behandelt?«, flüsterte sie, als er ihr ihre Aktentasche reichte.

»Ja, ganz sicher«, erwiderte er. »Es braucht dir nicht peinlich …«

»Es ist mir nicht peinlich«, unterbrach sie ihn. »Ich versuche nur, den Ruf meiner Mutter zu schützen. Du hältst mich sicher für albern, und meiner Mutter wäre es auch egal. Aber ich will einfach nicht, dass jemand schlecht von ihr denkt. Ich bin übrigens froh, dass der Chief dir hilft«, fügte sie hinzu.

»Ich versuche Nate ein bisschen zu entlasten«, erklärte er. »Er tut zwar alles, worum ich ihn gebeten habe, aber er ist ziemlich überarbeitet. Im Moment verfolgt er Jackmans Spur, der aus Las Vegas verschwunden zu sein scheint. Außerdem behält er Roger und seine beiden Brüder im Auge. Ich bezweifle, dass er um Hilfe bittet. Er ist neu in Charleston und will sich beweisen. Das FBI konzentriert sich auf den Bombenleger, und soweit ich weiß, gibt es da ein paar Spuren. Sie suchen auch nach Jackman, aber für Nates Karriere wäre es natürlich gut, wenn er ihn finden würde.«

Chief Drummond hatte sie offensichtlich schon vom Fenster aus gesehen, denn er stand bereits in der offenen Tür.

»Hören Sie Ihre Nachrichten nicht ab?«, fragte er Dylan statt einer Begrüßung.

»Das hatte ich gerade vor«, erwiderte Dylan.

»Dann werden Sie hören, dass ich Sie bitte, mich anzurufen. Hier ist etwas wirklich Interessantes passiert«, verkündete er.

Dann blickte er Kate an. »Guten Morgen, Miss MacKenna.«

»Guten Morgen, Chief Drummond, und bitte, sagen Sie Kate zu mir.«

»Was ist denn passiert?«, fragte Dylan.

»Etwas echt Interessantes. Vor etwa einer halben Stunde kam ein Mann herein. Er sagte, er hieße Carl Bertolli.«

»Carl ist hier?«, fragte Kate.

Der Chief nickte. »Sie haben richtig gehört. Er ist hier.«

»Warum?«, fragte Kate.

»Er meinte, er sei extra nach Silver Springs gefahren, um Sie zu besuchen, Kate, aber Sie seien nicht zu Hause gewesen. Deshalb beschloss er, zu uns zu kommen, um sich zu stellen. Bitte, setzen Sie sich doch.«

Kate ließ sich auf einen der Stühle vor seinem Schreibtisch sinken. »Weswegen stellt sich Carl denn?«, fragte sie entgeistert.

Drummond machte es sich auf seinem alten, quietschenden

Bürostuhl gemütlich. »Er sagte mir, er sei verantwortlich für alles.«

Kate blickte Dylan an, der die Tür geschlossen hatte und sich jetzt dagegenlehnte.

»Wofür ist Carl verantwortlich?«, fragte sie verwirrt.

Drummond lehnte sich auf seinem Stuhl zurück.

»Das ist eine gute Frage. Ich habe gedacht, ich lasse ihm ein bisschen Zeit, bis er sich beruhigt hat, und dann versuche ich noch einmal, die Antwort aus ihm herauszubekommen.«

»Beruhigt?«, fragte Dylan verständnislos.

Drummond nickte. »Ich möchte ihn eigentlich gerne vernehmen, aber er hört nicht auf zu weinen.«

Jetzt verstand Kate auch, warum der Chief so verwirrt wirkte. So jemand wie Carl war ihm anscheinend noch nie untergekommen.

»Er hat einen ziemlichen Hang zum Drama«, sagte sie.

»Ja, das stimmt«, bestätigte der Chief.

»Und er kann sehr launisch sein. Er ist Künstler«, fügte sie hastig hinzu, damit Drummond nicht glaubte, sie würde ihren Freund kritisieren.

»Er hat Schauspiel studiert und war Bühnenschauspieler. Und Sie wissen sicher, dass kreative Menschen manchmal ein wenig gefühlsbetont reagieren können.«

»Woher hat er eigentlich erfahren, dass Sie nach ihm suchen?«, fragte Dylan.

»Wahrscheinlich über seine Verlobte. Die Polizei hat sie nach ihm gefragt, und sie wird es ihm gesagt haben.«

»Möchten Sie mit ihm sprechen?«, fragte Drummond Dylan. »Vielleicht ist er ja ein bisschen ruhiger geworden.«

»Ich rede mit ihm«, erklärte Kate.

»Ich weiß nicht, ob das gut ist«, erwiderte Drummond.

Dylan schüttelte den Kopf, aber Kate ignorierte ihn. Sie stand auf und bat den Chief, sie zu Carl zu bringen.

Als er nicht sofort reagierte, sagte sie: »Wo ist er denn? In einem Besprechungszimmer oder im Aufenthaltsraum? Chief, ich finde ihn schon, und wenn ich jede Tür in der Wache aufmachen muss.«

»Wir haben ein schönes Besprechungszimmer und auch einen Aufenthaltsraum mit einem Getränkeautomaten, aber Carl ist in keinem von diesen Räumen. Er ist in einer Zelle.«

»Sie haben diesen lieben Menschen in eine Zelle eingesperrt?«

»Das war nicht meine Idee«, versicherte er ihr hastig.

»Wessen Idee war es denn?«

»Seine«, antwortete er. »Er bestand darauf, dass ich ihn einsperre.«

Das ergab keinen Sinn.

»Warum haben Sie ihn denn verhaftet?«, fragte sie.

»Das habe ich nicht. Er wollte einfach nur in eine Zelle gesperrt werden. Anscheinend kann er sich da gut beruhigen.«

»Wo sind die Zellen?«

»Oben.«

»Bringen Sie mich bitte zu ihm? Er muss ja außer sich vor Angst sein.«

»Nein, ich bringe Sie nicht dorthin. Ich sage Ihnen, was ich tun werde: Ich bringe Carl herunter und setze ihn ins Vernehmungszimmer. Dort können Sie mit ihm sprechen.«

»Danke«, sagte Kate.

»Mir brauchen Sie nicht zu danken. Sie müssen das erst noch mit ihm aushandeln.« Er wies mit dem Kinn auf Dylan.

»Ich rede mit ihm«, sagte Dylan. »Und ich berichte dir anschließend, was er gesagt hat.«

»Sie können ja hinter dem Spiegelfenster stehen und zuhören«, schlug Drummond vor. »Wir haben es gerade erst einbauen lassen«, fügte er stolz hinzu.

»Nein. Kate möchte etwas mit Ihnen besprechen, und dazu wäre jetzt die perfekte Gelegenheit«, erklärte Dylan.

»Oh, das kann warten, bis ich mit Carl gesprochen habe.«

»Ich bin den ganzen Tag da«, sagte Chief Drummond.

Sie trat einen Schritt auf Dylan zu.

»Carl und ich sind Freunde. Mit mir wird er reden. Er wird mir nichts tun, aber wenn das der Grund ist, warum du nicht willst, dass ich mit ihm spreche, dann komm doch einfach mit. Du darfst ihm nur keine Angst einjagen.« Sie seufzte.

Dylan warf ihr einen empörten Blick zu.

»Und du darfst ihn nicht einschüchtern.«

»Wie alt ist der Typ? Zehn?«

»Er ist eben sensibel«, murmelte sie. »Ganz im Gegensatz zu dir.«

Rasch huschte sie hinter dem Chief her, der mit einem großen Schlüsselbund bewaffnet zur Treppe strebte.

»Das Vernehmungszimmer ist die zweite Tür rechts. Ihr beiden wartet dort, und am besten entscheidet ihr vorher, wer redet und wer zuhört. Dylan, Sie wissen, dass Sie in Charleston anrufen und Hallinger Bescheid sagen müssen, dass Carl bei uns ist?«, sagte Drummond an Dylan gewandt. »Er muss das FBI informieren, und dann haben wir nur noch ungefähr eine Stunde Zeit, bevor sie uns Carl wegschnappen.«

»Sie werden warten müssen«, erwiderte Dylan. »Ich rufe erst an, wenn ich herausgefunden habe, was Carl weiß. Und ich möchte auch noch ein paar Dinge mit Ihnen abklären.«

»Wenn wir mit Carl geredet haben«, beharrte Kate.

Er gab nach, stellte aber Bedingungen.

»Wenn ich der Ansicht bin, dass er dir etwas vormacht, bist du draußen. Verstanden?« Bevor sie etwas erwidern konnte, fuhr er fort: »Und wenn mir nicht gefällt, wie er mit dir redet, bist du auch draußen.« Er ließ sie zum Vernehmungszimmer vorangehen. »Und wenn er aggressiv oder bedrohlich wird, …«

Kate fuhr herum. »Lass mich raten: Dann bin ich draußen?«

»Genau.«

»Möchtest du gerne wissen, was ich denke?«

Er grinste. »Lieber nicht.«

»Du hörst mir aber trotzdem zu. Wenn er mir etwas vormacht, sage ich ihm, er soll damit aufhören. Und wenn mir nicht gefällt, wie er mit mir redet, bitte ich ihn, das zu unterlassen. Und wenn er mich bedroht, drohe ich zurück.«

Das Vernehmungszimmer war winzig. Es gab einen kleinen länglichen Tisch und vier Stühle, zwei auf jeder Seite. An der Wand gegenüber der Tür war das Spiegelfenster angebracht. Dylan stellte einen Stuhl für Kate hin, blieb aber selbst stehen.

Carl stellte sich als Überraschung heraus. Dylan hatte bereits eine vorgefasste Meinung von ihm, aber als Carl hereinkam, wusste er, dass er sich irrte.

Carl freute sich sehr, Kate zu sehen, und ehe Dylan es verhindern konnte, umarmte er sie.

»Gott sei Dank, dir ist nichts passiert. Das ist alles meine Schuld, Liebling. Es tut mir so leid.«

Rasch löste sich Kate von ihm und stellte die beiden Männer einander vor. Dann setzten sie sich an den Tisch, Carl gegenüber von Kate und Dylan. Kate streckte ihre Hand aus, und Carl ergriff sie.

»Du siehst müde aus«, sagte sie.

»Das bin ich auch. Deshalb bin ich ja weggefahren. Ich muss meine Batterien wieder aufladen, aber ich habe mir solche Sorgen gemacht.«

Kate war voller Mitgefühl. »Es hat dich bestimmt aufgeregt, dass die Polizei nach dir gesucht hat.«

»Ja, es war schrecklich.« Tränen traten ihm in die Augen. »Aber für Delilah war es fast noch schlimmer. Meine Verlobte macht sich bestimmt Sorgen um mich«, fügte er hinzu. »Ich sollte sie anrufen. Ein Telefonanruf ist mir doch gestattet, oder nicht?«

Dylan zog sich einen Stuhl neben Kate und setzte sich ebenfalls. »Sie können so viele Telefonanrufe machen, wie Sie wollen. Sie sind nicht verhaftet.«

»Bin ich ein Verdächtiger?«

»Ja.«

»Nein«, sagte Kate zur gleichen Zeit.

»Es kommt darauf an, was Sie mir erzählen«, erklärte Dylan.

»Ich gehöre ins Kittchen. Ich bin verantwortlich für alles, was Kate passiert ist.« Er lächelte sie kläglich an. »Es ist so schön, dich zu sehen.«

»Ja, es ist auch schön, dich zu sehen«, erwiderte sie. »Möchtest du etwas zu trinken?« Meine Güte, sie hörte sich an wie Isabel.

»Eine koffeinfreie Latte wäre wundervoll, aber ich nehme nicht an, dass es hier einen Starbucks gibt.«

»Nein, tut mir leid, noch nicht.«

Dylan hatte genug von dem Geplänkel. »Sagen Sie mir, wofür Sie sich schuldig fühlen.«

»Weil es meine Idee war.«

»Was war Ihre Idee?« Seine Stimme wurde scharf.

»Es war meine Idee, Kates Produkte auf der Vernissage in meiner Galerie auszustellen. Die gesamte Elite Charlestons wäre da gewesen. Und ich dachte, es wäre eine wundervolle Gelegenheit für sie, sich zu präsentieren.«

»Sie sind ein mächtiger Mann, nicht wahr? Sie können Karrieren befördern oder vernichten, je nachdem, ob Sie jemanden unterstützen oder nicht.«

Carl schüttelte den Kopf. »Ich habe nie versucht, jemanden zu vernichten. Das wäre vulgär. Wenn ich eine Person oder ein Produkt nicht schätze, halte ich mich einfach zurück.«

Er nutzte also seine Macht nur zu guten Zwecken? Hielt er sich für Superman?

Beinahe hätte Dylan laut gelacht.

»Und was haben Sie davon?«

»Innere Befriedigung«, erwiderte Carl.

»Was ist mit dem Lagerhaus? Warum durfte Kate nicht wissen, dass es Ihnen gehört?«

»Ich bin nur einer von mehreren Eigentümern«, korrigierte Carl ihn.

»Beantworten Sie meine Frage.« Dylan wollte Kate gerade sagen, sie solle gehen, aber zu seiner Überraschung kam Carl ihm zuvor.

»Kate, Liebling, würdest du uns bitte einen Augenblick alleine lassen?«

Sie wollte eigentlich nicht gehen, weil sie verhindern wollte, dass Dylan auf Carls Gefühlen herumtrampelte, aber es wäre ungezogen gewesen, sich zu weigern. »Ja, selbstverständlich.«

Beide Männer standen auf, als sie sich erhob, und Dylan öffnete ihr die Tür. Sie warf ihm einen warnenden Blick zu und flüsterte: »Sei geduldig mit ihm.«

Die Lautsprecheranlage für das Vernehmungszimmer war an der Wand vor ihm, und Dylan beschloss, sie auszuschalten.

Carl hatte sich wieder hingesetzt und forderte Dylan mit einer arroganten Geste auf, das Gleiche zu tun.

»Wenn Kate wüsste, was ich Ihnen jetzt erzählen will, dann wäre ihr das peinlich, und deshalb bin ich Ihnen dankbar für Ihre Diskretion. Dafür werde ich absolut aufrichtig zu Ihnen sein. Also, sie sollte nicht wissen, dass mir das Lagerhaus gehört, weil ich es ihr – über einen Makler natürlich – zu einem stark reduzierten Preis anbieten wollte. Ich habe versucht, Kate zu helfen«, erklärte er. »Sie ist der liebste Mensch, den ich kenne, und es hat mir das Herz zerrissen zu sehen, was ihr im letzten Jahr alles passiert ist. Sie war auf der Überholspur, und sie hatte so hochfliegende Pläne. Sie wollte mit ihrer Firma nach Boston umziehen, weil sie dort so viele Verbindungen hat. Und ich garantiere Ihnen, innerhalb eines Jahres hätte ihr Unternehmen zu den ganz Großen in der Branche gehört. In fünf Jahren hätte sie ihre Produkte in der ganzen Welt verkauft. Sie hätte unvergleichlichen Erfolg haben können.«

Er zupfte am Kragen seines weißen Hemdes, bevor er fortfuhr: »Jetzt kann sie ihr Unternehmen nicht mehr umsiedeln. Sie muss in Silver Springs bleiben, weil sie sich wieder einmal für alle verantwortlich fühlt. Lange Zeit ist sie bei ihrer Mutter geblieben, und nun wird sie wegen ihrer Schwester hierbleiben. Isabel ist die Jüngste der drei, aber das wissen Sie ja wahrscheinlich. Kate muss es mindestens noch zwei, vielleicht sogar drei Jahre am Ort aushalten.

Mir würde es gefallen, wenn sie für immer bliebe und ihr Unternehmen von hier aus expandieren würde. Sie könnte aus Silver Springs einen Ort von Bedeutung machen. Wahrscheinlich würde es ein wenig länger dauern mit dem internationalen Erfolg, aber sie würde es auf jeden Fall schaffen – wenn sie es will. Sie würde überall Erfolg haben, aber hier gehört Kate hin.«

»Was haben die anderen Eigentümer dazu gesagt, dass Sie den Preis reduzieren wollten?«

»Ich weiß nicht. Ich habe sie nicht gefragt. Ich bin Mehrheitseigner«, erklärte Carl. »Die anderen tun, was ich ihnen sage. Uns gehören mehrere Blocks, und sie wissen, dass sie bald ein Vermögen verdienen werden, wenn die Gegend renoviert und wiederbelebt wird. Silver Springs ist eine Kleinstadt, die ihren Einwohnern ein gemächlicheres Tempo und größere Sicherheit bietet. Wir wollen lokale Unternehmen anziehen, deshalb werden sie wahrscheinlich nichts dagegen haben, Kate das Gebäude zu einem geringeren Preis zu verkaufen.«

»Ich brauche die Namen der anderen Eigentümer.«

»Ja, natürlich.«

»Sie haben also den Preis reduziert, weil es aus geschäftlichen Gründen sinnvoll erschien.«

»Ja, aber auch, weil ich von Kates finanziellen Problemen wusste.«

Dylan lehnte sich zurück. »Ach ja? Woher denn?«

Carl fuhr mit den Fingern über die glatte Tischplatte.

»Ich bin mir nicht sicher«, gestand er. »Irgendjemand hat es mir erzählt. Ja«, sagte er und nickte, »jemand muss es mir erzählt haben. Jetzt wollen Sie bestimmt wissen, wer, und ich kann mich nicht mehr an die Person erinnern. Es waren so viele Cocktailpartys und Dinner, und die Leute erzählen mir so viel. Es ist ja kein Geheimnis, wie sehr ich Kate verehre. Ich rühme ständig ihr Unternehmen, damit alle Werbung für ihre schönen Kerzen und Lotionen machen. Meine Delilah ist ganz hingerissen davon. Ihre Parfüms sind herrlich, und im Dezember kommt ein neues auf den Markt, das meiner Meinung nach wirklich himmlisch duftet. Es heißt Sassy.« Er biss sich auf die Unterlippe, um die Tränen zurückzuhalten.

Es war wirklich nicht einfach, Carl zu verhören. Ständig kam er vom Thema ab, aber Dylan war fest entschlossen, ihn in der Spur zu halten. »Kann ich Sie bitten, die Namen der Personen aufzuschreiben, die wissen, dass Ihnen dieses Lagerhaus gehörte.«

»Unmöglich«, sagte Carl. »Ich habe es in der ganzen Gegend rumerzählt. Ich schwöre Ihnen, halb Charleston, Silver Springs und Savannah wissen davon.«

»Warum Savannah?«

»Ich habe viele Freunde da«, erklärte Carl. »Ich verbringe viel Zeit dort.«

»Haben Sie jemals einen von den MacKennas in Savannah kennengelernt?«

»Nicht, dass ich wüsste. Ich glaube, Kate und ihre Schwestern sind die einzigen MacKennas, die ich kenne, aber ich treffe so viele Leute, dass ich unmöglich alle Namen behalten kann.«

»Sie haben mir immer noch nicht erklärt, warum Sie sich für die Explosionen verantwortlich fühlen.«

»Bedenken Sie doch die Umstände«, sagte Carl. »Ich habe Kate auf meinen Besitz eingeladen und darauf bestanden, dass sie ihre Produkte dort ausstellt, und bum!, wird sie fast getötet. Über einen Makler ermutige ich sie, sich mein Lagerhaus anzusehen, und bum!, wieder kommt sie beinahe ums Leben. Beide Gebäude gehören mir, also bin ich verantwortlich. Ich weiß nur nicht, wie oder warum, aber ich hoffe, Sie finden es heraus.«

»Wie ist ihre finanzielle Situation?«, fragte Dylan.

»Trostlos im Moment. Unterirdisch. Ich habe mich restlos verschuldet. Aber das geht vorbei«, versicherte er Dylan. »Ich baue eine prachtvolle Galerie auf meinem Grundstück, und in dieses Projekt habe ich mein letztes Geld gesteckt. Aber ich zweifle nicht daran, dass das Ergebnis das Risiko wert sein wird.«

Carl war wirklich ein ungewöhnlicher, widersprüchlicher Mensch, dachte Dylan. Einerseits war er prätentiös und arrogant, andererseits jedoch direkt und umsichtig. Und eins war klar: Er trug sein Herz auf der Zunge und scheute sich nicht, offen seine Gefühle zu zeigen.

»Wie haben Sie Kate kennengelernt?«, fragte Dylan. Er fand diese Freundschaft doch ein wenig merkwürdig.

Carl lächelte.

»Im Krankenhaus. Es war vor einigen Jahren. Sie war mit ihrer Mutter dort, und ich habe meine Schwester Susannah besucht. Kate war damals noch auf der Highschool, aber sie war schon eine Schönheit. Und sie besaß Präsenz. Verstehen Sie, was ich meine?«

»Oh ja.« Er verstand vollkommen.

»Damals schlugen bei ihrem Anblick alle Männerherzen schneller. Meine Schwester hat uns einander vorgestellt. Kate wartete vor der Röntgenabteilung auf ihre Mutter, und meine Schwester sollte danach drankommen. Sie begannen zu plaudern und verstanden sich auf Anhieb. Susannah war zwei Jahre jünger als Kate«, fügte er hinzu. »Kate erzählte ihr von den Duftkerzen, die sie macht, und fragte sie nach ihrer Meinung. Susannah war ganz begeistert. Kate gab ihr das Gefühl, wichtig zu sein. Meine Schwester war eine ganze Weile krank – und sie war so oft im Krankenhaus, dass sie es als ihr zweites Zuhause bezeichnete.«

Er lächelte melancholisch bei der Erinnerung.

»Kate vergaß Susannah nicht, auch als sie nicht mehr ins Krankenhaus kommen musste. Sie besuchte sie oft, und während ihrer Collegezeit sahen sie sich in den Ferien. Und ganz gleich wo sie gerade war, sie schickte Susannah jede Woche eine Kleinigkeit. Kerzen, Creme, Blumen – ein kleines

Geschenk, das ihr sagen sollte, dass sie an sie denkt. Wenn Kate ein neues Produkt entwickelte, rief sie meine Schwester an, damit sie ihre Meinung dazu sagte, obwohl das eigentlich nicht nötig war. Susannah freute sich darüber, vor allem in ihren letzten Tagen, als sie so schwach war.«

Carls Stimme brach.

»Im September haben wir Susannah verloren. Meine Kate, meine liebe, liebe Kate hat sie nicht vergessen. Sie wollte etwas Besonderes als Erinnerung an sie machen, und deshalb hat sie ein spezielles Parfüm entwickelt, das nach meiner Schwester benannt wird. Susannah war ihr Taufname, aber wir nannten sie Sassy.«

31

Dylan wollte Kate nicht mehr in das Gebäude lassen, in dem sich die Anwaltskanzlei befand, ehe er nicht ganz genau wusste, dass ihr dort nichts passieren konnte. Aber wenn er in Zusammenarbeit mit den verschiedenen Polizeidienststellen und dem FBI alle Sicherheitsmaßnahmen genau überprüfen würde, wäre das nicht nur ein logistischer Albtraum, sondern es würde auf jeden Fall das Platzen des Termins um drei Uhr bedeuten.

Als Lösung bot sich an, dass der Anwalt die Unterlagen zu Kate brächte. Die Polizeiwache in Silver Springs schien ihm ein guter Ort für ein Treffen zu sein, weil sie da auf jeden Fall weit genug von Savannah und den Brüdern weg wäre.

Leider durfte an dem Ort jedoch nichts verändert werden. Anderson erklärte in entschuldigendem Tonfall, dass es nicht möglich sei, sich woanders als in der Kanzlei zu treffen.

»Ich muss Compton MacKennas Anweisungen befolgen. Er hat darauf bestanden, dass der Termin in den Räumen von Smith & Wesson stattfindet. Er wollte jedes Detail seiner Angelegenheiten selbst in der Hand haben. Sein neues Testament hat er im Konferenzraum im ersten Stock unterschrieben, und dort soll auch die Übergabe seines Besitzes erfolgen. Er ist sogar so weit gegangen, dass er die Sitzordnung festgelegt hat. Zuerst muss Kate sich von seinen Beratern anhören, wie Compton sein Vermögen angehäuft hat, und dann darf sie die Papiere unterschreiben.«

»Ist das eine zwingende Bedingung?«

»Leider ja.«

»Aus welchem Grund hat er das angeordnet?«

»Es gab mehrere Gründe«, erwiderte Anderson. »Er wollte,

dass Kate in seine Fußstapfen tritt, und glaubte, seine Berater könnten sie dabei unterstützen, das Vermögen weiter zu vermehren. Sie muss sie jedoch nicht weiterbeschäftigen, und als ihr Anwalt kann ich ihr nur empfehlen, alle vor die Tür zu setzen.«

Bevor Dylan fragen konnte, warum, fuhr Anderson fort: »Ich glaube auch, dass Compton sie beeindrucken wollte. In seiner Vorstellung war Kate, was den Geschäftssinn angeht, sein Ebenbild.«

»Das wird ihr nicht gefallen.«

»Ich kenne sie zwar erst seit Kurzem, aber sie ist überhaupt nicht wie Compton oder seine Berater«, fügte der Anwalt hinzu.

»Man sollte doch meinen, dass ein Mann die Person, der er sein gesamtes Vermögen vermacht, gerne kennenlernen möchte«, meinte Dylan.

»Das habe ich ihm vor ein paar Monaten vorgeschlagen, aber er hat ganz empört darauf reagiert. Seiner Meinung nach hat er durch seine Privatdetektive alles über Kate und ihre Schwestern gewusst. Er lebte sehr zurückgezogen und tat sich mit persönlichen Beziehungen sehr schwer. Ich glaube, er konnte seine Transaktionen nur kontrollieren, solange er sie auf einer strikt geschäftlichen Ebene hielt. Ich war in den letzten sieben Jahren sein Anwalt und fand ihn sehr verknöchert. Am liebsten hielt er sich völlig im Hintergrund und ließ alles von seinen Beratern erledigen.«

»Wie viele sind heute da?«

»Sechs insgesamt«, erwiderte Anderson. »Ich habe Detective Hallinger bereits ihre Namen gegeben.«

Dylan ging im Eingangsbereich der Polizeistation auf und ab, während er mit Anderson über sein Handy telefonierte. Die Tür zum Aufenthaltsraum stand offen. Der winzige Raum war mit einem Ledersofa und einem Getränkeautomaten ausgestattet. Dylan kramte Münzen aus der Hosentasche und ging hinein, während er weiter mit dem Anwalt telefonierte. Er bat ihn, ihm ebenfalls die Namen und Telefonnummern zu mailen, damit er sie auch überprüfen konnte. Nur der Sicherheit halber. Vielleicht würde ihm etwas auffallen, das Nate übersehen hatte.

»Hat Compton auch den Zeitpunkt für das Treffen bestimmt, oder können wir es verlegen?«, fragte er. »Es kann nämlich heute Nachmittag auf gar keinen Fall stattfinden.«

»Ich verstehe«, sagte Anderson. »Nein, in dieser Hinsicht war Compton flexibler. Ihm war klar, dass Menschen zum Beispiel krank werden können. Er hat den Termin bestimmt nur deshalb auf zwei Tage nach seinem Tod gelegt, um sicherzugehen, dass außer mir noch jemand zu seiner Beerdigung kommt. Was halten Sie von morgen Abend um sieben? Wäre das für Kate in Ordnung? Oder übermorgen? Die Finanzleute bleiben so lange in der Stadt wie nötig. Aber wissen Sie, je eher die Papiere unterzeichnet werden, desto besser ist es für den allgemeinen Seelenfrieden.«

Und für Kates Überlebenschancen, dachte Dylan. »Kann ich kurz vorher Bescheid sagen?«

»Ja, sicher.«

»Was ist mit den MacKennas? Sie haben gesagt, sie müssten auch eingeladen werden, oder?«

»Sobald ich den Zeitpunkt weiß, rufe ich sie an. Ich bezweifle allerdings, dass einer von ihnen auftaucht.«

»Warum wollte Compton, dass sie dabei sind?«

»Das hat er nicht gesagt, aber es war sicher reine Gehässigkeit. Vielleicht wollte er ihnen noch einmal unter die Nase reiben, was sie verloren haben.«

»Wir versuchen, den Termin morgen Abend um sieben zu halten, und wenn ich es nicht schaffe, rufe ich Sie an.«

Er würde das auf jeden Fall mit Kate absprechen müssen.

Als er das Gespräch beendet hatte, hörte er die Nachrichten auf seiner Mailbox ab. Nate hatte viermal angerufen und wurde mit jeder Nachricht ärgerlicher. Dylan konnte ihn verstehen. Er fühlte sich verantwortlich für Kates Wohlergehen, und es musste ihn wütend machen, wenn er nicht wusste, wo sie sich befand. Aber Dylan war seine Verärgerung ziemlich gleichgültig. Je weniger Leute wussten, wo Kate sich aufhielt, desto besser.

Aber er konnte Nate nicht mehr länger aus dem Weg gehen. Er nahm sich zwei Dosen Cola aus dem Automaten, öffnete die eine und trank einen Schluck. Dann rief er Nate Hallinger an. Er erreichte aber nur seine Mailbox, auf der er eine Nachricht hinterließ.

Kate war im Büro des Chiefs, um mit ihm über das Frettchen-Problem zu sprechen. Dylan machte sich auf den Weg zu den beiden.

Sie stopfte gerade ihre Unterlagen wieder in ihre Aktentasche, als er hereinkam. Er reichte ihr die zweite Cola-Dose. Drummond machte sich Notizen.

»Ich kümmere mich sofort darum«, versprach er. Er warf Dylan einen Blick zu und sagte: »Kate möchte die Nacht zu Hause verbringen. Ich denke, das geht in Ordnung. Ich schicke ein paar Männer, die das Haus im Auge behalten. Sie wohnt in einer Sackgasse, das macht es leichter.«

»Hast du ihm das eingeredet?«, fragte Dylan Kate anklagend.

»Ich habe lediglich erwähnt, dass ich heute Nacht lieber in meinem Bett schlafen würde.«

»Na ja, ein bisschen mehr haben Sie schon gemacht«, warf der Chief ein. »Sie haben mich gebeten, dafür zu sorgen, dass Dylan einverstanden ist.«

Kate schloss die Aktentasche und stellte sie auf den Fußboden. »Wusstest du, dass Chief Drummond Detective in Los Angeles war? Er hat sich vor zwanzig Jahren in den Ruhestand versetzen lassen und ist hierhergezogen, weil er die Nase von der Hektik voll hatte.«

»Anscheinend will sie Sie davon überzeugen, dass ich für den Job qualifiziert bin.« Chief Drummond schmunzelte.

»Ja, das weiß ich, Kate«, antwortete Dylan. »Er kennt meinen Hintergrund, und ich weiß eine Menge über ihn. Ich glaube, dem Chief ist durchaus bewusst, wie viel Respekt ich vor seiner Erfahrung habe.«

Kate stand auf. »Dann kann ich ja nach Hause gehen.«

»Bleiben Sie sitzen«, befahl der Chief. »Sie gehen nirgendwo hin, bis wir Ihr Haus nicht gründlich untersucht haben. Und die Straße«, fügte er hinzu. »Bringt der Anwalt die Papiere her, die Kate unterzeichnen muss?«

»Nein. Wenn Kate einverstanden ist, versuchen wir, morgen Abend um sieben Uhr bei ihm zu sein. So haben wir genug Zeit, um uns zu organisieren.«

»In Savannah?«, fragte der Chief.

»Ja.«

»Oh, das ist schade. Dort kann ich Ihnen nicht behilflich sein.«

»Warum?«, fragte Kate.

»Savannah liegt in einem anderen Bundesstaat«, erinnerte er sie. »Das ist auf jeden Fall eine Sache für das FBI, und außerdem will die Polizei von Charleston sicher die Finger im Spiel behalten. Die erste Explosion hat schließlich in ihrem Geltungsbereich stattgefunden. Sie müssen aber trotzdem die Polizei von Savannah einschalten, vor allem, wenn Sie glauben, es passiert etwas.«

»Warum denn die Polizei von Savannah?«

»Weil das Spiel auf ihrem Platz stattfindet«, erklärte der Chief. Er blickte Dylan an und fügte hinzu: »Stellen Sie sich bloß vor, wie Sie sich fühlen würden, wenn in Ihrem Hinterhof etwas in die Luft fliegt und Sie werden nicht hinzugezogen.«

Dylan nickte. »Ich würde allen die Hölle heiß machen.«

Die beiden machten wahrscheinlich Witze. Für all diese Polizisten wäre im Kanzleigebäude gar nicht genug Platz. Außerdem könnten Menschen sterben, wenn es eine Explosion oder eine Schießerei gäbe.

»Nein«, stieß sie hervor. »Ich will nicht, dass jemand mit mir nach Savannah fährt. Ich fahre alleine.«

»Kümmern Sie sich darum«, sagte der Chief zu Dylan und erhob sich. »Ich habe andere Sachen zu tun.«

Als Drummond gegangen war, lehnte Dylan sich an den Schreibtisch. Kate wartete darauf, dass er ihr Vorhaltungen machte, aber als er schwieg, sagte sie: »Hast du gehört, was ich gesagt habe?«

»Ja.«

»Und?« Sie blickte ihn mit gerunzelter Stirn an.

»Klar«, sagte er. »Wenn du unbedingt alleine fahren willst, fahr alleine.«

Sofort wurde sie misstrauisch. Das war viel zu leicht. »Danke.«

»Wie willst du dorthin kommen?«

»Mit dem Auto.«

»Ist dein Auto nicht in die Luft geflogen?«

Wie hatte sie das vergessen können? »Ich fahre nicht mit meinem Auto.«

»Sondern?«

»Ich miete mir einen Wagen.«

»Kate, worum geht es hier eigentlich?«

Du großer Dummkopf. Um dich geht es. Du könntest getötet werden. Oh Gott, sie durfte nicht daran denken.

Und was war mit all den anderen Detectives und Polizisten? Alle konnten bei einer großen Explosion ums Leben kommen. Sie schüttelte den Kopf. »Die Leute, die mich beschützen, könnten sterben.« Tränen traten ihr in die Augen.

Dylan sprang auf und zog sie in die Arme. »Ist schon okay. Es ist einfach alles ein bisschen zu viel für dich.«

In seinen Armen fühlte sie sich sicher und geborgen. Und das war alles, was sie wirklich brauchte.

32

Kate hob den Kopf. »Was ist mit Carl?«

»Was soll mit ihm sein?«

Sie löste sich von ihm. »Bist du überzeugt, dass er nichts mit dem Ganzen zu tun hat?«

»Ja.«

»Dann kann er nach Hause gehen?«

»Nein, noch nicht. Er muss erst noch ein paar andere Leute von seiner Unschuld überzeugen.«

Zwei FBI-Agenten und ein weiterer Detective von der Polizei in Charleston trafen eine Stunde später auf der Polizeiwache ein und vernahmen Carl. Als sie fertig waren, durfte er nach Hause gehen. Er küsste Kate auf die Wange, drückte ihr die Hand und flüsterte: »Sei tapfer, Liebling.«

Sie wurde als Nächste vernommen. Eigentlich war sie es leid, ständig jedes kleine Detail zu wiederholen, aber sie war kooperativ und beantwortete jede Frage so ausführlich, wie sie konnte. Als die Polizisten keine Fragen mehr hatten, war auch Kate mit ihrer Geduld am Ende.

Drummond holte sie ab.

»Kommen Sie, Kate. Zeit, nach Hause zu gehen. Ihr Haus ist vom Keller bis zum Dachboden durchsucht worden, und die Luft ist rein.«

»Wo ist Dylan?«

»Er wartet am Hintereingang auf Sie.«

Sie ergriff ihre Aktentasche und ihre Handtasche und folgte ihm zur Hintertür.

Er legte ihr die Hand auf die Schulter.

»Es wird alles gut«, sagte er. »Ich bringe später etwas zu essen vorbei.«

»Sie müssen sich nicht solche Mühe …«

»Doch. Ich habe in Ihren Kühlschrank geschaut. Ich bringe etwas vorbei.«

Als sie zu Hause war und ebenfalls einen Blick in den Kühlschrank warf, war sie froh, dass sie nicht widersprochen hatte. Es war buchstäblich nichts darin, was sie hätte essen können, und ihr knurrte der Magen. Weder sie noch Dylan hatten seit dem Frühstück etwas gegessen, und es war schon nach sechs.

»Die Zeit vergeht schnell, selbst wenn man sich gerade nicht amüsiert«, bemerkte sie.

Dylan folgte ihr mit den Reisetaschen die Treppe hinauf.

»Was, du amüsierst dich nicht? Das müssen wir schnell ändern.«

Er fragte sie erst gar nicht, ob sie mit ihm das Bett teilen wollte, sondern stellte seine Tasche auf die Liege im Gästezimmer.

Sie würde ihn nicht fragen, ob er mit ihr schlafen wollte. Auf gar keinen Fall. Sie ging ins Badezimmer, verschloss die Tür und duschte ausgiebig, um ihre Lebensgeister wieder zu wecken.

Aber es half nicht viel. Erst als sie in ihre Lieblingsjeans und ein altes T-Shirt geschlüpft war, ging es ihr ein bisschen besser. Sie kämmte sich die Haare und ging nach unten.

Dylan redete im Garten mit einem Polizeibeamten. Sie beobachtete ihn vom Küchenfenster aus, während sie an einer verwelkten Selleriestange kaute. Er sah müde aus, fand sie. Und wundervoll. Auf jeden Fall kam er mit der Situation besser klar als sie. Sie hatte manchmal das Gefühl, sie würde gleich zusammenbrechen.

Sie zwang sich, den Blick abzuwenden. Stattdessen trat sie an ihr Telefon und hörte ihre Nachrichten ab. Die meisten waren für Isabel, und wichtig war keine. Ruhelos marschierte sie hin und her, nahm eine Tüte Kartoffelchips aus dem Schrank und stellte sie ungeöffnet wieder hinein.

Sie wusste, was mit ihr los war. Dylan. Wie lange würde es dauern, bis sie ihn nicht mehr liebte? Könnte sie das überhaupt schaffen, oder müsste sie den Rest ihres Lebens im Jammertal verbringen? Dabei war sie an ihrem Unglück ganz alleine schuld. Sie hatte von Anfang an gewusst, worauf sie sich mit ihm einließ – er liebte die Frauen und verließ sie. Er war eben, wie er war.

Und sie war auch, wie sie war – eine komplette Idiotin, weil sie sich in ihn verliebt hatte.

Es lag bestimmt am Stress, dass ihr heute Abend so melancholisch zumute war. Ja, bestimmt am Stress. Sie fühlte sich völlig hilflos.

Es läutete an der Tür, und da sie annahm, es sei Drummond mit dem Essen, lief sie hin, um aufzumachen. Es war aber nicht Drummond, sondern Nate, der sie erstaunt anblickte.

»Warum öffnen Sie die Tür?«, fragte er barsch.

Kate zuckte zusammen. »Sie haben geläutet, und deshalb habe ich aufgemacht. Bitte, kommen Sie doch herein.«

»Sind Sie alleine?«, fragte er. »Was ist bloß los mit Ihnen? Ist es Ihnen egal, dass jemand Sie umbringen will?«

»Nein, natürlich nicht«, erwiderte sie leise. »Und schreien Sie mich nicht so an. Davon bekomme ich Kopfschmerzen.«

Er holte tief Luft.

»Ich musste jemanden anschreien. Wo ist Dylan?«

»Im Garten. Vor und hinter dem Haus sind Polizisten«, sagte sie. »Deshalb war es auch in Ordnung, dass ich die Haustür geöffnet habe.«

»Deshalb bin ich auch nicht ärgerlich«, fuhr er sie an.

Sie scheuchte ihn die Küche. »Und weswegen dann?«

»Weil ich nicht wusste, wo Sie gestern Abend waren«, herrschte er sie an. »Das war nicht gut. Sie beide sind einfach verschwunden. Was wäre denn gewesen, wenn ich wichtige Informationen für Sie gehabt hätte? Was dann? Dylan ist nicht an sein Handy gegangen, und Sie nicht an Ihres. Was zum Teufel ist mit ihm los? Er sollte es doch besser wissen. Wo ist er?«

»Das habe ich Ihnen doch gerade gesagt«, erwiderte Kate

geduldig. »Im Garten. Lassen Sie Ihre schlechte Laune an ihm aus.«

»Wagen Sie es bloß nicht, noch einmal die Haustür zu öffnen. Verstanden?«

Er wartete ihre Antwort gar nicht erst ab, sondern riss die Küchentür auf und stürmte hinaus.

Gerade hat er seine Einladung zum Abendessen verspielt, dachte sie. Wie kam er dazu, sie so anzuschreien? Sie war doch kein Kind, das er ausschimpfen konnte.

Aber er hatte natürlich recht, gab sie widerstrebend zu. Sie hätten ihm Bescheid sagen müssen.

Aber es war ja nicht absichtlich passiert, sie hatten sich nicht vor ihm versteckt. Sie wussten einfach nicht, wo sie übernachten sollten, und im Hotel hatten sie nicht mehr daran gedacht, ihn anzurufen.

Oh, das war eine tolle Entschuldigung. Tut uns leid, dass wir nicht angerufen haben. Wir waren so beschäftigt mit unserem Sexualleben.

Kurz darauf kam der Chief und brachte so viel Essbares mit, dass man damit die halbe Stadt hätte versorgen können.

»Was ist denn da draußen los?«, fragte er, als er die Tüten auf die Küchentheke stellte. »Sieht so aus, als ob Hallinger Dylan eine Standpauke hält.«

Kate erklärte es ihm rasch.

Der Chief blickte wieder aus dem Fenster.

»Dylan kann sich ganz gut wehren.« Achselzuckend fügte er hinzu: »Die beiden regeln das schon untereinander. Lassen Sie uns essen.«

Drummond hatte recht, sie regelten es tatsächlich untereinander. Anschließend kamen sie herein. Nate fragte erst gar nicht, ob er zum Essen bleiben könne, er nahm sich einfach einen Teller und bediente sich.

»Ich schicke gleich ein paar Männer, Chief, dann sind Sie aus der Sache raus«, bot Nate an.

»Dazu besteht kein Grund«, erwiderte Drummond. »Hier

läuft alles bestens. Sie haben genug damit zu tun, alles für das Treffen morgen vorzubereiten.«

»Steht der Termin fest?«, fragte Nate. »Keine weiteren Verschiebungen?«

»Sieben Uhr morgen Abend«, erklärte Dylan. »Das haben wir doch gerade im Garten besprochen.«

»Ich wollte mich nur noch mal vergewissern, damit ihr nicht wieder unverhofft verschwindet. Kapiert?«

»Sie brauchen nicht so darauf herumzureiten.«

»Und Sie brauchen nicht ...«

Drummond hob die Hand. »Schluss damit. Kate braucht alle Hilfe, die sie kriegen kann, deshalb hört auf, euch zu streiten, und macht eure Arbeit.«

Nate nickte. »Ja, Sir.«

Während des Essens besprachen die drei Männer noch einmal die Strategie für den nächsten Tag.

»Was haben Sie über das Video herausgefunden?«, fragte Dylan Nate. »Haben Sie eine Ahnung, wo es aufgenommen worden ist?«

»Nein. Wir wissen lediglich, dass die DVD und die Fotos mit Boten zur Kanzlei geschickt worden sind. Anderson Smith hat behauptet, niemand hätte von dem Video gewusst, bis es auf seinem Schreibtisch lag.«

»Irgendjemand muss davon gewusst haben«, beharrte Dylan. »Compton hat häufig über die Kameralinse hinausgeblickt. Offensichtlich war noch jemand im Raum. Was ist mit Dienstboten, Personal?«

»Nein. Wir haben niemanden gefunden, der etwas davon wusste.«

Dylan blickte zu Kate, der immer wieder die Augen zufielen.

»Kate, du kannst ruhig zu Bett gehen«, sagte er. »Wir sind fast fertig.«

Nur zu gerne befolgte sie seinen Rat. Es war ein langer Tag gewesen. Sie schlüpfte in ihren Pyjama, und kurz darauf hörte sie, wie Nate und Drummond gingen.

Sie war zwar müde, beschloss jedoch, Isabel noch kurz anzurufen, bevor sie zu Bett ging. Überraschenderweise nahm Isabel schon beim ersten Klingeln den Hörer ab. Kate sagte Hallo, und mehr brachte sie in der nächsten Viertelstunde nicht heraus. Isabel fragte nicht ein einziges Mal nach der Testamentseröffnung, sondern schien nur an ihrem gesellschaftlichen Leben interessiert. Kate musste sie daran erinnern, dass sie zum Studieren dort war, aber trotzdem fühlte sie sich erleichtert, dass es Isabel so gut gefiel und dass sie in Sicherheit war.

»Hast du etwas von Reece Crowell gehört?«, frage sie ihre Schwester.

»Er müsste noch in Europa sein, aber keine Sorge, wenn er mich nach seiner Rückkehr wieder belästigt, komme ich damit schon klar«, erwiderte Isabel und wechselte zu einem Thema, das ihr interessanter erschien.

Während Kate ihr zuhörte, wie sie den jungen Mann beschrieb, der im Soziologiekurs neben ihr saß, klopfte jemand auf der anderen Leitung an. Vielleicht war es wichtig. Kate unterbrach ihre Schwester.

»Isabel«, sagte sie, »ich bekomme gerade einen anderen Anruf und muss jetzt auflegen. Pass gut auf dich auf, ja?«

Als sie umschaltete, war sie überrascht.

»Kate, hier spricht Vanessa MacKenna.«

»Vanessa, hallo, was kann ich für Sie tun?«, erwiderte Kate nach einer kleinen Schrecksekunde.

»Anderson hat mich angerufen und mir gesagt, wie sehr Sie sich über diese Fotos von Ihrem Vater gefreut haben«, sagte sie. »Er hat mich gefragt, ob ich in Comptons – beziehungsweise meinem – Haus nicht nachschauen könnte, ob es noch mehr gibt. Auf dem Speicher stehen jede Menge Kisten, und ich habe schon einmal angefangen aufzuräumen. Und dabei habe ich eine Kiste mit Sachen gefunden, die wohl Ihrem Vater gehört haben. Fotos, Trophäen, Schulzeugnisse und so. Ich packe alles zusammen und schicke es Ihnen. Oder ich bringe es bei

Anderson in der Kanzlei vorbei. Und ich suche noch weiter«, versprach sie. »Ich bin im Moment im Haus, weil Bryce gestern Abend wieder ins Krankenhaus gekommen ist, und von hier aus ist es näher. Wenn es Sie interessiert, können Sie gerne vorbeikommen und sich das alte Haus anschauen.«

»Ja, gerne«, erwiderte Kate.

»Sagen Sie mir einfach vorher Bescheid. Vielleicht nächste Woche oder die Woche danach? Ich möchte Sie gerne näher kennenlernen, Kate. Sie sind so … so erfrischend anders als Bryce und seine Brüder.«

Kate empfand leise Gewissenbisse, als sie den Hörer auflegte. Sie hatte Vanessa gar nicht gefragt, wie ernst Bryce' Zustand war, aber eigentlich wäre es auch heuchlerisch gewesen, Mitgefühl zu äußern.

Nachdenklich saß sie, den Hörer immer noch in der Hand, im Schneidersitz auf dem Bett.

»Vanessa MacKenna hat gerade angerufen«, sagte sie. »Sie hat mich in Comptons Haus eingeladen. Sie meinte, sie hätte ein paar Dinge gefunden, die meinem Vater gehört haben.«

Dylan runzelte die Stirn.

»Du wirst weder diesem Haus noch einem von den Savannah-MacKennas zu nahe kommen, solange wir nicht die Person gefunden haben, die dich umbringen will«, erklärte er.

»Nein, natürlich nicht«, versicherte sie ihm. »Ich habe übrigens auch mit Isabel gesprochen. Sie scheint glücklich zu sein. Allerdings habe ich ihr nicht gesagt, dass du bei mir bist. Sie braucht nicht zu wissen … Du weißt schon …«

»Was wissen?«, fragte er.

»Ich habe ihr gesagt, es sei alles in Ordnung, und wenn sie erfahren hätte, dass du da bist, hätte sie nur unnötige Fragen gestellt. Was machst du?«

»Wonach sieht es denn aus? Ich ziehe mich aus, und dann geh ich unter die Dusche.«

»Im Gästebad ist auch eine Dusche.«

Er ging einfach ins Badezimmer. Kurz darauf hörte sie Wasser rauschen. Sie konnte ihn natürlich ins Gästezimmer schicken, aber das wollte sie eigentlich nicht.

»Ich brauche Hilfe«, murmelte sie. Sie schlug die Decke zurück und streckte sich auf dem Bett aus.

Das ist alles Jordans Schuld, dachte sie. Jordan hatte Dylan geschickt, dabei hatte sie gewusst, was passieren würde – oh ja, sie hatte es gewusst.

Kate drehte sich zur Seite und ergriff das Telefon. Jordan konnte ihr nicht ewig ausweichen, und sie würde ihr eine Nachricht hinterlassen, auf die sie bestimmt reagieren würde.

Der Anrufbeantworter sprang an. Kate wartete, bis der Pieps ertönte, dann sagte sie: »Ich wollte dir nur sagen, dass ich …« Sie hielt inne. Wenn nun jemand anderer die Nachricht hörte? Sie konnte doch unmöglich sagen, dass sie mit Dylan schlief? »Ach, ist egal«, fuhr sie fort.

Sie wollte gerade auflegen, als eine Männerstimme sagte: »Was wolltest du ihr denn sagen?«

»Wer ist denn da?«

»Michael Buchanan. Bist du es, Kate?«

Na, zum Glück hatte sie den Satz nicht zu Ende gesprochen. »Was machst du in Boston?«

»Ich habe frei und bleibe bis zum nächsten Wochenende bei Jordan. Dann fahre ich nach Nathan's Bay. Mom und Dad sind dann auch wieder zu Hause.«

Michael hatte in Annapolis studiert und war bei der Marine. Er war ein richtiger Draufgänger, und von allen Buchanan-Brüdern war er der derjenige mit dem ausgeprägtesten Kampfgeist.

»Wann kommst du denn wieder mal nach Boston?«, fragte er. »Ich will Revanche.«

»Warum? Du verlierst ja doch nur wieder.«

Er lachte so ähnlich wie Dylan. »Das wollen wir doch erst mal sehen.«

»Weißt du, dass Dylan hier ist?«

»Ja, Jordan hat mir gesagt, er hilft dir, ein kleines Problem zu lösen.«

Ein kleines Problem? »Ja, das stimmt.«

Sie redeten noch ein wenig, und sie ließ sich von Michael versprechen, dass er Jordan ausrichten würde, sie solle sie anrufen.

Sie hatte das Gespräch gerade beendet, als Dylan aus dem Badezimmer kam. Er trug seine Khakishorts und ging noch mal nach unten zu den Polizisten, um nachzusehen, ob alles in Ordnung war. Kate fand sein Verhalten ein bisschen zwanghaft.

Er kam lange nicht zurück. Kate versuchte zu schlafen, aber ihre Gedanken kreisten unablässig. Ständig dachte sie darüber nach, wer versuchen könnte, sie zu töten. Es musste einer von den MacKennas sein, nur wer? Vielleicht ja alle zusammen. Vanessa konnte mit denen unter einer Decke stecken. Alles war möglich.

33

Stundenlang hatte Kate sich schlaflos gewälzt, bis Dylan endlich ins Bett kam. Es war schon weit nach Mitternacht.

Er fragte sie nicht, ob sie mit ihm schlafen wolle. Er zog einfach seine Shorts aus und schlüpfte neben sie unter die Decke. Er ist so schrecklich selbstsicher, dachte sie, als er sie in die Arme zog.

»Bist du wach, Pickles?«

»Ich bin wegen morgen viel zu nervös, um schlafen zu können.«

»Gut«, sagte er und begann an ihrem Nacken zu knabbern.

Kate erschauerte und rieb sich an ihm. »Warum ist das gut?«, fragte sie atemlos.

»Weil ich dich dann nicht aufwecken muss, um mit dir zu schlafen.«

Vielleicht sagte er noch mehr, aber das bekam sie nicht mehr mit, weil seine Berührungen ihre volle Aufmerksamkeit erforderten.

In dieser Nacht liebten sie sich anders, leidenschaftlicher und intensiver. Und als sie schließlich beide Erfüllung gefunden hatten, hielt er sie weiter in den Armen und streichelte sie. Sein Kinn ruhte auf ihrem Scheitel, und ab und zu küsste er sie.

Anschließend fühlte sie sich jämmerlich. Sie wollte Dylan sagen, was sie empfand, konnte es aber nicht. Wenn sie ihm gestehen würde, dass sie am liebsten für immer mit ihm zusammenbleiben wollte, würde er bestimmt verschwinden.

Sie musste sogar ein wenig lächeln, als sie sich vorstellte, was für eine Reaktion diese drei kurzen Worte bei ihm auslösen würden.

Gut, dass ich einen Kurs für Wiederbelebungsmaßnahmen gemacht habe, dachte sie.

Dylan drehte sich um und blickte an die Decke.

»Wozu brauchst du eigentlich einen Kredit, Kate? Sollte das ein Witz sein?«

»Nein, das habe ich ernst gemeint. Ich brauche einen Kredit, um einen anderen Kredit abzubezahlen. Es ist allerdings nur eine Lösung auf Zeit.«

»Aber du weißt, dass du Millionen besitzt, wenn du morgen die Papiere unterzeichnet hast?«

»Ja, das weiß ich«, erwiderte sie. »Aber nicht lange. Das Geld behalte ich nur für eine gewisse Zeit.«

Er gähnte. »Auf der Bank halten sie dich bestimmt für verrückt.«

Sie kuschelte sich an ihn und flüsterte: »Vielleicht bin ich das ja auch.«

Allzu große Sorgen um ihren Geisteszustand machte sie sich allerdings wohl nicht, stellte Dylan fest, denn kurz darauf war sie eingeschlafen. Er zog die Decke über sie beide, um ebenfalls zu schlafen. Das stellte sich allerdings als unmöglich heraus. Er konnte einfach nicht aufhören, daran zu denken, was morgen alles schiefgehen konnte.

Kate schlief fest in jener Nacht, aber sie fühlte sich nicht ausgeruht, als sie am nächsten Morgen aufwachte. Sie hatte Angst vor dem Tag, der vor ihr lag. Hoffentlich kam keiner der MacKennas zu dem Termin.

Bryce war vermutlich noch im Krankenhaus, und sie schämte sich ein bisschen, weil sie hoffte, dass er noch nicht entlassen worden war. Roger und Ewan waren ihre größte Sorge. Sie konnte ihre Vulgarität nicht noch einmal ertragen, und wenn sie wieder anfangen würden, über ihre Mutter herzuziehen, dann wusste sie nicht, was sie tun würde.

Dylan redete unten in der Küche mit jemandem. Sie glaubte Chief Drummonds Stimme zu hören, war sich aber nicht sicher.

Es war schon neun Uhr, stellte sie fest. So lange hatte sie

noch nie geschlafen. Aber es gab keinen Grund zur Eile. Der Termin in Andersons Büro war erst heute Abend um sieben, und Dylan und sie würden sicher nicht vor heute Nachmittag aufbrechen.

Anderson würde vor fünf Uhr sowieso nicht von der Beerdigung zurück sein, da Compton darauf bestanden hatte, dass seine Trauerfeier um Punkt vierzehn Uhr beginnen sollte. Er hatte sogar die Namen der Trauergäste aufgeführt, die eine Rede halten sollten. Vielleicht hatte er ja sogar die Trauerrede selbst geschrieben.

Sie dachte über den verrückten alten Mann nach, während sie duschte und sich anzog. Für den Fall, dass sie in Savannah übernachten mussten, packte sie rasch eine kleine Tasche.

Sie nahm die Tasche mit nach unten, stellte sie in die Diele und ging in die Küche.

»Guten Morgen«, sagte sie.

Dylan trocknete sich gerade die Hände ab. Er legte das Handtuch über die Schulter, trat auf sie zu und küsste sie leidenschaftlich. Dass sie errötete, schien ihm ausnehmend gut zu gefallen. Dann rückte er ihr einen Stuhl zurecht und küsste sie noch einmal.

»Was willst du zum Frühstück?«, fragte er. »Ich mache es für dich.«

»Ich hätte gerne Toast. Mit wem hast du geredet? Ich dachte, ich hätte Chief Drummond gehört.«

»Das hast du auch«, erwiderte Dylan. »Er ist gerade gegangen. Weiß oder Vollkorn?«

»Ich kann mir selbst Frühstück machen.«

»Dann bekommst du weißen.«

Er schenkte ihr ein Glas Orangensaft ein und stellte es vor sie auf den Tisch.

»Wenn du gefrühstückt hast, müssen wir los.«

Er lehnte lässig an der Küchentheke, während er darauf wartete, dass die Scheiben aus dem Toaster sprangen, und sah so großartig aus, dass Kate plötzlich ganz überwältigt war.

»Warum hast du es so eilig?«, fragte sie. »Wir haben viel Zeit.«

»Wir haben unsere Pläne geändert.«

»Inwiefern geändert?«

»Geändert«, wiederholte er. »Komm, Kate. Iss jetzt. Hast du eine Tasche für heute Nacht gepackt?«

»Ja. Sie steht in der Diele.«

»Ich bringe sie ins Auto«, sagte Dylan. »Und iss!«, befahl er und zeigte auf ihren Teller mit dem Toast.

Als er verschwunden war, goss Kate den Orangensaft in den Ausguss und warf die Toastscheibe in den Abfalleimer. Anschließend spülte sie Teller und Glas ab.

Das Spülbecken glänzte wie neu, anscheinend hatte Dylan es geschrubbt. Zum Kochen hatte er nicht viel Talent, dachte sie. Der Toast war sehr trocken gewesen, aber putzen konnte er gut. Er war wirklich ein guter Mann, für alle möglichen Zwecke.

Sie lief nach oben, um ihre Tasche und das Notebook zu holen. Seit einer Ewigkeit schon hatte sie ihre E-Mails nicht mehr beantwortet, und vielleicht hatte sie heute irgendwann dazu Gelegenheit. Sie steckte das Notebook in das gepolsterte Fach in ihrer Aktentasche und ging wieder nach unten.

Chief Drummond stieg gerade in sein Auto. Er hatte seinen Jeep hinter Dylans Mietwagen geparkt.

»Wenn du mir gesagt hättest, dass Chief Drummond wartet, hätte ich mich beeilt.«

»Ich habe dir doch gesagt, du sollst dich beeilen«, erwiderte Dylan.

»Das ist etwas anderes.«

»Der Chief wollte sich nur vergewissern, dass uns im Auto keine Überraschungen erwarten.«

»Meinst du, eine Bombe zum Beispiel?«, fragte Kate. »Und, hat er etwas gefunden?«

»Nein, alles okay.«

»Kommt er mit uns?«

»Nein«, antwortete Dylan. »Aber er hat uns aufgeschrieben, welche Straßen wir fahren sollen.«

Kate war in Silver Springs aufgewachsen und glaubte, die Gegend besser als sonst jemand zu kennen. Sie war unzählige Male mit dem Auto nach Savannah gefahren, aber einige der Straßen, die Dylan benutzte, kannte selbst sie nicht. Manche waren allerdings auch überhaupt keine Straßen, sondern bessere Feldwege.

Die Landschaft, durch die sie fuhren, war reizvoll, und ab und zu zeigte Dylan auf etwas, was ihm besonders gut gefiel. Die vielen Trauerweiden und Wildblumen auf den Wiesen fand er besonders schön. Allerdings kannte er kaum eine Pflanze mit Namen und war beeindruckt, dass Kate sie ihm alle aufzählen konnte.

»Wie konntest du jemals fortgehen?«, sagte er. »Es ist wunderschön hier.«

»Ich wollte nie für lange weg. Ich glaube schon, dass ich hierhergehöre.«

»Ich könnte mir auch vorstellen, hier zu leben.«

»Du würdest dich bestimmt langweilen.«

»Das glaube ich nicht.«

»Boston würde dir fehlen.«

»Ja, das stimmt«, gab er zu. »Aber ich bin bereit für einen Wechsel. Außerdem ist Charleston von Silver Springs nur einen Katzensprung entfernt, und dort bieten sich alle Vorteile der Großstadt. Und den Verkehr würde ich sowieso nicht vermissen«, setzte er hinzu. »Ich frage mich, wie hoch die Kriminalitätsrate in Silver Springs wohl ist.«

»Bevor oder nachdem ich hierher zurückgekommen bin?«

»Okay, wir sind da«, sagte Dylan. »Wir sind in Savannah.«

»Ich will aber nicht bis zu dem Termin in einer Polizeiwache sitzen«, sagte Kate. »Könnten wir nicht jetzt schon zur Kanzlei fahren. Ich könnte ja ein bisschen arbeiten, bis Anderson zurückkommt.«

»Gute Idee«, erwiderte Dylan.

Fünfzehn Minuten später hielt er vor Smith & Wesson. »Du hattest sowieso vor, gleich hierherzufahren, oder?«, fragte sie ihn. »Weiß Nate Bescheid?«

»Ja.«

»Und wir können einfach hineingehen?«

In diesem Moment traten zwei Polizisten aus dem Gebäude und warteten darauf, dass Dylan und Kate aus dem Auto stiegen. Ein weiterer Polizeibeamter kam über die Straße gelaufen.

»Sie können das Auto stehen lassen«, sagte er. »Ich sorge dafür, dass sich niemand daran zu schaffen macht.«

Dylan stellte den Motor ab, ließ aber die Schlüssel im Zündschloss stecken. Er folgte Kate hinein, wobei er fragte: »Wer von Ihnen hat das Gebäude überprüft?«

»Der Bombensuchdienst ist gerade gegangen«, erwiderte einer der Polizisten. »Der Ort ist sauber. Ein Mann beobachtet die Tür, und zwei weitere Sicherheitsbeamte sind drinnen. Wir beide sind Ihnen zugeteilt. Wo sollen wir uns aufhalten?«

»Im Eingangsbereich ist es gut. Wer ist im Moment im Gebäude?«

»Nur die Empfangsdame und Smith' Assistent, Terrance. Er ist oben ins Smith' Büro. Wenn Sie ihn nicht dort haben wollen, nehmen wir ihn heraus.«

»Nein, er kann bleiben.«

Terrance hatte die Unruhe sicher mitbekommen. Er kam die Treppe heruntergeeilt.

»Miss MacKenna, Mr Smith ist leider noch nicht zurück. Die Beerdigung …«

»Ja, ich weiß«, unterbrach sie ihn. »Wir sind ja auch viel zu früh dran. Meinen Sie, Sie könnten mir einen Schreibtisch zur Verfügung stellen? Dann könnte ich ein bisschen arbeiten, bis Mr Anderson zurückkommt.«

Er wirkte nervös und wurde auch nicht ruhiger, als sie ihn freundlich anlächelte. Anscheinend hatte er ein wenig Angst vor Dylan. Ständig beobachtete er ihn aus den Augenwinkeln, als ob er erwartete, im nächsten Moment gepackt zu werden.

»Ich möchte den Konferenzraum sehen«, sagte Dylan.

Terrance führte sie die Treppe hinauf und einen langen Flur entlang. Der Konferenzraum war neben Andersons Büro.

»Ich habe gerade Namenskärtchen an jeden Platz gestellt«, sagte Terrance.

»Würde es Ihnen etwas ausmachen, wenn ich hier arbeite?«, fragte Kate. »Wenn ich meinen Computer einstecken könnte …«

»Ja, natürlich.« Er zog den Stuhl am Kopfende des Tisches heraus und zeigte ihr die Steckdosen.

Dylan ließ die Tür auf und ging bis ans Ende des Flurs. Links war eine Nische mit einer Feuertür, die mit der Alarmanlage verbunden war. Ein kleines rotes Lämpchen blinkte und zeigte an, dass das System arbeitete. Ein breiter Metallriegel versperrte die Tür, hinter der bestimmt eine Eisentreppe nach unten führte.

Rechts befand sich das Treppenhaus. Er ging die Stufen ins Erdgeschoss hinunter. Dort stand ein Wachmann vor dem Ausgang zum Parkplatz. Dylan ließ sich seinen Ausweis zeigen und ging dann wieder nach oben.

Da die Sicherheitsprüfung zu seiner Zufriedenheit ausgefallen war, kehrte er zu Kate zurück, die ihr Notebook auf den Konferenztisch gestellt hatte und E-Mails beantwortete. Plötzlich rief jemand laut Dylans Namen, und sofort trat er beschützend auf Kate zu, die Hand an der Pistole.

Aber dann entspannte er sich, als er Nates Stimme erkannte. Er kam mit gerötetem Gesicht in den Konferenzraum gerannt.

»Es ist vorüber«, verkündete er lächelnd. »Ihr könnt wieder durchatmen und ganz normal weiterleben. Der Fall ist abgeschlossen«, fügte er hinzu. »Beziehungsweise, er wird abgeschlossen sein, wenn wir allen Papierkram erledigt haben.«

»Was ist los?«, fragte Dylan.

Nate genoss den Augenblick. Seine Augen leuchteten.

»Roger MacKenna. Genau, wie ich es mir gedacht habe. Der Bastard hat hinter allem gesteckt. Nachdem ich das Video gesehen habe, war ich mir sicher, dass er der Verdächtige Nummer eins ist. Ich hatte einen Durchsuchungsbefehl beantragt, aber das ist nicht mehr nötig. Wir haben genügend Beweise. Roger hat alles geplant. Und er hatte natürlich Hilfe.«

»Jackman.«

»Ja, genau«, bestätigte Nate. »Und Jackman verfügte natürlich über die notwendigen Kontakte. Der Kredithai hatte keine Chance. Er musste Roger helfen, sonst hätte er das Geld, das er ihm geliehen hat, nie wiedergesehen.«

»Wie haben Sie Roger denn dazu gebracht, dass er alles gestanden hat?«, fragte Kate.

»Er hat nicht gestanden. Er hat sich umgebracht.«

»Was?« Kate blickte ihn erstaunt an.

»Er hat sich umgebracht«, wiederholte Nate. Er blickte Dylan an, als er fortfuhr: »Wir hatten einen Kollegen auf ihn angesetzt, aber er hat den Schuss nicht gehört. Roger lebte in einem Hochhaus«, erklärte er. »Und unser Detective stand mit dem Auto vor der Tür. Er hat gesehen, wie er nach Hause gekommen ist. Dann rief eine Frau bei der Polizei an und sagte, sie hätte einen Schuss gehört. Und als er hineingerannt ist, fand er Roger mit einem Kopfschuss auf dem Boden vor«, fügte er hinzu. »Er hat überall Belastungsmaterial gefunden, aber er hat natürlich nichts angefasst. Es muss wohl alles auf dem Tisch liegen. Ich glaube, Roger wollte Jackman an die Polizei verpfeifen. Ich kann es kaum erwarten, mir die Sache anzusehen.«

»Ist die Spurensicherung schon am Tatort?«, fragte Dylan.

»Sie sind auf dem Weg. Soll ich auch dorthin fahren? Seine Wohnung ist nicht weit von hier entfernt. Ich könnte Sie dort absetzen. Ich muss erst noch aufs Revier, aber dann komme ich nach.«

»Ja, ich möchte es gerne sehen. Und sorgen Sie bitte dafür, dass nichts angefasst wird, bis ich da bin.«

Nate lächelte. »Das hat das FBI auch gesagt.«

»Ja, okay. Woher hatte Roger die Waffe?«

»Das weiß ich noch nicht.«

»Er hatte eine Pistole, als er zur Testamentseröffnung kam«, sagte Kate. »Weißt du noch?«

»Die hat ihm die Polizei bestimmt nicht zurückgegeben«, meinte Nate. »Roger hatte gerade Kaution hinterlegt. Er trug eine Waffe ohne Waffenschein bei sich.«

»Hat er der Polizei erzählt, wo er sie herhatte?«

»Ja. Er sagte, Ewan hätte sie ihm gegeben, und der hätte sie auf der Straße gekauft.«

»Wo ist Ewan jetzt?«

»Er hat sich freiwillig gestellt. Er ist auf dem Weg zur Polizeiwache, zweifellos mit einem Anwalt, der ihn wieder freikaufen wird. Deshalb muss ich hin, weil er dort von Roger erfahren wird. Bryce liegt im Krankenhaus und ist kaum noch bei Bewusstsein. Seine Frau ist bei ihm und wird bis zum bitteren Ende bei ihm bleiben. Lange kann es nicht mehr dauern.«

»Was ist mit Jackman?«

»Das FBI verhört ihn in Las Vegas. Das ist deren Problem.« Nate wandte sich zum Gehen. »Bis gleich also.«

»Dann ist es also wirklich vorbei? Ich kann es nicht glauben«, sagte Kate. Dylan nickte, aber sie hatte den Eindruck, er hörte ihr gar nicht zu. »Stimmt was nicht?«

»Nein, aber diese Polizisten sollen bei dir bleiben, bis du unterschrieben hast.«

Er ging mit Nate nach unten und ließ sich von den Wachleuten versichern, dass sie bleiben würde, solange Kate sich im Gebäude aufhielt.

Als Dylan anschließend wieder in den Konferenzraum kam, sagte Kate: »Ich dachte, du wolltest dir die Beweise angucken.«

»Ja.«

»Dann geh«, sagte sie. »Mir passiert schon nichts.«

»Ja, aber …«

»Verschwinde, mach die Tür von außen zu. Ich gehe nirgendwohin.«

34

Kate hatte Mühe, die Neuigkeiten zu verarbeiten. Der Mann, der versucht hatte, sie umzubringen, war tot, und sein Komplize befand sich in Polizeigewahrsam. Und sie saß an einem Tisch und beantwortete ihre E-Mails, als sei nichts Außergewöhnliches passiert.

Wahrscheinlich würde sie erst heute Abend zusammenbrechen, wenn sie alleine war.

Dylan würde dann schon wieder auf dem Heimweg nach Boston sein.

Bei dem Gedanken stieg Panik in ihr auf, aber sofort wies sie sich zurecht. Warum regte sie sich auf? Sie hatte gewusst, dass er gehen würde, das war doch schließlich keine Überraschung. Und sie würde es überstehen wie alle schmerzlichen Ereignisse in ihrem Leben.

Aber Dylan wird erst morgen fliegen können, dachte sie dann. Er würde sie nach Silver Springs fahren, die Nacht mit ihr verbringen und erst am Morgen aufbrechen, wenn sie noch schlief.

Sie wusste, dass er sich um sie sorgte. Es hatte sie beträchtliche Überredungskunst gekostet, ihn dazu zu bringen, dass er sie alleine ließ, während er mit Nate den Tatort besichtigte. Er hatte sogar vorgeschlagen, sie solle mit ihm kommen.

Sie stellte fest, dass sie nicht fertig wurde, wenn sie ständig an Dylan dachte. Er war gerade erst gefahren, und schon vermisste sie ihn.

Entschlossen konzentrierte sie sich wieder auf die Arbeit. Sie beantwortete weitere E-Mails, bis sie schließlich von Andersons Assistenten gestört wurde, der schüchtern anklopfte.

»Miss MacKenna, auf Leitung eins ist ein Anruf für Sie. Der

Gentleman wollte mir nicht seinen Namen sagen, aber er bestand darauf, ein Freund zu sein.«

Wer sollte sie in der Anwaltskanzlei anrufen? Die einzigen Personen, die wussten, wo sie war, hatten ihre Handynummer.

»Soll ich ihm sagen, Sie seien nicht zu sprechen?«, fragte Terrance.

»Nein, ich nehme den Anruf an«, erwiderte Kate.

Terrance reichte ihr das Telefon. »Kann ich sonst noch etwas für Sie tun?«

»Nein danke, aber es ist sehr nett von Ihnen zu fragen.«

»Ich bin in der Bibliothek, wenn Sie mich brauchen. Drücken Sie einfach auf den Knopf für die Gegensprechanlage.«

Sie bedankte sich und meldete sich am Telefon.

»Spreche ich mit Kate MacKenna?«, fragte ein Mann.

Sie kannte den Anrufer nicht, aber er hatte eine angenehme Stimme.

»Ja«, erwiderte sie. »Und wer sind Sie?«

»Das tut nichts zur Sache«, sagte er. »Ich möchte Ihnen helfen, und ich will Ihnen nichts Böses. Ich habe Informationen für Sie. Wollen Sie mir zuhören?«

»Ja«, erwiderte sie vorsichtig. »Ich höre Ihnen zu, aber erzählen Sie mir bitte zuerst, warum Sie mir Ihren Namen nicht verraten wollen.«

»Ich werde von der Polizei gesucht«, antwortete er. Hastig fügte er hinzu: »Ich habe nie jemanden umgebracht, zumindest nicht absichtlich.« Er lachte, und dann schnaubte er. »Nein, das war ein Scherz. Ich schwöre, ich habe nie jemanden umgebracht.«

Kate wusste nicht, was sie von alldem halten sollte, aber der Anruf machte sie langsam nervös. Sie blickte sich um. Sie war alleine, die Tür zum Konferenzraum geschlossen.

Bevor sie ihn fragen konnte, warum er von der Polizei gesucht wurde, fuhr er fort: »Die Polizei kennt meinen wahren Namen nicht, und mir wäre lieber, sie würden ihn auch nie herausfinden. Versprechen Sie mir, ruhig zu bleiben? Ich will

Ihnen helfen, und dazu müssen Sie mir zuhören. Sie dürfen nicht hysterisch werden.«

»Natürlich bleibe ich ruhig«, erklärte Kate. »Sagen Sie mir einfach, wer Sie sind.«

Er lachte. »Netter Versuch. Meinen Namen kann ich Ihnen nicht geben, aber ich kann Ihnen sagen, wie die Polizei mich nennt.«

»Wie?«

»Der Florist.«

Kate ließ beinahe das Telefon fallen. Ungläubig stammelte sie: »Das ist nicht komisch … ich glaube nicht … warum sollten Sie …«

»Sie haben versprochen, ruhig zu bleiben.«

Kate blickte erneut zur verschlossenen Tür und überlegte, wie sie Terrance informieren könnte. Vielleicht sollte jemand das Telefonat mithören.

»Das ist ein übler Scherz«, sagte sie.

»Es ist kein Scherz«, erwiderte er. »Ich werde tatsächlich der Florist genannt, und ich will Ihnen helfen.«

»Mir helfen? Ihre Bomben haben mich zweimal beinahe umgebracht.« Sie drückte auf den Knopf für die Gegensprechanlage, aber solange sie auf der Leitung war, hatte sie keinen Zugang dazu.

»Ich habe nicht versucht, sie zu töten«, erwiderte er empört. »Ich habe nur die Explosionsmittel hergestellt.«

»Das ist verrückt«, sagte Kate.

»Sie müssen mir zuhören.« Er klang nicht verrückt, sondern im Gegenteil vernünftig. Ob er sich bei ihr entschuldigen wollte?

»Ich höre zu. Fangen Sie an.«

»Ich jage gerne Dinge in die Luft.«

Okay, er war doch verrückt. »Wollen Sie mir sagen, warum?«, fragte sie, weil sie das Gefühl hatte, irgendwie reagieren zu müssen.

»Das spielt keine Rolle«, erwiderte er. »Ich verdiene ganz ordentlich. Letzten Monat erst habe ich mir einen großen Flachbildfernseher gekauft. Sie glauben gar nicht, was für eine fantastische Bildqualität ... Aber ich schweife ab. Ich verdiene also recht gut, und mein Einkommen erlaubt mir, etwas zu tun, was ich gerne tue.«

»Dinge in die Luft zu jagen.«

»Ich stelle gerne explosive Stoffe her, und in der Vergangenheit habe ich keinen anderen da rangelassen. Bis vor Kurzem. Der Freund eines Freundes eines Freundes ... Sie wissen, wie es manchmal geht. Das Geld lockte mich und machte mich blind. Man sagte mir, der Sprengstoff solle in der Wüste verwendet werden, tischte mir eine riesige Lüge von unterirdischen Höhlen und so weiter auf, und ich fiel darauf herein. Ich war äußerst naiv und gierig.

Ich nahm also das Geld und ging wieder meiner normalen Arbeit nach. Ich dachte nicht mehr daran, bis ich eines Tages die Zeitung aufschlug und ein Foto von einer Explosion in einer Galerie sah. Ich erkannte meine Handschrift sofort. Man hatte mich reingelegt, und nachdem ich gelesen hatte, dass Sie nur knapp dem Tod entkommen waren, bekam ich es mit der Angst zu tun.« Er schnaubte wieder. »Wirklich, ich ... ich dachte sogar daran, Ihnen ... hihi ... Blumen zu schicken.

Ich versuchte an den Kontaktmann heranzukommen, aber er war verschwunden. Dann las ich, dass eine weitere Explosion ein Gebäude zerstört hatte und Sie wieder fast umgekommen wären. Da wusste ich, dass die Anschläge gezielt Ihnen galten.«

Sie hörte ihn tief atmen.

»Das ist ein gefährliches Geschäft.«

Merkte er das erst jetzt? »Ja«, sagte Kate.

»Ich habe beschlossen, mich zur Ruhe zu setzen.«

»Sie rufen mich an, um mir das zu sagen?«, fragte Kate misstrauisch.

Er beantwortete ihre Frage nicht. »Es gibt einen Mann, der mich seit einigen Jahren verfolgt. Sein Name ist Sutherland, und er arbeitet für das ATF. Ich wäre Ihnen dankbar, wenn Sie ihn anrufen könnten, um ihm zu sagen, dass er nach Hause gehen kann.«

»Weil Sie sich zur Ruhe setzen.«

»Ja.«

Das war eine der bizarrsten Unterhaltungen ihres Lebens. »Ich finde, das sollten Sie ihm selber sagen. Er würde Sie bestimmt schrecklich gerne kennenlernen, wenn auch nur am Telefon.«

»Oh, er kennt mich. Er weiß es nur nicht.«

Sutherland würde sicher begeistert sein, wenn er das hörte. Kates Blick fiel auf ihre Tasche, die auf einem Stuhl am Fenster lag. Ihr Handy lag darin. Wenn sie darankäme, könnte sie jemanden anrufen.

Sie musste dafür sorgen, dass er weiterredete.

»Darf ich Ihnen eine Frage stellen?«, sagte sie und stand auf. Sie ging, so weit die Schnur reichte, um näher zu ihrer Tasche zu gelangen.

»Gewiss. Wenn ich sie beantworten kann …«

»Man hat mir gesagt, Sie verstecken den Sprengstoff immer in Körben. Ich möchte gerne wissen, warum.«

»Das sehen die meisten falsch. Ich verstecke ihn nicht in Körben, die Körbe sind der Sprengstoff. Es ist ziemlich kompliziert. Ich sehe mich gerne als Virtuosen. Den Beethoven des großen Knalls, wenn Sie so wollen.« Er kicherte.

»Warum haben Sie mich eigentlich angerufen?«

»Also ganz ernsthaft«, sagte er und seufzte. »Ich möchte Ihnen das Leben retten.«

»Und wie wollen Sie das bewerkstelligen?«

»Indem ich Ihnen eine wichtige Information gebe. Die erste Explosion hat einen ganzen Hügel abgetragen.«

»Ja.« Sie packte ihre Tasche am Griff und zog sie zu sich heran.

»Sie haben kaum einen Kratzer abbekommen. Wissen Sie, wie gering die statistische Wahrscheinlichkeit dafür ist?« Er wartete ihre Antwort nicht ab. »Die zweite Explosion hat ein Gebäude in die Luft fliegen lassen, aber Sie haben sie ebenfalls überlebt. Das ist phänomenal, einfach phänomenal.«

»Ja«, sagte sie wieder. Worauf wollte er hinaus?

»Die statistische Wahrscheinlichkeit spricht gegen Sie. Ich mache mir wirklich Sorgen. Eine weitere Explosion werden Sie nicht überleben.«

»Eine weitere?«

»Ja. Ich habe nämlich drei gemacht.«

»Was?« Kate hielt inne. »Was haben Sie gesagt?«

»Es gibt eine dritte Bombe, und Sie müssen mir gut zuhören …«

Kate lauschte den Ausführungen des Bombers so aufmerksam, dass sie nicht hörte, wie hinter ihr die Tür aufging.

35

In Roger MacKennas Wohnung stank es wie auf einer Müllhalde. Und Roger roch, als habe er sich im Unrat gewälzt, bevor er sich umgebracht hatte. Er lag auf dem Boden im Wohnzimmer, flach auf dem Rücken, die Pistole in der Hand. Um seinen Kopf und seine Schultern hatte sich eine Blutlache gebildet, die die Umrisse seines Körpers nachzeichnete. Sein Gesichtsausdruck war verzweifelt. Ein Auge war geschlossen, das andere befand sich irgendwo hinten in seinem Schädel.

Kein hübscher Anblick.

Das FBI arbeitete vor Ort, und der verantwortliche Agent, Joel Kline, erwies sich als überraschend zuvorkommend. Er schien etwa in Dylans Alter zu sein, hatte aber bereits tief eingegrabene Falten um die Mundwinkel. Er war groß, dünn und ging gebückt, als habe er sich über zu viele Leichen beugen müssen.

Nachdem Dylan ihm diplomatisch klargemacht hatte, dass er nicht vorhatte, ihm seine Position streitig zu machen, reichte Kline ihm ein paar Handschuhe und erklärte, er könne sich umschauen. Seine Meinung sei jederzeit willkommen.

Der Pathologe war ein Mann mittleren Alters namens Dr. Luke Parrish. Da er gerade neben der Leiche kniete, hockte Dylan sich neben ihn und stellte sich vor. Parrish plauderte anscheinend gerne.

»Ich habe mal in der Nähe von Silver Springs gewohnt«, sagte er. »Nette Gegend. Aber es gab nicht genug Morde, deshalb bin ich hierhin gezogen. Savannah ist auch ganz schön«, fügte er hinzu. »Ihrem Akzent nach zu urteilen, kommen Sie aus dem Nordosten. Habe ich recht?«

»Ja«, erwiderte Dylan. »Aus Boston.«

»Ziehen Sie hier runter?«

»Nein, das ist nur ein zeitweiliger Job.«

Sie wandten sich der Leiche zu.

»Der hat gewusst, was er tat«, sagte Parrish. »Ein sauberer Schuss hat gereicht. Die meisten wissen nicht, wohin sie zielen sollen.«

Die Waffe war eine Glock. Parrish packte sie in eine Tüte und reichte sie dem FBI-Agenten.

»Verdammt, er stinkt. Ich glaube nicht, dass er jemals geduscht hat. Er ist noch nicht lange tot und hat sicher auch lebendig so gestunken. Wie kann man nur so leben? Sehen Sie sich nur einmal um. Hier sieht es aus wie auf der Müllhalde. Man sollte doch meinen, dass jemand, der sich so teure Möbel leisten kann, auch ein bisschen darauf achtet. Das Ledersofa da hat mindestens zweitausend gekostet.«

Parrish übertrieb nicht. Die Wohnung war tatsächlich eine Müllhalde. Überquellende Aschenbecher auf Tischen und Stühlen, und überall leere Whiskeyflaschen. Das Sofa sah aus, als sei es reif für den Sperrmüll. Die Kissen waren zerrissen und die Armlehnen voller Brandlöcher.

Nur der Couchtisch, auf dem säuberliche Papierstapel lagen, war aufgeräumt.

»Haben Sie einen Abschiedsbrief gefunden?«, fragte Dylan.

Kline trat zu ihnen.

»Nein, noch nicht. Aber er hat uns all diese Papiere zurückgelassen. Wahrscheinlich wollte er uns helfen, Jackman zu kriegen.«

»Ist es genug, um ihn zu belangen?«

»Wir haben sie noch nicht ganz durchgesehen.«

Mit anderen Worten, nein, dachte Dylan. »Sagen Sie mir, was Sie haben.«

»Wir haben das, was wir gefunden haben, mit den Informationen von Nate Hallinger verglichen. Ihm werden die Beweise gefallen. Es sieht so aus, als wüsste Roger so gut wie alles über Kate MacKenna. Er hatte alle ihre Telefonnummern und ihre Adressen sowie die Telefonnummern ihrer Geschäftspartner und ihrer Schwestern. Er hatte sogar Namen und Telefonnummer von Isabel MacKennas Exfreund.«

»Von Reece Crowell?«

»Carl Bertollis Name war unterstrichen, und daneben waren Datum und Uhrzeit der Galerieeröffnung vermerkt.«

»Mein Gott, er hat ja wirklich an alles gedacht, oder?«

»Und das ist erst der Anfang. Den Kalender, den wir in der Küche neben dem Telefon gefunden haben, haben wir schon eingetütet. Er war voller Fingerabdrücke. Es sah so aus, als ob noch jemand außer Roger Notizen gemacht hätte. Es waren auf jeden Fall zwei unterschiedliche Handschriften. Ich habe ihn vor einer Stunde ins Labor geschickt und Dampf gemacht. Wir müssten jeden Moment einen vorläufigen Bericht bekommen. Kates Flugnummern hatte er sich auch notiert. Er wusste, wann sie nach Boston geflogen und wann sie wiedergekommen war.«

Dylan konnte seine Wut kaum zügeln. Wie lange hatte der Scheißkerl Kate schon beschattet? War er in ihrem Haus gewesen? Es wäre einfach für ihn gewesen, da sie nie die Türen abschloss.

»Haben Sie sich sein Auto schon angesehen?«

»Ja«, antwortete Kline. »Ein weißer Ford mit getönten Scheiben. Er sieht so aus wie der Wagen, der Kate am Flughafen überfahren wollte, jedenfalls hat sie ihn Hallinger so beschrieben.«

»All diese Informationen zu sammeln war bestimmt zeitaufwendig.« Dylan rieb sich den Nacken. »Was sonst noch?«

»Zwei Daten waren auf dem Kalender deutlich eingekreist.«

»Die Explosionen.«

»Genau«, sagte Kline. »Roger hatte zahlreiche Notizen gemacht. Eine war wirklich interessant: ›Jackman hat die Körbe‹, und daneben stand: ›Zweihunderttausend‹. Das muss die Summe gewesen sein, die er für den Sprengstoff bezahlt hat.«

»Nate hat mir gesagt, Jackman wurde verhaftet.«

»Ja«, erwiderte Kline. »Er sitzt in einem Vernehmungszimmer in Las Vegas und wartet auf seinen Anwalt.«

»Rogers Notizen werden kaum ausreichen, um ihn festzunageln, und wir wissen immer noch nicht, wer hinter der Kamera stand, die Compton MacKennas Abschiedsbotschaft filmte.«

»Wir wissen, dass es keiner der Neffen war, weil er keinem von ihnen traute, und sie sollten nicht erfahren, was er vorhatte«, sagte Kline. »Das ist im Video deutlich geworden. Ein paar Personen allerdings sehen nicht so schlecht aus. Die Haushälterin zum Beispiel. Wir haben gerade herausgefunden, dass sie vor etwa sechs Wochen eine große Summe auf ihr Konto eingezahlt hat. Wir werden uns mit ihr unterhalten.« Er fügte hinzu: »Und wir sind auch an Compton MacKennas Anwalt interessiert. Ich mache mir keine Sorgen. Wir werden schon herausfinden, wer es war.«

Dylan ließ sich Zeit. Langsam ging er in der Wohnung herum, studierte die Papiere und handgeschriebenen Notizen. Nettes, ordentliches Paket, dachte er. Roger hätte nicht zuvorkommender sein können. Er hatte gerade genug Hinweise hinterlassen, damit Jackman festgenommen werden konnte, aber festnageln konnte man ihn damit nicht.

Irgendetwas stimmte nicht.

Dylan überprüfte erneut alle Informationen, aber jedes Mal, wenn eine Frage beantwortet war, tauchte eine andere auf. Wie kam Reece in Rogers Notizen? Warum hinterließ er geordnete Informationen, aber keinen Abschiedsbrief? Woher hatte er so schnell eine neue Pistole bekommen? Nichts in Rogers Leben war ordentlich, weshalb sah das alles so gut organisiert aus?

Ein perfekter Schuss – er wusste ganz genau, wohin er zielen musste.

Die Sanitäter packten die Leiche ein. Agent Kline runzelte die Stirn, als er sah, dass Dylan die Papiere anstarrte.

»Stimmt irgendwas nicht?«, fragte er.

Dylan nickte. »Es fühlt sich einfach nicht richtig an. Mir gefällt das alles nicht.«

Sie beobachteten beide, wie die Leiche weggeschafft wurde. »Sie haben da ein nettes, ordentliches Paket«, sagte Dylan.

Kline zuckte mit den Schultern. »So kann es gehen, wenn alles zusammenkommt …«

»Ja? Seit wann passt es denn so gut zusammen? So gut vorbereitet und hingelegt? Das Einzige, was fehlt, sind farbige Pfeile, die auf die Papiere zeigen.« Dylan schüttelte den Kopf. »Mir gefällt das nicht, und wissen Sie, warum? Mir kommt es vor wie eine Inszenierung.«

36

Dylan war viel länger am Tatort geblieben, als er beabsichtigt hatte, und er wollte so rasch wie möglich wieder zu Kate zurück. Er lief die Treppe in Rogers Wohngebäude herunter und rief sie dabei auf dem Handy an, damit sie wusste, dass er gleich kam. Aber es sprang nur ihre Mailbox an. Was sollte das denn? Warum ging sie nicht dran? Wo war sie? Hastig wählte er die Nummer von Smith & Wesson.

»Miss MacKenna spricht auf der anderen Leitung. Soll ich etwas ausrichten?«, fragte die Empfangsdame.

Dylan entspannte sich. Alles war okay. Kate war dort, wo sie sein sollte. Er überquerte gerade die Straße, um zu seinem Auto zu gelangen, als Nate anrief. »Wir haben ein Problem. Ewan MacKenna ist nicht auf der Polizeiwache erschienen. Sein Anwalt wartet auf ihn und schwört, er wisse nicht, wo sein Mandant sei. Auch Ewans Auto ist nicht auffindbar. Wir haben ein paar Männer zu seinem Haus geschickt, aber da ist er nicht. Er muss eilig aufgebrochen sein, weil seine Haustür weit offen stand. Aber wir haben das Haus durchsucht. Nichts.«

»Was ist mit den Polizisten, die Ewan beschatten sollten?«

»Anscheinend hat irgendein Idiot sie abgezogen, als Rogers Leiche gefunden worden ist. Ich habe ein paar Jungs losgeschickt, die seine Lieblingsstudios abklappern.«

»Sie schicken besser jemanden zum Krankenhaus, um zu überprüfen, ob Bryce und Vanessa noch da sind.«

»Das wollte ich gerade tun. Wir sprechen uns später.«

Dylan wollte gerade die Autotür aufschließen, als Agent Kline über die Straße gelaufen kam.

»Da bin ich aber froh, dass ich Sie noch erwischt habe. Ewan MacKenna ist verschwunden«, sagte er.

»Ja, das habe ich gehört«, erwiderte Dylan.

»Und ich habe gerade das hier vom Labor bekommen. Sie haben die Fingerabdrücke auf dem Kalender identifiziert, und sie sind von Ewan MacKenna. Vielleicht haben Sie ja recht. Das Ganze war inszeniert, und wir müssen uns auf völlig neue Gegebenheiten einstellen.«

Kline verschränkte die Arme, blickte nachdenklich zu Boden und sagte: »Das ist meine ursprüngliche Theorie: Jemand, dem der alte Mann vertraut, filmt das Video und macht für sich eine Kopie. Er verkauft sie an Roger. Roger schaut sie sich an und weiß, er muss Kate loswerden oder er sieht keinen Pfennig von dem Geld. Was tut er also? Er ruft Jackman an und bringt ihn ins Spiel, weil er seine Verbindungen braucht. Das macht doch Sinn, oder? Aber jetzt überlege ich, ob nicht auch Ewan mit von der Partie war oder ob das Video nicht an Roger, sondern an Ewan verkauft worden ist. Roger weiß nichts davon. Ewan schaut es sich an, er bringt Jackman ins Spiel, und die beiden legen Roger herein. So könnte es gewesen sein, denn brüderliche Liebe gibt es in dieser Familie mit Sicherheit nicht.«

Dylan stand mit verschränkten Armen an der Wagentür und lauschte den Hypothesen des Agenten.

»Allerdings ist auch das alles zu glatt, oder?«, meinte Kline. »Aber wegen des Zeitpunkts mache ich mir schon so meine Gedanken. Warum hat sich Roger gerade jetzt umgebracht?«

»Ich glaube nicht an Selbstmord«, erwiderte Dylan.

Kline ließ die Schultern sinken. »Ja, vielleicht.«

Dylan stieg ins Auto. »Hoffentlich lässt sich das nachweisen.«

»Wenn Roger ermordet worden ist, ist Ewan der Hauptverdächtige. Er wäre fähig zu einem Mord.«

»In dieser Familie sind alle fähig zum Mord.«

»Ich sage Ihnen Bescheid, wenn wir Ewan gefunden haben«, sagte Kline und lief zurück zum Gebäude.

Dylan wurde das unangenehme Gefühl nicht los, dass er

etwas übersehen hatte. Es war direkt vor seiner Nase, er erkannte es nur nicht. Klines Kommentar zum richtigen Zeitpunkt fiel ihm ein. Vielleicht hatte es ja damit etwas zu tun. Der Zeitpunkt war falsch. Ja, genau, das störte ihn.

An der ersten roten Ampel kramte er sein Handy hervor und rief Anderson an.

Der Anwalt, der vergessen hatte, sein Handy auszuschalten, nahm ab und flüsterte: »Darf ich Sie zurückrufen?«

»Nein«, erwiderte Dylan. »Sie müssen mir eine Frage beantworten.«

»Ich bin gerade bei der Trauerfeier.«

»Es kann nicht warten.«

»Warten Sie, ich gehe hinaus.« Seine Stimme wurde lauter. »So, gut. Was möchten Sie wissen?«

»Mir fehlen ein paar Puzzleteilchen«, sagte Dylan. »Sie müssen mir bei der zeitlichen Abfolge helfen.«

37

Der richtige Zeitpunkt war alles, und die Anruflisten bei Smith & Wesson würden bestätigen, was Dylan sich bereits gedacht hatte.

Wie hatte er nur so blind sein können? Und warum hatte es so lange gedauert, wo es ihm doch die ganze Zeit über vor Augen gestanden hatte?

Er stellte fest, dass er raste wie ein Irrer, aber es war ihm egal. Panik stieg in ihm auf, und er wollte so schnell wie möglich zu Kate.

Er musste sie sehen und sich mit eigenen Augen davon überzeugen, dass es ihr gut ging.

Sie war so vertrauensselig und realisierte gar nicht, in welcher Gefahr sie sich befand.

Der verdammte Bastard wusste, wo sie war, und er würde sie sich holen.

Dylan sprintete ins Gebäude. Vor ihm liefen zwei Polizisten die Treppe hinauf.

Als er ihre Gesichter sah, wusste er, dass etwas nicht stimmte.

»Wo ist Kate?«, fragte er.

»Weg – sie ist weg«, antwortete einer der Beamten.

Der andere fügte hinzu: »Wir haben das gesamte Gebäude durchsucht. Sie muss in aller Hast aufgebrochen sein, der Telefonhörer lag neben dem Apparat, ihre Tasche und ihre Aktentasche sind noch da.«

»Die Alarmanlage an der Hintertür – jemand hat sie ausgeschaltet. Das kann nicht sie gewesen sein.«

Ein Wachmann kam angerannt. »Das ist alles meine Schuld. Sie ist durch die Hintertür gegangen. Ich wurde zum Eingang gerufen, und ich bin hingelaufen, weil ich glaubte, es sei einer der Polizisten.«

»Wir haben es sofort gemeldet. Das FBI ist schon auf dem Weg. Agent Kline sagt, Sie sollen auf ihn warten«, sagte der erste Polizist.

Dylan war zu spät gekommen.

Der Hurensohn hatte sie in seiner Gewalt.

38

Langsam drang Licht in die schwarze Leere. Kate schlug die Augen auf. Es fiel ihr schwer, und als es ihr endlich gelang, sah sie ihre Umgebung nur undeutlich. In ihrem Kopf drehte sich alles, und sie konnte keinen klaren Gedanken fassen.

Sie lag auf etwas Hartem und Kaltem. Was war das? Ein Tisch? Ein Steinsockel? Nein, das konnte nicht sein, sie war ja schließlich nicht tot. Sie spürte ja, wie sie atmete. Hatte sie einen Unfall gehabt? Sie konnte sich nicht erinnern.

Sie hatte keine Schmerzen, und es war wohl auch nichts gebrochen. Vorsichtig bewegte sie Arme und Beine. Gut, es ging, war aber schwierig.

Sie fühlte sich so schwach und lethargisch. Was war mit ihr geschehen?

Oh nein, sie flog nicht schon wieder in die Luft, oder?

Die Panik machte sie hellwach. Oh Gott, Isabel steckte in Schwierigkeiten. Jemand hatte sie entführt. Kate konnte sich erinnern, dass sie gelaufen war. Sie musste zu ihr, bevor er ihr etwas antat.

Wo war ihre Schwester? Kate versuchte nach ihr zu rufen, aber ihre Stimme gehorchte ihr nicht.

Drogen. Sie hatten sie unter Drogen gesetzt. Sie erinnerte sich an den Geruch des Lappens auf ihrem Gesicht. Und sie hatten sie in den Arm gestochen.

Sie wusste nicht, wie lange sie bewusstlos gewesen war. Langsam wurde sie wieder klar, und es gelang ihr, sich aufzusetzen. Eine Welle von Übelkeit überschwemmte sie, aber die verging rasch wieder.

Endlich konnte sie um sich herum etwas erkennen. Sie saß auf einem Holzfußboden. An den Wänden waren Bücherregale, und vor ihr stand ein Schreibtisch – eine Bibliothek. Warum kam sie ihr so vertraut vor? Das Video.

Ja, es war der Schreibtisch, an dem Compton MacKenna gesessen hatte. Sie war in seiner Bibliothek. Dort hing das Gemälde an der Wand, das sie im Video gesehen hatte. Eine Jagdszene, mit Männern in Kilts. Eine Landschaft irgendwo in Schottland.

Was tat sie hier?

Sie machte einen schwachen Versuch aufzustehen und fiel beinahe wieder hin. Sie hielt sich an der Armlehne eines Stuhls fest und wollte es gerade noch einmal versuchen, als sie eine Tür schlagen hörte. Dann kamen Stimmen näher.

»Bist du sicher, dass du ihr genug gegeben hast? Ich mache mir Sorgen, dass sie aufwacht, bevor ich fertig bin.«

Kate erstarrte. Das war Vanessas Stimme.

Mit wem redete sie? Die andere Stimme hörte Kate nur undeutlich.

Vanessa fuhr fort: »Ich brauche mindestens noch fünfzehn Minuten. Oder besser zwanzig. Und du meinst, es reicht? Okay. Aber wir müssen uns beeilen. Zieh ihn in die Bibliothek.« Wieder schlug eine Tür. »Und mach schnell. Du musst wieder zurück sein, bevor dich jemand vermisst.«

Vanessa stand direkt vor der Tür. Kate legte sich wieder auf den Rücken. Das Herz klopfte ihr bis zum Hals. Sie hörte etwas krachen. Es klang wie splitterndes Glas. Dann lachte jemand.

»Mach dir keine Gedanken«, sagte Vanessa. »Nichts in diesem Rattenloch ist etwas wert. Es ist doch nicht zu fassen, dass der senile alte Kerl ernsthaft geglaubt hat, ich würde mich mit dem Haus und mickrigen hunderttausend Dollar zufriedengeben. Und er hat gedacht, er könnte sein Vermögen einfach so einer Fremden überlassen. Ich schwöre dir, am liebsten hätte ich ihn mit der Kamera umgebracht. Dieser blöde Narr. Ich habe mich doch nicht jahrzehntelang um einen Säufer gekümmert, nur für diesen Schrott. Ach, apropos, Liebling,

Bryce müsste jeden Moment den Löffel abgeben. Er war zu betrunken, um zu merken, wie viele Schmerztabletten er geschluckt hat. Ich habe den Ärzten schon gesagt, dass ich mir Sorgen mache, dass er möglicherweise aus Versehen eine Überdosis nimmt.« Man hörte Schritte, und dann: »Ich habe die Hände voll. Kannst du die Tür für mich aufmachen?«

Kate spürte den Luftzug, als die Tür geöffnet wurde. Ein Rock raschelte. Vanessa trat zu ihr. Sie stieß sie leicht mit dem Fuß an, und Kate wusste, dass sie sie betrachtete. Und dann trat Vanessa ihr fest gegen den Oberschenkel. Kate zuckte nicht.

»Sie ist immer noch bewusstlos«, sagte Vanessa zufrieden. Sie trat an den Schreibtisch.

Was machte sie da? Und wer war »Liebling«?

Dann hörte sie ihn. Er schleppte etwas, was er mit einem Plumps auf den Boden fallen ließ.

Ein Telefon klingelte, und Vanessa stieß ein leises Keuchen aus. »Das muss dein Handy sein. Meins ist im Auto. Wir müssen uns beeilen. Los. Los. Oh, das habe ich beinahe vergessen. Hier, nimm das Telefon vom Schreibtisch mit. Ich schließe die Tür ab. Nur zur Sicherheit.«

Rasche Schritte, und dann fiel die Bibliothekstür zu. Eine weitere Tür wurde geschlossen, möglicherweise die Haustür. Waren sie wirklich weg? Oder war das nur ein Trick? Es war totenstill. Einige Sekunden lang rührte sie sich nicht. Schließlich traute sie sich, die Augen zu öffnen.

Sie waren tatsächlich weg. Aber sie war nicht alleine. Auf dem Boden neben ihr lag Ewan MacKenna. Seine Augen waren geschlossen. War er tot, oder lebte er noch? Sie kroch zu ihm und legte ihm die Hand auf die Brust. Er atmete. Hatten sie ihn auch betäubt?

Sie musste Hilfe holen. Mühsam kniete sie sich hin und hielt sich an der Schreibtischkante fest, um sich hochzuziehen.

Ihr Blick fiel auf einen Blumenkorb.

39

Die Aufzüge waren viel zu langsam, deshalb rannte Nate die drei Stockwerke zur Intensivstation nach oben. Er stürmte durch die Doppeltüren in das Stationszimmer.

Ein Techniker und eine Krankenschwester hielten sich dort auf. »Wo ist Vanessa MacKenna?«, fragte er keuchend. »Ihr Mann Bryce ist Patient hier.«

Die beiden blickten sich besorgt an. Die Krankenschwester trat an die Empfangstheke. »Sind Sie ein Angehöriger, Sir?«, fragte sie.

»Nein, ich bin Detective Hallinger«, erwiderte Nate und zeigte seinen Ausweis. »Mrs MacKenna ist nicht da«, sagte die Krankenschwester. »Sie hat einen Anruf auf der Station erhalten und ist gegangen.«

Der Techniker nickte. »Ich habe den Anruf entgegengenommen. Ein Mann rief an. Er sagte, er sei Bryce MacKennas Bruder Ewan. Ich erinnere mich an den Namen, weil er ihn mehrmals wiederholt hat. Er war nervös und meinte, er müsse dringend mit Mrs MacKenna sprechen. Ich habe sie ans Telefon geholt, und ich weiß zwar nicht, was er ihr gesagt hat, aber sie hat sich aufgeregt. Ein paarmal hat sie zu ihm gesagt, er solle sich beruhigen, und als sie auflegte, war sie ganz fassungslos. Nicht wahr, Lee-Anne?«

»Ja, das stimmt.«

»Sie sagte mir, es sei ein Notfall, und sie müsse gehen.«

»Hat sie Ihnen gesagt, wohin sie gehen wollte?«, drängte Nate. Er blickte zur Uhr. Viel Zeit blieb ihm nicht mehr. »Denken Sie nach«, verlangte er.

»Nein, sie hat es mir nicht gesagt«, erwiderte der Techniker.

»Es kann nicht allzu weit entfernt sein«, warf die Krankenschwester ein. »Sie hat gemeint, wenn wir sie bräuchten, könnte sie schnell herkommen.«

»Und sie sagte, es würde nicht so lange dauern«, sagte der Techniker.

»Compton MacKennas Haus ist ganz in der Nähe«, sagte Nate. »Hat sie diesen Namen erwähnt?«

»Nein.«

»Rufen Sie sie an«, forderte er sie auf. »Sie haben doch die Nummer. Rufen Sie sie an, dann wissen wir, wo sie ist.«

»Wir haben schon versucht, sie anzurufen, aber sie geht nicht ans Telefon. Ich habe sie sogar im Krankenhaus ausrufen lassen.«

»Versuchen Sie es noch einmal«, befahl Nate.

Die Schwester wählte die Nummer. »Es klingelt«, flüsterte sie.

»Wie geht es ihrem Mann?«

»Mr MacKenna ist vor ein paar Minuten gestorben. Deshalb haben wir auch versucht, Mrs MacKenna zu erreichen. Sie wollte so gerne an der Seite ihres Mannes sein. Aber er war so selbstzerstörerisch. Sie hat gewusst, dass er im Sterben lag – sie ist darauf vorbereitet.«

»Nach dem vierten Klingeln ist der Anrufbeantworter angesprungen«, sagte die Krankenschwester. »Soll ich eine Nachricht hinterlassen?«

Nate schüttelte den Kopf und griff nach dem Telefon. »Geben Sie mir eine Leitung nach draußen. Ich muss es melden.«

40

Vanessa rannte um ihr Leben; sie war eine total verängstigte Frau.

Jedenfalls musste sie diese Rolle spielen und den richtigen Eindruck erwecken. Sie rannte den Hügel halb hinunter und warf sich absichtlich auf den Split in der Einfahrt. Wie sie gehofft hatte, schürfte sie sich das Knie auf, und es begann zu bluten.

Sie rappelte sich wieder auf, schlüpfte aus einem Schuh und fiel ins Gebüsch. Instinktiv schützte sie ihr Gesicht mit den Armen, als die Dornen ihr die Haut zerkratzten. Sie rollte sich einmal hin und her, damit sie auch Blätter und Gras in den Haaren und Schmutz im Gesicht hatte.

Ihr Knie pochte, aber das war nur ein kleiner Preis für die Millionen, die sie erben würde. Erneut blickte sie auf die Uhr, um zu sehen, wie viel Zeit ihr noch blieb.

Sie hatte nicht daran gedacht, sich die Kleider zu zerreißen, aber als sie taumelnd wieder auf die Beine kam, hörte sie, wie ihr Rock riss. Hervorragend, dachte sie.

Sie musste gleich anrufen. Ewans Auto hatte sie bereits ganz unten ans Ende der Ausfahrt gestellt und ihr Auto dahinter geparkt. Wenn das Haus in die Luft flog, musste es heil bleiben. Der Polizei würde sie erzählen, dass Ewan die Einfahrt versperrt hätte und sie nicht näher heranfahren konnte. Sie hatte so viele Details bedenken müssen, aber sie durfte nichts übersehen.

Als sie kurz vor ihrem Auto war, fiel sie tatsächlich noch einmal hin und stieß sich sogar die Stirn an der Stoßstange.

Sie riss die Tür auf und setzte sich auf den Fahrersitz. Sie blickte auf die Uhr. Nicht mehr ganz drei Minuten. Perfektes

Timing. Sie blickte auf die alte, viktorianische Backsteinvilla oben auf dem Hügel und lachte leise.

Es war wirklich lächerlich, dass er geglaubt hatte, sie wolle so ein scheußliches Haus haben. Dreißig Jahre lang hatte der alte Mann es nicht renoviert oder erneuert. Es war einfach nur ein riesiges, hässliches Denkmal für sein niederträchtiges, egoistisches Leben.

Eigentlich sollte sie erst anrufen, wenn die Explosion bereits erfolgt war, aber sie fand es überzeugender, die Polizei an der Leitung zu haben, wenn das Haus in die Luft flog.

Noch zwei Minuten. Jetzt, dachte Vanessa und wählte die 911.

Sofort nahm ein Mitarbeiter ab.

»Was haben Sie für einen Notfall?«

»Bitte, bitte helfen Sie mir«, schrie sie. »Er hat eine Bombe, und er wird sie töten. Ich bin herausgekommen, aber sie ist noch mit ihm im Haus, und ich kann nicht … oh, bitte.«

»Wie ist ihre Adresse?«, fragte der Mann mit ruhiger Stimme.

»Barkley Road vier-siebzehn. Bitte, beeilen Sie sich«, schrie sie.

»Wir haben zwei Autos in der Gegend, Ma'am. Sie sind auf dem Weg. Bleiben Sie am Telefon, bis die Polizei da ist. Wie heißen Sie?«

Vanessa rang schluchzend nach Atem. Hoffentlich klang sie völlig hysterisch. »Vanessa MacKenna. Sie müssen so schnell wie möglich herkommen. Haben Sie nicht verstanden? Er wird sie töten.«

»Wer, Ma'am? Von wem sprechen Sie?«

»Kate MacKenna. Mein Schwager Ewan hat sie in seiner Gewalt.«

Jetzt war es keine Minute mehr. Der Polizist stellte weitere Fragen.

»Wo sind Sie jetzt, Ma'am? Sind Sie weit genug weg vom Haus?«

»Ja. Er hat in die andere Richtung geguckt, und ich bin weggelaufen. Ich bin am Tor, am Ende der Auffahrt – an meinem Auto. Oh, jetzt höre ich die Sirenen. Sie kommen.«

»Bleiben Sie bitte am Telefon, bis sie da sind, okay?«

»Ja. Oh, bitte, sie müssen ihn aufhalten.« Sie nahm das Handy vom Ohr und hielt es in Richtung des Hauses.

Fünf, vier, drei, zwei, eins.

Nichts.

41

Dylans Herz sank. Wie hatte er das zulassen können? Kate … oh Gott, Kate …

Ein Auto hielt mit kreischenden Bremsen vor dem Gebäude. Agent Kline blieb hinter dem Steuer sitzen und drückte auf die Hupe. Er ließ das Fenster herunter und brüllte: »Steigen Sie ein! Steigen Sie ein.« Er beugte sich vor und öffnete die Beifahrertür.

Dylan sprang hinein, und er hatte kaum die Tür zugezogen, als Kline auch schon aufs Gaspedal trat.

»Kate ist weg«, schrie Dylan.

»Ich weiß«, erwiderte Kline. »Und ich weiß, wo sie ist. Die Polizeiwache in Savannah hat einen Notruf empfangen. Vanessa hat wegen eines Notfalls das Krankenhaus verlassen und wollte sich mit Ewan im Haus von Compton treffen. Wahrscheinlich ist Kate bei ihr, weil sie beide ausgeschaltet werden sollen.«

Er überfuhr eine rote Ampel, bog nach links ab und schoss die Straße entlang.

»Vanessa könnte aber die Leute im Krankenhaus auch angelogen haben«, sagte Dylan.

Sie wussten beide, dass Kate möglicherweise schon tot war, aber keiner verlieh seiner Angst Ausdruck.

»Sie muss einfach bei Vanessa sein«, sagte Dylan. »Ich hätte sie nie alleine lassen dürfen.«

»Wir schaffen es schon noch rechtzeitig«, beruhigte Kline ihn. »Jede verfügbare Einheit ist unterwegs.« Wieder schoss er um eine Straßenecke herum.

Dylan zog seine Pistole aus dem Holster, lud sie und schob sie wieder hinein.

»Wenn jemand Kate etwas antut, knall ich ihn nieder.«

»Das sollten Sie besser nicht laut sagen«, entgegnete Kline. »Ich bin FBI-Agent, denken Sie daran. Sie wissen, dass das Mord wäre.«

»Können Sie nicht schneller fahren?«, sagte Dylan nur.

Das Funkgerät in Klines Wagen knisterte, als der Notruf übermittelt wurde. Dylan hörte nur »Bombe«, und ihm stockte der Atem.

»Vanessa sagt, Ewan hat eine Bombe, oder?«, fragte Kline.

»Nicht Ewan«, unterbrach ihn Dylan.

»Ich weiß, ich weiß«, erwiderte Kline. »Sie haben mich überzeugt. Ich wollte doch auch nur sagen, dass sie bis jetzt wohl noch nicht detoniert ist. Wenn sie den anderen beiden Bomben gleichen würde, hätten wir es wahrscheinlich gehört.«

»Ja, das stimmt.« Dylan fasste neue Hoffnung. »Ich habe ihr nie gesagt ...«

»Was haben Sie ihr nie gesagt?«

Dylan antwortete nicht. »Sie werden langsamer.«

»Keineswegs. Wir sind gleich da. Der Sprengstofftrupp müsste direkt hinter uns sein. Verdammt, noch eine Bombe. Aller guten Dinge sind drei, was? Wir müssen diesen Kerl kriegen.«

Kline erblickte einen Krankenwagen im Rückspiegel. »Noch etwa zwei Kilometer«, sagte er. »In dieser schicken Gegend liegen die Häuser weit auseinander – das ist gut.« Er brach ab, aber nicht früh genug.

Dylan beendete den Gedanken für ihn. »Wenn die Häuser eng zusammenstehen, ist die Gefahr für die Anwohner größer. Glauben Sie etwa, ich kenne die Probleme nicht?«, fuhr er ihn an.

»Wissen Sie was?«, gab Kline zurück. »Ich möchte nicht, dass Sie ein Problem werden. Sie lieben Kate, oder? Ich sehe es Ihnen an. Emotionale Verbundenheit macht Sie zu einem Sicherheitsrisiko. Sie müssen sich zusammenreißen, sonst sind Sie mir keine Hilfe.«

Kline nahm das Tempo nicht zurück, als er um die Ecke bog. Der Wagen brach aus und geriet ins Schleudern, aber er lenkte dagegen.

»Wenn das vorbei ist, Kline, sollten Sie Fahrstunden nehmen. Sie fahren wie eine alte Dame.«

Vor ihnen befand sich eine Kreuzung. Von allen Seiten rasten die Polizeiwagen heran, und Kline steuerte geschickt darum herum. Vor der Villa versperrten zwei Streifenwagen den Weg, und Polizisten sperrten die Straße ab. Sie gaben Kline ein Zeichen anzuhalten, aber er ignorierte sie und fuhr über den Bürgersteig bis zum Eisentor. Dylan blickte durch die Bäume zum Haus. Ein Krankenwagen stand neben einem anderen Auto, was ihm die Sicht versperrte.

Kline konnte besser sehen. »Hallinger ist dort. Das ist doch sein Auto, oder?«

»Ich kann Kate nicht sehen. Sehen Sie Kate?«, fragte Dylan.

»Warten Sie. Ich fahre durchs Tor«, erwiderte Kline. »Ah, da rechts ist Vanessa. Überlassen Sie sie mir, okay?«

»Ich kann Kate nicht sehen.«

»Der Entschärfungstrupp ist da. Sie machen sich gerade fertig. Dylan, was zum Teufel …«

Kline trat auf die Bremse, aber Dylan war bereits aus dem Auto gesprungen und rannte geduckt auf das Tor zu. Fluchend stellte Kline den Wagen ab, stieg ebenfalls aus und rannte hinter ihm her.

»Bleiben Sie stehen, Dylan«, schrie er.

Dylan hörte ihn nicht. Er suchte voller Panik nach Kate.

Zwei Polizisten standen bei Vanessa, die schluchzend aufs Haus zeigte. Einer von ihnen sah Dylan und kam auf ihn zugelaufen.

»Haben Sie Kate MacKenna gesehen?«, fragte Dylan.

»Wir sind gerade erst eingetroffen. Wir waren die Ersten, hinter uns kam gleich ein Krankenwagen, und, ach ja, Detective Nate Hallinger.«

Kline kam keuchend angerannt.

»Vanessa MacKenna hat uns gesagt, dass Leute im Haus sind«, fuhr der Polizist fort. »Detective Hallinger ist einfach reingerannt. Er versucht sie zu retten, bevor die Bombe hochgeht. Ich konnte ihn nicht aufhalten.«

Dylan war schon weitergelaufen. Er überquerte die Auffahrt, sprang über die Motorhaube eines Autos, das ihm im Weg war, und sprintete den Hügel hinauf.

Kate war immer noch im Haus. Wenn die Bombe explodierte ... Irgendetwas musste schiefgegangen sein, weil noch nichts passiert war. Vielleicht hatte Vanessa den Zeitplan nicht eingehalten, vielleicht hatte sie zu früh angerufen. Seine Gedanken überschlugen sich.

Er hatte gerade den Eingang des Hauses erreicht, als er einen Schuss hörte.

Er zog seine Pistole, entsicherte sie und schlich leise hinein. Niemand war zu sehen.

Nate stand an der Tür zur Bibliothek. In seiner Hast hatte er das Schloss einfach durch einen Schuss geöffnet. Er warf einen Blick durch den Raum. Ewan lag auf dem Rücken, mit geschlossenen Augen. Kate war nirgends zu sehen.

Als Nate den Blumenkorb auf dem Schreibtisch stehen sah, zuckte er zurück. Das Ding konnte jeden Moment hochgehen. Er öffnete den Mund, um nach Kate zu rufen, aber es kam nur ein erstickter Laut heraus, als er die Pistole an seinem Hinterkopf spürte.

»Lass die Waffe fallen, oder du bist tot.«

Dylan stand hinter ihm.

Nate zuckte zusammen. »Was machst du da? Bist du wahnsinnig? Nimm die Pistole weg. Ich versuche Kate und Ewan herauszuholen, bevor ...«

»Lass die Waffe fallen, du Hurensohn.«

»Was zum Teufel ist los mit dir?«, brüllte Nate.

»Wo ist Kate?«

»Ich weiß es nicht. Ich will sie doch nur retten.«

»Meinst du nicht eher, du willst sie töten? Wolltest du

Ewans Waffe benutzen oder deine eigene? Es sollte so aussehen, als ob Ewan sie erschossen hätte, nicht wahr? Dann wärst du der Held gewesen, wenn du ihn zur Strecke gebracht hättest.«

»Das ist doch irrsinnig. Warum sollte ich …«

Dylan schnitt ihm das Wort ab.

»Du hast einen großen Fehler gemacht. Du wusstest von dem Geld, noch bevor du mit dem Anwalt gesprochen hast.« Er drückte den Pistolenlauf fester gegen Nates Schädel. »Wo ist sie?«, brüllte er.

»Ich sage dir doch, du hast das alles …«

»Ich bin hier.« Kate trat hinter der Tür hervor. Sie hielt eine Schere in der rechten Hand. Jetzt ließ sie den Arm sinken und sagte: »Ich dachte, Vanessa käme zurück und …«

Nate richtete seine Pistole, die auf Ewan gezielt hatte, auf den Blumenkorb. »Ich gebe nicht auf, Dylan. Ich drücke ab, und wir werden alle sterben. Gib mir deine Pistole, und niemandem wird etwas geschehen. Kate ist meine Versicherung. Sie wird mit mir hinausgehen. Ich habe nichts zu verlieren. Und jetzt beeil dich. Die Bombe kann jeden Moment hochgehen.«

Dylan senkte seine Waffe nicht. »Kate, verschwinde. Lauf.«

»Aber Dylan …«

»Los! Lauf!«

Kate rührte sich nicht. »Dylan …«

Die Haustür ging auf, und für den Bruchteil einer Sekunde drehte Nate den Kopf. Wie der Blitz sauste Dylans freie Hand auf Nates Arm, die Waffe wurde aus dessen Hand geschleudert. Mit einer einzigen fließenden Bewegung trat Dylan ihm den Boden unter den Füßen weg, sodass er stürzte. Und die ganze Zeit zielte Dylans Pistole auf seinen Kopf.

Das Entschärfungskommando stürmte herein, und Dylan, der Nate gerade hochzerrte, brüllte ihnen zu: »Bringt zuerst Kate raus. Und Ewan. Beeilt euch!«

Als die Leute auf sie zutraten, hob Kate die Hände. »Es ist nicht nötig, ich …«

Dylan hatte Nate die Hände auf den Rücken gedreht und stieß ihn zur Tür.

»Mach schon, Kate!«, befahl er.

»Hört mir endlich zu!«

Kate trat an den Schreibtisch, legte die Schere hin und öffnete die andere Hand. Auf ihrer Handfläche lag ein blauer Draht, nur wenige Zentimeter lang.

»Die Bombe wird nicht explodieren.«

»Aber woher weißt du denn …«, stammelte Dylan.

Sie lächelte ihn erleichtert an und sagte: »Du errätst nie, wer mich angerufen hat.«

42

Kate lehnte an einem Streifenwagen und beobachtete ruhig den ganzen Aufruhr.

Dylan sprach mit einem Lieutenant der Polizei von Savannah, blickte aber ständig zu ihr herüber, wahrscheinlich um sich zu vergewissern, dass sie nicht wieder verschwand.

Die Sanitäter trugen Ewan auf einer Trage aus dem Haus. Er war bewusstlos, aber sie hörte, wie einer der Polizisten sagte, dass er bald zu sich kommen würde. Wenn er seine Augen aufschlug, würde er mit Handschellen ans Krankenhausbett gefesselt sein, weil er sich einiger Vergehen schuldig gemacht hatte. Ganz oben auf der Liste stand die gestohlene Waffe, die er seinem Bruder zur Verfügung gestellt hatte.

Reporter und Filmteams von allen möglichen Fernsehsendern waren eingetroffen, aber sie mussten vor dem Tor warten.

Die meisten Kameraleute konzentrierten sich auf das Haus, auch Vanessa bekam einige Aufmerksamkeit. Sie war völlig hysterisch, und dieses Mal schauspielerte sie nicht.

»Sie machen einen schrecklichen Fehler«, schluchzte sie. »Ich bin ein Opfer. Ich habe versucht, Leben zu retten, als ich den Notruf angerufen habe. Ich habe nichts getan! Ich bin ein Opfer!«, schrie sie.

Ein FBI-Agent hatte ihr Handschellen angelegt und sagte ihr, sie müsse still sein, während er ihr ihre Rechte verkündete. Als er fertig war, fragte er sie, ob sie alles verstanden habe, und Vanessa schaffte es gerade noch, »Ja« zu sagen, aber dann begann sie erneut zu kreischen.

Ein Detective, der Kate sein Handy geliehen hatte, holte es sich wieder zurück. Sie dankte ihm gerade, als Dylan zu ihr trat.

»Hast du Isabel erreicht?«, fragte er.

Kate lächelte.

»Ja, und es geht ihr gut. Das wusste ich, aber ich musste einfach ihre Stimme hören. Ich habe auch Kiera angerufen, und bei ihr ist auch alles in Ordnung. Als Nate in den Konferenzraum bei Smith & Wesson gerannt kam und mir sagte, Reece hätte Isabel in seiner Gewalt und sie sei verletzt, geriet ich in Panik. Ich bin mit ihm gegangen, aber ich kann mich nur noch erinnern, dass ich in sein Auto gestiegen bin. Dann bin ich erst auf dem Fußboden in der Bibliothek wieder aufgewacht.«

»Schön, dass es deinen Schwestern gut geht, aber was ist mit dir? Alles in Ordnung?« Er legte den Arm um sie und drückte sie.

»Ja«, versicherte sie ihm. Sie blickte zum Haus und fragte: »Warum dauert es so lange, bis sie Nate herausbringen?«

»Sie müssen einfach nur die Vorschriften befolgen«, erwiderte Dylan. »Es kommt dir nur so lange vor, weil du gerne wegmöchtest.«

»Können wir fahren?«

»Nein.«

Zwei Sanitäter kamen auf Kate zugelaufen. »Sie wollen dich bestimmt untersuchen«, sagte Dylan.

»Aber mir fehlt nichts.«

»Geh mit ihnen«, drängte Dylan. »Ich warte.«

Obwohl Kate fand, dass nichts davon nötig war, ging sie gehorsam mit zum Krankenwagen, um sich Blutdruck und Puls messen zu lassen. Allerdings musste sie sich eingestehen, dass sie sich nicht besonders gut fühlte. Ihr war übel, aber das erwähnte sie den Sanitätern gegenüber nicht.

Nachdem die Untersuchungen durchgeführt worden waren, half ihr einer der Sanitäter aus dem Krankenwagen. In diesem Augenblick traten gerade mehrere Männer aus dem Haus.

»Oh, sie bringen gerade den Verdächtigen heraus«, sagte einer der Sanitäter.

Dylan stand da, als ob er Nate Hallinger erwartete. Er hatte sich abgewandt, und Kate konnte sein Gesicht nicht sehen. Hoffentlich tat er nichts Unüberlegtes.

»Dylan«, rief sie.

»Komm nicht näher, Kate.«

Sie trat neben ihn, aber er sagte nur: »Du solltest doch da hinten bleiben.«

Sie legte ihm die Hand auf den Arm. »Wann hätte ich je getan, was du mir sagst?«

»Kate!« Seine Stimme klang warnend.

Agent Kline rief ihm etwas zu.

»Bleib hier, Kate«, sagte Dylan. »Bitte.«

»Na gut«, gab Kate nach.

Dylan ging auf Nate zu, der ihm finster entgegenblickte. »Damit kommt ihr nie durch. Ihr habt nichts.«

»Wir haben genug«, warf Kline fröhlich ein.

Dylans Lächeln erreichte seine Augen nicht.

»Du hattest bestimmt ein paar Probleme, oder? Und ich wette, dabei hast du alles für so einfach gehalten. Eine Bombe, bum!, Problem gelöst. Kate ist tot, bevor sie überhaupt vom Testament erfährt.«

»Nein, du irrst dich.«

»Wie lange sind Sie schon bei der Polizei in Savannah?«, fragte Kline Nate.

Dylan antwortete für ihn.

»Lange genug, um Vanessa kennenzulernen und mit ihr anzubändeln. Jeder wusste, dass sie mit anderen Männern schlief. Aber du warst wohl der Richtige.«

»Sie heckten Ihren Plan aus und wechselten zur Polizei in Charleston«, sagte Kline. »Sie mussten sich von Vanessa fernhalten und außerdem alles über Kate herausfinden.«

»Ich habe gewechselt, weil man mir dort eine Stelle angeboten hat. Außerdem wollte ich eine Veränderung.«

»Du wolltest achtzig Millionen Dollar, nichts anderes«, sagte Dylan. »Vanessa hat hinter der Kamera gestanden und den alten Mann gefilmt. Compton hat ihr vertraut, und deshalb hat er sie gebeten, sein Video aufzunehmen. Sie muss wirklich stinksauer gewesen sein, als Compton vor laufender Kamera erklärt hat, dass Kate alles bekommen solle. Da er bereits sein Testament geändert hatte, hätte es nichts genützt, wenn sie ihn auf der Stelle umgebracht hätte.«

»Sie hat Ihnen alles erzählt, oder?«, fragtc Kline.

»Sie können nichts beweisen«, setzte Nate an.

»Du bist derjenige, der ihr Alibi für den Tag, an dem das Video gedreht wurde, überprüft hat. Du hast gesagt, es sei bombensicher. Warum hättest du sonst lügen sollen?«, unterbrach Dylan ihn. Nate antwortete nicht, aber das hatte Dylan auch gar nicht erwartet.

»Hast du einen Kontakt zu dem Floristen gehabt, oder bist du zu Jackman gegangen und hast ihm einen Deal angeboten, dem er nicht widerstehen konnte?«

»Ihr könnt mir nichts beweisen. Es ist alles nur Spekulation.«

»Dann wurde es kompliziert, nicht wahr?«, fuhr Kline fort, ohne auf seinen Einwand zu achten. »Kate machte nicht mit. Zwei Explosionen, und sie war immer noch am Leben. Ihr Glück und euer Pech. Haben Sie alle drei Bomben auf einmal gekauft, oder mussten Sie sich mehrmals mit ihm treffen?«

»Du wusstest, dass Kate auf Carls Party sein würde«, sagte Dylan. »Du wusstest es sogar schon, bevor es in der Zeitung stand. Carl war deine Quelle, auch wenn er sich dessen nicht bewusst war. Er möchte Kates Unternehmen fördern, und er investiert viel Geld für wohltätige Zwecke in Savannah. Compton erwähnte, Vanessas gute Werke hätten dem Namen MacKenna genützt, und Vanessa hat zwar nie direkt mit Carl zu tun gehabt, aber sie war immer da und hat gut zugehört. Du wusstest es und hattest Zeit, deinen Plan auszuarbeiten.«

»Sie waren zufällig in der Gegend, als die Bombe hochging«, fügte Kline hinzu. »Der Erste am Tatort, der Erste, der Kate fand. Es muss enttäuschend gewesen sein zu sehen, dass sie noch atmete.«

»Das ist lächerlich«, schrie Nate.

Dylan und Kline ignorierten seine Wut.

»Aber findest du nicht auch, dass es zu viel des Guten war, als du Reece Crowells Namen in Rogers Wohnung hinterlassen hast? Wolltest du uns durcheinanderbringen, oder sollte es ein kleiner Hinweis sein?«, fragte Dylan.

»Du musstest immer wieder den Plan ändern«, fuhr Dylan fort. »Du hast Roger umgebracht und Ewan mit den Beweisen belastet. Und mit dieser letzten Bombe sollten natürlich Kate und Ewan getötet werden, aber das Scheißding ist nicht losgegangen. Und deshalb musstest du hineingehen und dich selbst um alles kümmern.«

»Ewans Pistole und sein Handy waren in ihrer Tasche«, sagte Kline.

»Das kann ich erklären«, sagte Nate.

»Können Sie auch erklären, warum Sie Kate gegenüber behauptet haben, Reece hätte ihre Schwester in seiner Gewalt?«

»Ich hielt es für wahr. Ewan rief mich an …«

Kline warf Dylan einen Blick zu. »Puh. Er lügt so schnell, das mir ganz schwindlig wird. Und Ihnen?«

»Du bist ein gieriger Hurensohn, Nate«, sagte Dylan. »Aber du hast einen großen Fehler gemacht. Weißt du noch, was du zu mir gesagt hast? ›Ich habe gehört, sie hat es abgelehnt.‹ Das hat mich nachdenklich gemacht. Woher wusstest du das? Vanessa ging, noch bevor Kate ihre Meinung änderte und das Erbe doch annahm. Du hast es von Vanessa gehört.«

»Anderson hat es mir gesagt.«

»Ja, das habe ich eine Zeit lang auch angenommen. Aber leider hat Anderson ein großartiges Gedächtnis. Er hatte zu diesem Zeitpunkt noch nicht mit dir gesprochen. Weißt du, Nate, meine Uhr geht wirklich genau, und ich weiß, knapp zehn Minuten nachdem wir das Büro verlassen hatten, habe ich mit dir geredet. Anderson erinnert sich an das Telefonat mit dir, aber er schwört, dass er zumindest eine Viertelstunde mit den Polizisten gesprochen hat, die gekommen waren, um

Rogers Pistole zu konfiszieren. Erst danach wurde er in sein Büro gerufen, um deinen Anruf entgegenzunehmen. Und weißt du was? Anderson führt Telefonlisten, sodass man es beweisen kann.«

»Nette Vermutungen, Dylan, aber nichts davon hält vor Gericht stand.«

»Ich glaube, doch«, erwiderte Dylan. »Vanessa wird dich reinreiten.« Er nickte in ihre Richtung. »Sieh sie dir an. Sie beobachtet dich, und wenn Blicke töten könnten … Na ja, oder sagen wir einfach, sie ist im Moment nicht gerade dein größter Fan. Wenn ihr klar wird, was sie erwartet, wird sie verhandeln wollen.«

Offensichtlich hatte er seine Meinung genau zum richtigen Zeitpunkt geäußert.

Als Vanessa hinten in den Streifenwagen gesetzt wurde, brach es aus ihr heraus: »Ich habe nichts getan. Es war alles seine Idee. Ich bin unschuldig!«

Alle hörten sie.

Dylans Lächeln war aufrichtig. »Siehst du.«

43

Kate saß im Büro des Captains. Auf der einen Seite neben ihr saß Kline, auf der anderen Dylan, und alle außer dem Bürgermeister redeten auf sie ein.

Woher hatte sie gewusst, welchen Draht sie durchschneiden musste? Er hatte es ihr gesagt. *Wer?* Der Florist. *Woher hatte sie gewusst, dass eine Kugel die Explosion nicht hervorrufen konnte?* Ganz einfach. Sie hatte den Mechanismus lahmgelegt. Sie hatte den blauen Draht durchgeschnitten, dann sorgfältig den unteren Boden entfernt und ihn in die Schreibtischschublade gelegt. *Warum hatte sie das getan?* Er hatte gesagt, sie müsse ihn herausnehmen. Warum, wusste sie nicht.

Sie musste jedes Wort genau wiederholen, das der Florist zu ihr gesagt hatte. Sie wiederholte das Telefongespräch mindestens fünfmal, verlor jedoch nie die Geduld.

Dylan war erstaunt darüber, wie ruhig sie war.

Hatte sie versucht, aus der Bibliothek herauszukommen? Natürlich, aber sie hatte die Tür nicht öffnen können. Sie hatte versucht, sie einzutreten, aber sie war aus solidem Holz und gab nicht nach. Sie hatte auch daran gedacht, aus dem Fenster zu klettern und wegzulaufen, bevor die Bombe detonierte, aber sie hätte Ewan nicht hochstemmen können, er wog ja mindestens hundertachtzig Pfund.

Die Zeit lief ihr davon, und Kate hatte keine andere Wahl gehabt, als den Blumenkorb auseinanderzunehmen.

Natürlich war allen klar, dass sie sich selbst hätte retten können, wenn sie Ewan zurückgelassen hätte, dass sie es jedoch nicht übers Herz gebracht hatte, sprach Bände über ihren Charakter.

Dylan war die ganze Zeit bei ihr und versuchte, die Fragen

auf ein Minimum zu beschränken. Als er schließlich das Gefühl hatte, dass keine Fragen mehr offengeblieben seien, erklärte er die Vernehmung für beendet und ging mit ihr.

Kate war dankbar für die Rettung. Bis jetzt war der Tag grauenhaft gewesen, und er war noch nicht zu Ende.

Um Punkt sieben Uhr betraten Kate und Dylan die Anwaltskanzlei Smith & Wesson. In den nächsten zwei Stunden lauschte Kate höflich Comptons selbstzufriedenen, herablassenden Beratern. Dylan saß schweigend mit verschränkten Armen neben ihr.

Die Haltung der Männer mit ihren dunklen Anzügen, weißen Hemden und konservativen Krawatten war verwirrend. Sie benahmen sich, als ob das Geld ihnen gehörte und sie Kate mit ihrem Bericht nur unterhalten wollten. Sie sollte Formulare unterschreiben, um ihnen weiter die finanzielle Obhut zu überlassen. Sie versicherten ihr, sie würde jährliche Berichte erhalten, die sie über den Stand der Dinge informierten.

Als sie mit ihrem eitlen Selbstlob fertig waren, sahen sie zu, wie Kate die Papiere unterschrieb, die Anderson vorbereitet hatte, und die Erbschaft offiziell annahm. Als das geschehen war, verkündete der Anwalt, nun seien alle Forderungen des Verstorbenen erfüllt.

Die Männer wollten sich schon erheben und gehen, aber Kate bedeutete ihnen, einen Moment zu warten. Sie dankte ihnen für ihre Arbeit und Hingabe, fügte jedoch hinzu, dass ihre Dienste nicht mehr benötigt würden.

Erschreckt sperrten sie Mund und Augen auf. Nur Anderson wahrte die Haltung, sah jedoch so aus, als wolle er in Jubelgeschrei ausbrechen.

Einer der Berater sprang auf.

»Was werden Sie mit all dem Geld anfangen?«

Ein anderer erhob sich und protestierte.

»Compton wollte nicht, dass Sie sein Lebenswerk verschleudern, und ich bin – nein, wir sind – besonders wegen Ihres Mangels an Erfahrung im finanziellen Bereich äußerst besorgt.«

Sie begannen, alle durcheinanderzureden, aber Anderson brachte sie zum Schweigen.

»Es ist nicht Ihre Sache, was Miss MacKenna mit ihrem Erbe machen möchte. Sie können Ihre Abschlussrechnungen an die Kanzlei schicken, und ich werde sie begleichen lassen.«

In seiner Verzweiflung wandte sich einer der Männer an Dylan.

»Sie wissen doch sicher, was für ein großer Fehler das ist. Sprechen Sie mit ihr«, verlangte er.

Dylan lehnte sich auf seinem Stuhl zurück und zuckte nur mit den Schultern.

Der Mann wurde puterrot im Gesicht. »Weiß sie denn überhaupt, was sie mit dem Geld anfangen …«

»Ja«, unterbrach Kate ihn. »Das weiß ich. Ich gebe es weg.«

»Alles?«, fragte der Mann ungläubig.

»Aber … aber …«, stammelte ein anderer.

»Und wem wollen Sie es geben?«, fragte ein dritter, der ganz grün im Gesicht geworden war.

»Ich habe einige Ideen«, antwortete Kate.

»Ich muss sie noch mit meinen Schwestern besprechen, bevor wir eine endgültige Entscheidung treffen können, aber ich tendiere zu einer Forschungseinrichtung. Meine Mutter starb an einer schrecklichen Krankheit«, sagte sie. »Ich möchte im Krankenhaus in Silver Springs auch eine neue Onkologie-Abteilung einrichten lassen. Auf jeden Fall wird das, was mit dem Geld geschieht, den Namen meiner Mutter tragen. Leah MacKenna.«

Die Berater blickten sich entsetzt an.

»Compton wird sich im Grab umdrehen«, schniefte einer der Männer. »Er hat sie noch nicht einmal als Teil der Familie betrachtet.«

Bei seinen Worten drehte sich Kate um, die sich bereits zum Gehen gewandt hatte.

»Vielen Dank. Wie reizend von Ihnen, das zu sagen.«

44

Noch nie war Kate ihr Zuhause so schön vorgekommen. Das Haus war alt und verwohnt, es brauchte dringend einen neuen Anstrich und neue Fensterläden, aber sie fand es trotzdem wunderschön.

Es war ein Uhr nachts, als sie endlich die Decke aufschlug und sich neben Dylan ins Bett legte. Er schlief bereits fest. Kate hatte eine lange, beruhigende Dusche genommen, und jetzt würde sie bestimmt sofort einschlafen.

Aber zuerst musste sie ihr Kissen unter seinem Kopf hervorziehen. Gerade hatte sie sich bequem hingelegt, als auf einmal das Zittern begann, und innerhalb von Sekunden zitterte sie am ganzen Körper so heftig, dass das Bett bebte.

Dylan fuhr mit einem Ruck aus dem Schlaf auf. Blinzelnd streckte er den Arm aus und zog sie an sich.

Kate kuschelte sich an ihn. Sein Körper war warm und tröstlich.

»Tut mir leid, dass ich dich geweckt habe«, sagte sie. »Ich kann nicht aufhören zu zittern, aber mir ist nicht kalt.«

Er rieb ihr über den Rücken. »Das sind die Ereignisse des heutigen Tages«, sagte er. »Adrenalin und Angst.«

Sie flüsterte: »Hast du eigentlich niemals Angst?«

»Doch.« Dylan dachte daran, welche Angst er heute um Kate gehabt hatte.

»Dylan?«

»Ja, Pickles?«

Sie hörte ihn gähnen. »Ich habe gerade gedacht …«

»Das kann nicht gut sein.«

»Ich habe ihm vertraut.« Ihre Stimme bebte. »Ich musste ihm einfach vertrauen. Ich musste glauben, was er sagte.«

»Warum solltest du Nate auch nicht trauen?«, erwiderte Dylan. »Der Hurensohn war ja immerhin Polizist.«

»Nein, nicht Nate«, sagte Kate. »Der Florist. Ich musste ihm trauen.«

Dylan stützte sich auf einen Ellbogen und beugte sich über sie.

»Ich habe die Anweisungen eines Mannes befolgt, der gerne Sachen in die Luft jagt … Ach, herrje!«

Sie schlug die Hände vors Gesicht. Erst jetzt ging ihr auf, was sie heute durchgemacht hatte.

»Du hattest keine andere Wahl. Das hast du gerade selbst gesagt. Du musstest ihm trauen.«

»Ja«, gab sie zu. »Weißt du, was ich der Polizei nicht gesagt habe über den Floristen?«

Er zog ihr die Hände vom Gesicht. »Nein. Was?«

»Er tat mir ein bisschen leid«, sagte sie. »Bin ich verrückt?«

Dylan küsste sie auf die Stirn. »Ja, vielleicht ein bisschen.«

Kate dachte an den Blumenkorb. Sie hatte schreckliche Angst gehabt, als sie den blauen Draht durchgeschnitten hatte. Auf einmal stieg Wut auf Dylan in ihr auf.

Er versuchte sie zu küssen, aber sie stieß ihn weg.

»Du bist einfach ins Haus gerannt, und dabei wusstest du, dass die Bombe jede Sekunde hochgehen konnte. Du hättest getötet werden können! Warum machst du so etwas Dummes?«

»Du warst da drin. Deshalb.«

Tränen traten ihr in die Augen.

»Das Sprengstoffkommando war doch schon da. Du hättest …«

»Du warst da drin«, wiederholte er mit fester Stimme.

Kate schüttelte den Kopf. »Du gehst einfach dumme Risiken ein.«

»Das hast du mir schon einmal vorgeworfen.« Erneut versuchte er, ihr den Mund mit einem Kuss zu schließen, aber sie drehte den Kopf weg. »Wann habe ich das denn …?«

Er seufzte. »In Boston, im Krankenhaus, nach meiner Operation – vielleicht am Tag danach. Ich bin aufgewacht, und du warst da. Es war ein gutes Gefühl, aber ich konnte mir nicht vorstellen, warum du gekommen warst. Du hast mich immer geärgert.«

»Habe ich gar nicht.«

»Doch, jedes Mal, wenn du nach Nathan's Bay kamst, dann hast du mich mit irgendwas zur Weißglut gebracht. Einmal hast du Janey Callahan erzählt, ich sei in die Fremdenlegion eingetreten.«

»Na ja, das habe ich vielleicht einmal gemacht, aber wenn sie so blöd war, mir zu glauben, dann war sie sowieso nichts für dich.«

»Ich habe viele Freundinnen deinetwegen verloren.« Er küsste sie aufs Ohrläppchen. »Aber das Schlimmste war …«

»Ja?«

»Das du mich ignoriert hast. Das hat mich wahnsinnig gemacht.« Er gähnte übertrieben. »Glaubst du, du kannst danach einschlafen?«

»Wonach?«

Er brauchte ihr nichts zu erklären. Sein Körper senkte sich auf ihren.

Um zehn Uhr am nächsten Morgen betrat Dylan das Büro von Chief Drummond, der ihn bereits erwartete.

»Schließen Sie die Tür und setzen Sie sich«, sagte Drummond. »Erzählen Sie mir alles. Hat Hallinger geahnt, dass Sie etwas wussten?«

Dylan legte Pistole und Ausweis auf den Schreibtisch. »Nein, er hatte keinen blassen Schimmer.« Er setzte sich und berichtete, wie alles abgelaufen war. Als er fertig war, sagte er: »Wenn Sie nicht geholfen hätten, wäre es mir nie rechtzeitig aufgefallen.«

»Ich musste nicht viel helfen«, erwiderte Drummond. »Sie hatten doch schon Verdacht geschöpft wegen Hallingers Äußerung über das Geld. Ich habe nur ein bisschen nachgeholfen. In meinen vierzig Jahren bei der Polizei habe ich das eine oder andere gelernt, vor allem, wie man schnell an Informationen kommt. Es hat mich nicht allzu viele Anrufe gekostet, um Telefonlisten und Kreditkartenbelege überprüfen zu lassen, die Nate Hallinger und Vanessa MacKenna zur gleichen Zeit am gleichen Ort zusammenbringen. Sieht so aus, als hätten sie vor etwa sechs Monaten ein nettes kleines Rendezvous in Cancún gehabt.«

»Dass wir herausgefunden haben, dass Vanessa mit Nate schlief, war letztlich der Nagel zu ihrem Sarg«, ergänzte Dylan.

»Was ist mit Jackman?«, fragte Drummond.

»Sie mussten ihn wieder laufen lassen.«

»Mangel an Beweisen, was?«

Dylan nickte.

»Wirklich eine Schande«, meinte Drummond.

Sie redeten noch ein paar Minuten über den Fall, und dann wechselte Drummond das Thema.

»Ich gehe bald in Pension«, sagte er und verschränkte die Arme hinter dem Kopf.

»Ja, das habe ich gehört.«

»Ich bleibe natürlich in der Gegend. Ich finde es einfach zu schön hier.«

Dylan stimmte ihm zu.

»Es ist vor allem nicht so viel Verkehr«, sagte er. »Das gefällt mir. In Boston ist das ganz anders.«

»Angeln Sie gerne?«

»Ja.«

»Das kann man hier besonders gut. Haben Sie jemals daran gedacht, den Polizeidienst zu verlassen?«

»Nein«, erwiderte Dylan.

»Gut. Wir brauchen Männer wie Sie. Was hielten Sie von einer Veränderung? Wir haben nicht viele Morde oder Bombenexplosionen zu bieten. Kate wird noch jahrelang Gesprächsstoff bieten. Sie ist eine reizende Frau, oder?«

»Ja, das ist sie.«

»Wie schon gesagt, ich gehe in Pension. Sechs Monate könnte ich vielleicht noch durchhalten. Was meinen Sie? Gäbe Ihnen das genügend Zeit?«

Dylan war weg.

Kate wachte gerade auf, als sie die Haustür zuschlagen hörte. Sie fuhr erschreckt auf, und als ein Auto angelassen wurde, stieg Wut in ihr auf. Wie konnte er ohne ein Wort einfach gehen?

Sie sprang aus dem Bett, um ihm nachzurennen und ihm die Meinung zu sagen, aber zum Glück besann sie sich, bevor sie das Schlafzimmer verließ. Du lieber Himmel, sie war splitternackt. Na, das wäre eine tolle Erinnerung: eine wütende, kreischende, nackte Exgeliebte, die hinter ihm herjagte.

Wahrscheinlich hatte er ihr einen Abschiedsbrief hinterlassen, aber sie hatte es nicht eilig, ihn zu lesen. Er würde ihr sowieso nur das Herz brechen. Langsam zog sie sich an und ging dann nach unten. In der Diele stand sein Kleidersack. Er war gar nicht abgereist.

Aber er würde heute fahren. Schließlich war alles gepackt. Der Zettel in der Küche, auf den er Flugnummer und Uhrzeit geschrieben hatte, bestätigte das. Auch die Telefonnummer der Fluggesellschaft hatte er notiert.

Du wusstest doch, dass es so kommen musste, sagte sie sich.

Sie seufzte. Ja, sie hatte es gewusst, aber das machte es nicht leichter. Wie sollte sie sich von ihm verabschieden? Sie mochte gar nicht daran denken. Hoffentlich musste sie nicht weinen. Dazu war später immer noch genug Zeit.

Es war wirklich lächerlich, dass sie sich darüber Gedanken machte. Er ging. Basta. Sie würde frühstücken und danach ihren Tag beginnen wie jeder andere Mensch auch.

Sie nahm eine Schachtel Frühstücksflocken aus dem Schrank und öffnete sie. Sie machte sich erst gar nicht die Mühe, den Inhalt in eine Schüssel zu geben, sondern aß sie einfach trocken aus der Packung. Dabei blickte sie aus dem Fenster auf den verwilderten Garten.

Wie würde Dylan mit dem Abschied umgehen? Stilvoll wahrscheinlich, schließlich war er Profi. Er hatte ja mittlerweile Routine darin. Über die Jahre hatte er schließlich schon unzählige Frauen zum Abschied geküsst.

Und jetzt gehörte Kate dazu.

Wie hatte sie nur so dumm sein können? Dass er ihr das Herz brach, war ihre eigene Schuld. Dylan hatte sie schließlich nicht dazu überredet, sich in ihn zu verlieben. Sie kannte ihn ja.

Sie hatte so viele Wochenenden in Nathan's Bay mit Jordan und den Buchanans verbracht, und an den Wochenenden, an denen auch Dylan und seine Brüder da waren, stand das Telefon nicht still. Es waren immer weibliche Anrufer, und sie wollten meistens Dylan sprechen. Das hatte sie damals schon wahnsinnig gemacht. Und das machte sie noch heute wahnsinnig.

Sie hörte, wie die Haustür aufging.

»Kate?«, rief er.

Und dann stand er in der Tür und sah fast zu gut aus, um ihn alleine auf die Straße zu schicken. Kein Wunder, dass die Frauen ihm in Scharen hinterherliefen. Er war unwiderstehlich.

»Du gehst«, stieß sie hervor. Oh Mann, was für eine geistreiche Äußerung.

»Es dauert noch ein bisschen, aber …«

Sie unterbrach ihn.

»Bitte, ich brauche keine Erklärungen. Ich bin dir dankbar für deine Unterstützung, aber du musst eben wieder nach Hause. Dein Leben ist in Boston.«

Seine Augen funkelten. Warum war er so amüsiert? Abschiede waren nicht lustig.

»Und mein Leben ist hier«, fuhr sie fort. »Ich kann meine Firma nicht nach Boston verlegen. Ich gehöre hierher. Ich habe mir dieses Video angesehen, und ich weiß, ich bin nicht wie Compton, aber es hat mir auch klargemacht, dass ich nicht auf die Überholspur will. Natürlich werde ich mit meinem Unternehmen expandieren, aber in meinem eigenen Tempo. Ab und zu werde ich natürlich nach Boston kommen, um Jordan zu besuchen«, fügte sie hinzu, »und dann werden wir uns vermutlich begegnen. Es ist unvermeidlich. Ich will nicht, dass … Warum lächelst du?«

»Du hältst mir schon wieder einen Vortrag.«

Nun, das wollte sie nicht.

»Leb wohl«, stieß sie hervor. »Mehr wollte ich nicht sagen.«

Sie überlegte, ob sie ihn auf die Wange küssen und ihm sagen sollte, dass sie ihn vermissen würde, aber sie entschied sich dagegen. Wenn sie ihm zu nahe kam, warf sie sich am Ende noch schluchzend in seine Arme.

»Bin ich jetzt dran?«, fragte er.

Jetzt kommt es, dachte sie. Die Verabschiedung.

»Natürlich«, sagte sie.

Er lehnte sich lässig an die Tür und tat so, als hätte er alle Zeit der Welt.

»Als Kind habe ich Pickles immer gehasst«, sagte er. »Aber jetzt liebe ich sie.«

Na, das war ja eine einzigartige Einleitung.

»Und ich nenne dich Pickles.«

Sie runzelte verwirrt die Stirn.

Er stieß sich von der Tür ab.

»Himmel, Kate, denk doch mal nach.«

»Ich habe schon verstanden«, erwiderte sie. »Aber du liebst viele Esssachen: schwarze Oliven, Brezeln, Mais und Pizza und Chili und …«

»Nein, das stimmt nicht. Das esse ich gerne, aber Pickles liebe ich.«

»Das ist der seltsamste Abschied …«

»Ich verabschiede mich nicht von dir. Ich sage dir, ich liebe dich.«

»Du liebst ... was? Nein, das stimmt nicht.« Sie machte eine abwehrende Handbewegung. »Sag nicht ... Du kannst nicht ...«

»Jedes Mal, wenn ich dir in Nathan's Bay begegnet bin, hast du dich in mein Liebesleben eingemischt. Du bist mir so auf die Nerven gegangen. Und wenn du dich nicht eingemischt hast, hast du so getan, als wäre ich nicht da. Ich war eigentlich ständig sauer auf dich, aber ich habe mich trotzdem immer wieder darauf eingelassen. Und dann stellte ich fest, dass ich mir die Mühe machte herauszufinden, wann du da warst, damit ich dann auch mein Wochenende dort verbringen konnte. Es dauerte eine Weile, bis es mir klar wurde. Aber dann begann ich, dich ›Pickles‹ zu nennen, nur um dich wahnsinnig zu machen.«

»Du wusstest, dass ich es nicht ausstehen kann.«

»Ach ja? Nun, mir gefiel nicht, dass ich mich in dich verliebt hatte. Lange Zeit dachte ich, du würdest mich ignorieren, und es ... es ärgerte mich.«

»Was soll das heißen, du dachtest, ich würde dich ignorieren?«

»Du liebst mich, Kate. Auch diese Erkenntnis dauerte eine Weile. Ich glaube, du hast mich schon immer geliebt. Es war dir nur nicht klar.«

Sie schüttelte den Kopf. »Nein.«

»Doch.« Er trat auf sie zu. »Ich liebe dich.«

Sie wagte nicht, es zu glauben. »Sagst du all deinen Freundinnen, dass du sie liebst, bevor du sie verlässt? Das ist ziemlich gemein.«

»Jill Murdock.«

Kate wich zurück ins Esszimmer. »Wer?«

»Jill Murdock«, wiederholte er und kam ihr nach. »Als sie zu Hause anrief, hast du ihr gesagt, ich säße noch im Gefängnis.«

»Ich kann mich nicht erinnern ...«

»Heather Conroy.« Er kam näher, und sie wich immer weiter zurück. »Du hast ihr gesagt, du wärst meine Frau, aber wir hielten es geheim, weil wir Vetter und Cousine ersten Grades wären.«

Kate lächelte. Das hatte sie ganz vergessen. »Eigentlich hat Jordan sich das ausgedacht.«

»Stephanie Davis.«

Kate biss sich auf die Unterlippe. »Ich kann mich nicht an sie erinnern.«

»Ich könnte nicht mit ihr ausgehen, weil ich die Beulenpest hätte und in Quarantäne sei«, erinnerte er sie.

»Diese ständigen Anrufe haben alle irritiert.«

»Alle?«

»Deine Mutter zum Beispiel.«

Er blickte sie ein paar Sekunden lang ungläubig an und brach dann in Lachen aus. »Meine Mutter?«

Kate zuckte mit den Schultern. »Mich möglicherweise auch«, gab sie zu.

Sie fand, er sah ein bisschen zu selbstzufrieden aus. Und jetzt hatte er sie auch noch in die Ecke gedrängt, und sie kam nicht mehr an ihm vorbei. »Und warum haben sie dich so irritiert, Kate?«, fragte Dylan.

Sie hatte Angst, ihm zu glauben. Er konnte sie nicht lieben, oder? Es gab nur einen Weg, das herauszufinden. Die Wahrheit. Dann würde er sicher verschwinden.

»Weil ich dich liebe«, sagte sie.

Aber er verschwand nicht. Er lächelte nur.

Kopfschüttelnd wiederholte sie: »Ich liebe dich. Da ist die Tür.«

Er zog sie an sich.

Sein Mund war dicht über ihrem, als er flüsterte: »Heirate mich.«

Epilog

An einem strahlenden Freitagnachmittag ging Kate zusammen mit ihren Schwestern Isabel und Kiera in die First National Bank von Silver Springs und ruinierte fröhlich drei Leben.

Es war wirklich ein schöner Tag.

Gemäß ihren Anweisungen hatte Anderson mit dem neuen Bankdirektor, Andy Radcliffe, ein langes Gespräch geführt und den Termin anberaumt. In Radcliffes Büro saßen sie nun alle. Leah MacKennas früherer Steuerberater, das Frettchen Tucker Simmons, und seine geistlose Frau Randy. Sie erwarteten, dass Kates Firma ihnen überschrieben wurde. Auch Edward Wallace war da. Er war der Kreditsachbearbeiter der Bank und hatte dem Kreditvertrag ein paar Anhänge hinzugefügt, nachdem Leah MacKenna ihn unterschrieben hatte.

Chief Drummond erwartete die Schwestern in der Eingangshalle und folgte ihnen ins Büro. Isabel und Kiera weigerten sich, sich hinzusetzen. Sie blieben lieber mit dem Chief an der Tür stehen.

Kate machte sich nicht die Mühe, sich vorzustellen. Sie reichte dem Bankdirektor eine Aktenmappe.

»Darin finden Sie den Kreditvertrag, den meine Mutter, Leah MacKenna unterschrieben hat. Sie werden feststellen, dass sie alle ihre Vermögenswerte aufgeführt hat. Und jetzt lesen Sie bitte die Kopie des Originals, das in der Bank verblieben ist.«

»Sie sind in die Bank eingebrochen«, protestierte Wallace. »Das ist illegal.«

»Illegal? Haben Sie das gehört, Chief Drummond?«, fragte Kate.

Radcliffe unterbrach Wallace. »Ich habe die Akten für Miss MacKenna herausgesucht.« Er wandte sich wieder an Kate. »Nun, was kann ich für Sie tun?«

»Sehen Sie, was verändert wurde?«, fragte sie »Wer auch immer das Dokument verändert hat, hat sich noch nicht einmal die Mühe gemacht, die Handschrift meiner Mutter nachzumachen.«

»Und alle anderen Vermögenswerte, einschließlich die der Kate MacKenna Company«, las Radcliffe laut vor. »Ja, das ist ohne Frage nachträglich eingefügt worden.«

Alle blickten Wallace an. Er sprang auf.

»Ich erinnere mich, ich hatte vergessen, diesen kleinen Zusatz aufzunehmen. Ich hatte Nachforschungen betrieben ... ja, Nachforschungen, und herausgefunden, dass Leah MacKenna Partnerin der Kate MacKenna Company war.«

»Entschuldigen Sie, wenn ich unterbreche, aber wer sind Sie?«, fragte Randy Simmons Kate.

Kate würdigte die Frau keines Blickes.

Stattdessen antwortete Chief Drummond: »Das ist Kate MacKenna.«

Randy ergriff ihre Tasche. »Ich glaube, wir sollten gehen, Tucker. Für uns gibt es keinen Grund zu bleiben.«

»Setzen Sie sich«, befahl Drummond.

»Darf ich einen Blick auf die Unterlagen werfen?«, fragte Tucker. Er zog seine Brille aus seiner Tasche und setzte sie auf. Dann beugte er sich vor und las das Kleingedruckte und Wallace' Anmerkungen.

Als er an die verräterische Stelle kam, erstarrte er. So diskret wie möglich versuchte er Wallace Zeichen zu geben, nicht weiterzureden. Aber Wallace reagierte nicht auf sein Hüsteln und leichtes Kopfschütteln.

»Das ist ein großes Missverständnis«, erklärte er. »Ich habe die Kate MacKenna Company zu der Vermögensliste hinzugefügt, habe aber Mrs MacKenna selbstverständlich davon in Kenntnis gesetzt.«

»Ach, Sie haben meine Mutter davon in Kenntnis gesetzt?«, sagte Kate.

Wieder hustete Tucker und schüttelte den Kopf.

»Ja, ganz gewiss«, erwiderte Wallace. »Ich habe sie angerufen und sie über die Veränderung telefonisch unterrichtet, und sie ist bei der Bank vorbeigekommen und hat sie paraphiert.« Dann wandte er sich an Radcliffe und setzte hinzu: »Ich bin sehr gewissenhaft und versuche alles so korrekt wie möglich zu machen. Sie sehen, dass ich unten auf der Seite Datum und Zeitpunkt vermerkt habe, wann ich mit Mrs MacKenna gesprochen habe.«

»Sie haben mit meiner Mutter gesprochen?«, fragte Kate.

Tucker bemühte sich verzweifelt, Wallace Zeichen zu geben.

»Ja, gewiss habe ich mit ihr gesprochen.«

»Das muss ein wenig kompliziert gewesen sein.«

»Nein, keineswegs.«

»Gemäß dem Datum, das Sie aufgeführt haben, haben Sie mit meiner Mutter drei Wochen nach ihrem Tod gesprochen.« Kate verlor die Geduld. »Meine Mutter lag im Sterben, und Sie wussten es. Sie kam zu Ihnen, um einen Kredit aufzunehmen, damit sie ihre Arztrechnungen bezahlen konnte. Sie sahen eine Gelegenheit und ergriffen sie. Sie taten sich mit Tucker Simmons und seiner Frau zusammen und heckten zu dritt den Plan aus.«

»Haben Sie etwa geglaubt, dass Kate das einfach so akzeptieren würde?«, fragte Kiera.

»Oder haben Sie gedacht, es sei schon zu spät, wenn sie es gemerkt hätte?«, fügte Isabel hinzu. »Sie sollten sich schämen. Unsere Mutter hätte Kates Firma nie aufs Spiel gesetzt. Niemals!«

»Wie viele andere haben Sie betrogen?«, fragte Kate.

»Keine Sorge, Kate. Das finde ich heraus«, sagte Drummond.

»Wenn ich meinen Job wegen dieser falschen Anschuldigungen verliere«, begann Wallace.

Drummond unterbrach ihn. »Ich bezweifle, dass Sie Ihren Job vom Gefängnis aus wahrnehmen können.«

»Tucker, bring mich sofort nach Hause«, bat Randy.

»Oh, ich glaube nicht, dass Sie nach Hause gehen«, erklärte Drummond. »Der Staatsanwalt hat sich schon den ganzen Vormittag mit der Beweisaufnahme befasst. Ich glaube, dass er Anklage wegen Verschwörung und Betrug erheben wird. Am besten, Sie kommen alle mit mir zur Wache.«

Drummond führte die unglücklichen Verdächtigen aus der Bank.

Als im Büro wieder Ruhe eingekehrt war, wandte sich Mr Radcliffe an Kate. »Ich versichere Ihnen, dass die Bank Chief Drummond bei der Aufklärung dieses Falles vollste Unterstützung gewähren wird. Und wir sind auch damit einverstanden, dass der Kredit Ihrer Mutter mit einem erneuten Kredit ohne Sicherheiten beglichen wird. Wenn Sie morgen bei der Bank vorbeikommen, habe ich die notwendigen Papiere vorbereitet.«

»Vielen Dank«, sagte Kate.

»Nein, ich muss mich bei Ihnen bedanken«, erwiderte der Direktor. »Die First National Bank fühlt sich geehrt, dass Sie gerade uns für die Gründung Ihrer wohltätigen Stiftung ausgewählt haben.«

Kate und ihre Schwestern lächelten, als sie die Bank verließen. Isabel begann zu lachen.

»Du hast gerade einen Kredit aufgenommen und Millionen von Dollar weggegeben. Du wolltest keinen Pfennig von deinem Erbe für Moms Kredit verwenden.«

»Das hätte sie auch nicht gewollt«, erklärte Kate.

»Was soll ich mit Land in Schottland anfangen?«, fragte Isabel.

»Nach deinem Examen schaust du es dir an, und dann kannst du dich immer noch entscheiden.«

»Was ist mit dir, Kiera? Was machst du mit den Anleihen, die du bekommen hast?«

Kiera zuckte mit den Schultern.

»Ich bin mir noch nicht sicher, aber es wird auf jeden Fall Moms Name darauf stehen.«

Sie standen vor Kieras Auto und warteten darauf, dass sie den Autoschlüssel hervorzog.

»Ach, wisst ihr was?«, sagte Isabel. »Reece Crowell hat sich verlobt. Mit einem europäischen Mädchen, glaube ich.«

»Das arme Mädchen«, sagte Kiera.

»Jetzt beeil dich und find endlich den Schlüssel«, drängte Kate. »Dylan kommt heute Nachmittag.«

»Habt ihr das Hochzeitsdatum schon festgelegt, und bin ich eingeladen?«, fragte Isabel.

»Nein, das Datum haben wir noch nicht festgelegt, und ja, natürlich bist du eingeladen.«

»Ich wusste einfach, dass du Dylan heiraten wirst.«

»Bestimmt, weil du so viel Ahnung von Männern hast«, sagte Kiera. Sie hatte endlich die Schlüssel gefunden, und bald schon waren sie auf dem Weg nach Hause.

»Ja, ich habe viel Ahnung von Männern«, erwiderte Isabel.

»Du wolltest, dass ich mit Nate Hallinger ausgehe«, erinnerte Kiera sie.

»Ich habe dem Mann nur etwas zu trinken angeboten«, sagte Isabel empört.

Kate achtete nicht mehr auf ihre Schwestern, als sie in die Einfahrt einbogen. Dylan stand wartend auf der Veranda. Anscheinend war er pünktlich gelandet. Plötzlich war sie ganz aufgeregt.

Es war unerheblich, dass sie ein Millionenerbe verschenkt und einen großen Kredit aufgenommen hatte.

Dylan winkte ihr zu und lächelte.

Sie hatte alles, was sie wollte.